Celia Rees

Hexenkind

Außerdem von Celia Rees im Arena Verlag:

Hexenschwestern

Celia Rees

Hexenkind

Aus dem Englischen von
Angelika Eisold-Viebig

Arena

Danksagung
Die Autorin dankt Julia Griffiths Jones
für ihre Informationen über die
Beschaffenheit und Anfertigung von Quilts
und für ihr Interesse an diesem Buch.

Die Originalausgabe erschien 2000 unter dem Titel "Witch Child"
bei Bloomsbury Publishing Plc, London

In neuer Rechtschreibung

Sonderausgabe 2005

Umschlagillustration: Robert Ingpen
Gesamtherstellung: Westermann Druck Zwickau GmbH
ISBN 3-401-05840-1

www.arena-verlag.de

Für Rachel

Das nachfolgende Manuskript entstand aus einer außergewöhnlichen Sammlung von Dokumenten, die als »Marys Papiere« bezeichnet werden. Die Papiere, welche in einem Quilt – einer Art Steppdecke – aus der Kolonialzeit gefunden wurden, scheinen ein unregelmäßig geführtes Tagebuch zu sein. Alle Datumsangaben sind erraten und gründen sich auf Bezüge innerhalb des Textes. Die ersten Einträge sind vorsichtig auf März 1659 geschätzt. Ich habe das Original so wenig wie möglich verändert, allerdings wurden natürlich Rechtschreibung, Absätze und Satzzeichen für den heutigen Leser aktualisiert.

Alison Ellman
Boston, Massachusetts

Der Anfang

Eintrag 1 (Anfang März? 1659)

Ich bin Mary. Ich bin eine Hexe. Manche würden mich jedenfalls so nennen. »Teufelsbrut«, »Hexenkind«, zischen sie auf der Straße, obwohl ich weder meinen Vater noch meine Mutter kenne. Ich kenne nur meine Großmutter, Eliza Nuttal; Mütterchen Nuttal für ihre Nachbarn. Sie hat mich aufgezogen. Wenn sie weiß, wer meine Eltern sind, dann hat sie es mir nicht gesagt.

»Tochter des Erlkönigs und der Elfenkönigin, das ist es, was du bist.«

Wir leben in einer kleinen Hütte am Waldrand, Großmutter und ich, Großmutters Katze und mein Kaninchen. Lebten. Denn wir leben dort nicht mehr.

Männer kamen und zerrten sie fort. Männer in schwarzen Mänteln und Hüten so hoch wie Kirchtürme. Sie spießten die Katze auf eine Pike und zerschmetterten das Kaninchen an einer Mauer. Sie sagten, sie seien keine Wesen Gottes, sondern böse Geister, der Teufel selbst in Verkleidung. Sie warfen die blutigen Klumpen aus Fell und Fleisch auf den Misthaufen und drohten das Gleiche mit ihr, mit mir zu tun, wenn sie nicht ihre Sünden gestehe.

Dann brachten sie Großmutter weg.

Sie hielten sie über eine Woche gefangen. Zuerst »gingen« sie mit ihr, sie ließen sie einen ganzen Tag und eine Nacht zwischen sich auf und ab laufen, auf und ab, bis sie nicht länger gehen konnte, ihre Füße waren blutig und geschwollen. Sie gestand nicht. Also wollten sie beweisen, dass sie eine Hexe war. Sie holten eine Frau, eine Hexenstecherin, die sie überall mit langen Nadeln durchstach, um die Stelle zu finden, die taub war, wo kein Blut floss, die Stelle, an der die bösen Geister sich nährten. Die Männer sahen dabei zu und meine Großmutter war gezwungen, vor ihren hämisch glotzenden Augen zu stehen, eine nackte alte Frau, ihrer Ehre und Würde beraubt, das Blut floss ihren verwelkten Körper hinab und trotzdem gestand sie nicht.

Sie beschlossen die Wasserprobe zu machen. Sie hatten nämlich jede Menge Beweise gegen sie. Jede Menge. Die ganze Woche über waren Leute zu ihnen gekommen mit Beschuldigungen. Dass sie den bösen Blick auf sie gerichtet und ihren Familien und ihrem Vieh Krankheit gebracht hätte; dass sie Zauberei angewandt und Stäbe in Wachsfiguren gesteckt hätte, um Schmerzen hervorzurufen; dass sie sich verwandelt hätte und meilenweit als riesiger Hase durch das Land gejagt sei; dass sie dies vollbrachte, indem sie geschmolzenes Fett von Leichen benutzte. Sie verhörten mich und fragten: »Stimmt das?« Großmutter schlief jede Nacht neben mir im Bett. Woher sollte ich wissen, wohin sie ging, wenn der Schlaf sie davontrug?

Es waren alles Lügen. Unsinn und Lügen.

Diese Leute, die sie beschuldigten, sie waren unsere Freunde und Nachbarn gewesen. Sie waren es gewesen, die zu *ihr* gekommen waren, sie hatten Großmutter um Hilfe gebeten, wenn ein Kind oder ihr Vieh krank oder verletzt war, wenn eine Frau sich der Niederkunft näherte. Denn meine Großmutter kannte sich aus mit Kräutern und Salben, sie hatte heilende Hände, aber die Gabe kam aus ihr selbst, nicht vom Teufel. Die Leute vertrauten ihr oder zumindest hatten sie ihr bisher vertraut. Ja, bis jetzt hatten sie ihren Beistand gewünscht. Wenn es um den Übergang von einer Welt zur anderen ging, sei es Geburt oder Tod, war sie stets um Hilfe gebeten worden.

Sie alle waren nun da, um Zeugen des Schwemmens zu sein. Zu beiden Seiten des Flusses und auf der Brücke standen sie und starrten hinunter auf die tiefe Stelle im Fluss, wo das Wasser sich kaum bewegt und fast schwarz erscheint. Die Männer mit den hohen Hüten zerrten meine Großmutter aus dem stinkenden Loch, in dem man sie gefangen gehalten hatte. Sie fesselten sie über Kreuz, banden ihren rechten Zeh an ihren linken Daumen und umgekehrt und achteten sorgfältig darauf, dass die Stricke auch gut gespannt waren. Dann warfen sie sie ins Wasser. Die Menge sah schweigend zu, nur das schleifende Geräusch von vielen Füßen war zu hören, als jeder sich nach vorne schob, um zu sehen, was passierte.

»Sie schwimmt!«

Der Ausruf kam erst nur von einer Stimme, welche das fast leise und ungläubig feststellte, dann breitete er sich von einem zum nächsten aus, bis alle mit einer einzigen Stimme zu rufen schienen wie ein heulendes Monster. Zu schwimmen galt als der sichere Beweis von Schuld. Man holte sie mit einem Haken wieder heraus, zog sie ans Ufer zurück wie ein Bündel alter Wäsche. Man wollte nicht, dass sie ertrank, denn das würde die Menschenmenge um das Spektakel der Hinrichtung bringen.

Eintrag 2

Es war ein kalter Tag, selbst für einen Tag zeitig im Frühjahr. Weißer Raureif bedeckte den Boden und die Bäume zeigten kaum mehr als die ersten grünen Sprossen, doch von nah und fern kamen die Leute zu der Hinrichtung am Galgen. Sie bevölkerten den Marktplatz zahlreicher als am Markttag.

Es war gefährlich für mich, dort zu sein. Ich merkte wohl, wie sie mich anschauten und flüsterten: »Das ist sie, die Enkelin« – »Bastard« – »Sag doch gleich Teufelsbrut«, dann drehten sie sich weg und feixten, die Hand vor dem Mund, das Gesicht gerötet, bei den obszönen Gedanken, die sie dabei hatten. Das Böse war in ihnen selbst.

Es wäre besser für mich, zu fliehen, fortzugehen. Als Nächstes würden sie auf mich losgehen. Aber wohin konnte ich gehen? Was sollte ich tun? Verschwinden. Im Wald sterben. Ich sah mich um. Augen, hart vor Hass, wichen meinem Blick aus. Münder zuckten zwischen Lüsternheit und Feixen. Ich würde nicht weglaufen, mich nicht im Wald verstecken, denn das war es, was sie von mir erwarteten.

Stattdessen richtete ich meinen Blick nach vorne,

starrte auf den Galgen. Sie hatten eine Nacht und einen Tag lang daran gezimmert. Man konnte das frisch geschlagene Holz sogar dort noch riechen, wo ich stand, ganz hinten in der Menge.

Was glaubten sie denn, welche Mächte wir besaßen, meine Großmutter und ich? Wenn sie wirklich böse Kräfte hätte, wäre sie dann nicht in der Lage, die Riegel und das Schloss an ihrem stinkenden Loch zu lösen und durch die Luft in die Freiheit zu fliegen? Würde sie nicht Satan, ihren Meister, anrufen, um all ihre Widersacher in Staub und Asche zu verwandeln? Wenn ich irgendwelche Kräfte hätte, ich würde sie alle vernichten, auf der Stelle. Ich würde sie in eine Menge von stinkenden Kröten verwandeln. In aussätzige, blinde Molche würde ich sie verwandeln und sie zwingen sich selbst aufzufressen. Ich würde ihre Körper übersäen mit eiternden Pestbeulen. Von Generation zu Generation sollten sie verdammt sein, über Jahrhunderte hinweg, damit ihre Kinder und Kindeskinder nichts als eine Horde gackernder, hirnloser Idioten wären. Ich würde ihre Köpfe verfaulen lassen, das Innere ihres Schädels verderben und gerinnen lassen, bis ihnen das Hirn aus den Nasen tropfte wie blutiger Schleim . . .

Ich war so versunken in meine Flüche, dass erst die plötzliche Stille mich zu dem zurückbrachte, was geschehen sollte. Schwarze Gestalten standen auf dem hellen Holzpodest, scharf zeichneten sie sich gegen den grauen Himmel ab: der Hexenfänger, der Pfarrer, der Henker. In der atemlosen Stille erschallte ein Niesen und klang ungewöhnlich laut. Obadiah Wilsons dünne Gestalt beugte sich nach vorne und krümmte sich. Er holte ein Schnupftuch aus seiner Tasche und hielt es vor sein Gesicht, als ein Niesen nach dem anderen ihn schüttelte. Als er es wegnahm, holte die Menge vor ihm hörbar tief Luft, Blut zeigte sich dick und rot auf dem schneeweißen Leinen. Es war die einzige Farbe auf der ganzen Plattform.

Meine Großmutter wurde nach vorne gebracht, damit die Menge sie sehen konnte. Man hatte ihr die Arme auf den Rücken gefesselt und führte sie vor, dann stieß man sie zum Ende der Leiter, die am Galgen lehnte. Sie ignorierte die auf sie gerichteten Blicke, schaute über die nach oben gewandten Köpfe hinweg und suchte nach mir. Ihr Blick fand meinen und sie lächelte mir zu. Ihr Blick wanderte nun zur Seite zu Obadiah Wilson, dem selbst ernannten Hexenjäger, der versuchte das Blut, welches aus seiner Nase floss, aufzuhalten, und sie nickte ganz leicht, als wolle sie sagen: »Gut so.« Noch einmal nickte sie, diesmal zu jemandem hinter mir.

Das war das Letzte, was ich von ihr sah. Der Henker trat nach vorne, die Kapuze in der Hand, um ihr Gesicht zu bedecken, und zur gleichen Zeit schloss sich ein Umhang um mich. Eine weibliche Stimme flüsterte: »Ich bin eine Freundin deiner Großmutter und bringe dich in Sicherheit.« Ich wurde durch eine der schmalen Gassen geführt, die vom Marktplatz abgingen, und stieg in eine wartende Kutsche, als ich den Aufschrei der Menge hörte.

Eintrag 3

Die Frau, die mir gegenübersaß, sagte kein einziges weiteres Wort und ich sagte auch nichts zu ihr. Sie starrte aus dem Fenster und studierte die vorbeiziehende Landschaft, während ich sie studierte. Sie war offensichtlich eine Dame, reich gekleidet, ihr Umhang war von weicher dunkler Wolle, an der Kehle gefasst mit einer silbernen Spange; ihr Kleid war aus grünem Samt, im glänzenden Farbton junger Buchenblätter, die sich im Frühlingswind bewegen. An den Händen trug sie Handschuhe, ihre Finger waren lang und schmal und unter dem weichen Leder konnte ich die Ausbuchtungen vieler Ringe sehen. Ihr Gesicht war verschleiert. Schwarze Spitze so fein wie ein Nebelschleier verhüllte ihre Gesichtszüge, aber ich konnte genug sehen, um zu wissen, dass sie jung und schön war. Ihre Haut war blass und ich konnte die Umrisse von hohen Wangenknochen ausmachen und den Schwung fein geformter Lippen. Ihre Augen konnte ich nicht sehen, doch sie waren sowieso nicht auf mich gerichtet. Die Frau blickte offensichtlich weiter nach draußen.

Falls sie sich meiner Musterung bewusst war, zeigte sie es nicht und sie machte keinerlei Bemerkung, während die Kutsche weiter dahinratterte. Ich fragte mich, ob sie nach Räubern Ausschau hielt, denn schließlich haben wir gesetzlose Zeiten; die Straßen werden von Banden versprengter Soldaten unsicher gemacht, die von beiden Armeen übrig geblieben sind, genauso wie von anderen umherstreifenden Vagabunden. Viele haben Angst, zu reisen, und diese Frau machte keinen Versuch, ihren Wohlstand zu verbergen.

Sie schien nicht vorzuhaben mir zu erzählen, wer sie war, und ich wagte nicht sie zu fragen. Ein alter Abzählvers kam mir in den Sinn. Als wir weiterfuhren, nahmen die Räder der Kutsche den Rhythmus auf:

In der Stadt, da leben der Hexen neun, drei in Wollstoff, drei in Lumpen und drei in Samt so fein ...

Die Reise,
Teil 1

Eintrag 4 (März 1659)

Bei dem sich verändernden Rhythmus der Kutsche wachte ich auf. Ich musste eingeschlafen sein, meine Sinne von Erschöpfung abgestumpft und eingelullt von der ständigen schaukelnden Bewegung. Doch der Klang von Pferdehufen auf Kopfsteinpflaster hatte mich geweckt. Draußen war es dunkel geworden. Ich nahm an, dass es später Nachmittag war, obwohl hohe Gebäude den Blick auf den Himmel versperrten. Der Kutscher rief etwas und die Pferde wieherten wie zur Antwort, als die Kutsche in einen breiten Hof einfuhr.

»Wo sind wir?«

Mein Gegenüber sagte immer noch nichts, lächelte kaum unter ihrem Schleier und legte einen behandschuhten Finger an die Lippen. Die Kutsche war zum Stehen gekommen. Ich zog den Ledervorhang ein Stückchen weiter zurück, um hinauszuspähen. Der Kutscher öffnete die Tür, damit meine Begleitung aussteigen konnte. Leute kamen herangeeilt: ein Stallknecht, um die Pferde zu halten, der sich ständig verbeugende Gastwirt, seine Frau, die einen Knicks nach dem anderen machte. Ihre Augen wurden etwas größer, als meine Begleitung sich umdrehte, um mir herauszuhelfen, aber niemand sagte etwas. Es war, als würden wir erwartet. Ich stolperte leicht, meine Beine steif vom langen Sitzen, und mein Kopf drehte sich noch von dem unablässigen Schaukeln der Kutsche. Die Hand, die meine umschloss, wurde fester und ließ nicht los.

Wir wurden in einen großzügigen Raum geführt, mit Blick auf den Hof; offensichtlich das Beste, was das Gasthaus zu bieten hatte. Die Wirtin brachte zu essen und zu trinken: mit geschmortem Fleisch beladene Zinnteller – Hammel, dem Geruch nach zu urteilen –, Weizenbrot und Käse, einen Becher Bier für mich und Wein für meine Begleiterin. Die Wirtin richtete das Essen an, beugte den Kopf vor uns beiden und verließ uns.

Meine Begleiterin aß wenig, sie hob ihren Schleier nur leicht an, um von ihrem Wein zu nippen, zerkrümelte etwas Brot zwischen ihren behandschuhten Fingern und stocherte in dem Eintopf auf ihrem Teller. Vielleicht war das Essen für ihren Geschmack zu einfach. Ich war mir bewusst, dass ihr Blick nun auf mir lag, aber ich schaute nicht hoch, bis das ganze Essen verzehrt war und die letzten Reste des Bratenfetts mit dem Brot aufgetunkt waren. Denn trotz ihrer prüfenden Blicke und trotz all der furchtbaren Dinge, die mir widerfahren waren, stellte ich fest, dass ich wirklich sehr hungrig war.

»Bist du gesättigt?« Ihre schmalen Finger trommelten auf den Tisch.

Ich nickte.

»Gefällt dir dieses Zimmer?«

Ich nickte wieder.

»Gut.« Sie stand auf. »Ich muss dich jetzt verlassen. Ich habe viel zu tun. Annie, die Wirtin, wird sich um dich kümmern. Du bist bei ihr gut aufgehoben, hab keine Angst.«

Damit ging sie. Ich hörte, wie sie draußen mit der

Wirtin sprach und ein Bad für mich bestellte. Dieses traf auch gleich ein. Erst ein großer Zuber, über dessen Rand Tücher hingen, gefolgt von Dienstmädchen, die Krüge voll mit dampfendem Wasser brachten. Ich hatte niemals vorher so etwas gesehen, geschweige denn mich in einem solchen Ding befunden. Zu Hause – meine Augen brannten bei dem Gedanken daran ein wenig –, zu Hause badeten wir im Fluss, wenn wir überhaupt badeten. Die Wirtin kam geschäftig herein, als alles bereitstand, und kümmerte sich um mich. Sie sagte mir, ich solle mich ausziehen.

»Das auch«, sagte sie, als ich in Unterwäsche dastand.

Eine Magd sammelte meine Kleider ein und nahm sie mit.

»Wohin bringt sie meine Sachen?«

»Sie werden verbrannt.«

»Was soll ich dann anziehen?«

»Bis morgen das hier.« Sie trug ein langes weißes Leinennachthemd über dem Arm.

Ich stand nackt vor ihr. Meine Hand fuhr an meinen Hals, um den ich einen kleinen Lederbeutel trug, den meine Großmutter für mich gemacht hatte. Er enthielt verschiedene Dinge, besondere Dinge, die niemand sehen sollte. Das Blut stieg mir heiß in die Wangen. Ich fürchtete, dass ich entdeckt war.

»Du bist bei mir in Sicherheit«, sagte sie leise, als wüsste sie, wer ich war und woher ich kam. »Leg ihn zur Seite und dann ab mit dir in die Wanne.«

Annie war eine breit gebaute Frau mit kleinen

schwarzen Augen, die wie Rosinen in einem runden Honigkuchengesicht saßen. Sie krempelte ihre Ärmel hoch und Unterarme kamen zum Vorschein, so dick wie Schweinekeulen. Sie hielt mich in einem eisernen Griff und begann mich sauber zu schrubben. Ich hatte mich nicht für besonders schmutzig gehalten, jedenfalls nicht verglichen mit den meisten in unserem Dorf, aber das Wasser musste zweimal gewechselt werden, bevor Annie zufrieden war. Mein Haar machte die größte Mühe. Es wächst so dicht wie eine Mähne, und um mit dem Kamm hindurchzukommen, musste sie einen ganzen Büschel abschneiden. Dann rieb sie es mit einem scharf riechenden Sud ein.

»In Essig gekochte Stechpalme«, antwortete sie, als ich sie danach fragte. »Du bist so verlaust wie der Hund eines Bettlers.«

Sie ließ den Sud einziehen, während sie weiter an meinem Körper herumschrubbte mit klumpigen, harten Seifenstücken und Kräuterbeuteln. Dann machte sie sich wieder über meinen Kopf her, diesmal mit einem feinen Zahnkamm, um all die Nissen und Läuse zu entfernen. Ich hatte das Gefühl, als ob ein Großteil meines Haares mit herausgerissen würde, und meine Kopfhaut blutete bereits, als Annie endlich zufrieden war. Ich saß in der Wanne, bis das Wasser kalt war, und ich zitterte. Schließlich gebot sie mir herauszusteigen und rieb mich mit einem rauen Leinentuch wieder warm, bis meine Haut rosa anlief.

»Na also.« Sie hielt mich auf Armeslänge, ihr eigenes Gesicht gerötet und schweißbedeckt. Sie scheitelte mein Haar und spähte auf meine Kopfhaut, dann musterte sie mich von Kopf bis Fuß, bevor sie langsam meinte: »Ich denke, das reicht.« Sie hielt mir das Nachthemd entgegen. »Ins Bett mit dir. Ich lass dir noch eine Milchtunke bringen.« Ihr schlichtes Gesicht verzog sich zu einem Lächeln. »Du bist recht hübsch unter all dem Dreck.« Plötzlich umarmte sie mich. »Armes kleines Mädchen. Was soll nur aus dir werden?«

Der Zuber wurde weggebracht, das schmutzige Wasser in einem großen Schwung in den Hof geleert und ich wurde allein gelassen. Ich nahm die Kerze und ging hinüber zu dem gesprungenen und halbblinden Spiegel, der auf einer hohen Kommode stand. Seifenlauge und freundliche Worte hatten Tränen in meinen Augen brennen lassen und sie starrten gerötet zurück. Leuchtendes Grau, gefleckt mit Gelb, die Iris schwarz umrandet, stach aus einem Gesicht hervor, das rosig und viele Schattierungen blasser als vorher war. Mein Haar fiel in dicken Strängen herab; am Ansatz noch grau wie Eschenrinde, trockneten die Spitzen bereits zu mattem Gold, der Farbe von Eichenblättern im Winter. Es umrahmte ein Gesicht voller mir unvertrauter Schatten. Vielleicht war es das flackernde Licht der Kerze, aber ich schien in ein völlig anderes Gesicht zu schauen, das Gesicht einer Fremden. Das Gesicht einer Frau, nicht das eines Kindes.

Ein Klopfen an der Tür ließ die grauen Augen groß werden wie die eines Rehs. Es war die Magd, die meine Milchtunke brachte. Das Brot war voll gesogen von der heißen Milch, die großzügig mit Branntwein, Honig und Gewürzen versehen war. Ich rührte mit dem Hornlöffel um und aß ganz langsam, ließ mich von der Wärme meiner Mahlzeit trösten. Ich blieb in einem Stuhl vor dem Feuer zusammengerollt sitzen, bis die Holzscheite zu roter Glutasche wurden. Erst dann stieg ich ins Bett.

Noch nie hatte ich in einem Bett wie diesem geschlafen. Ich kannte nur den kleinen Schlafplatz in dem zugigen Dachboden unserer einräumigen Hütte, mit Stroh ausgestopfte Säcke als Matratzen, auf welchen raue, selbst gesponnene Decken lagen. Dieses Bett hier war gewärmt mit einer Messingpfanne voller Kohlen, aber das war mir kein Trost. Ich vermisste den warmen Körper meiner Großmutter neben mir. Sie war alles, was ich gekannt hatte, alles, was mir lieb war. Ich hatte sie geliebt und sie hatte mich geliebt. Jetzt war ich allein auf der Welt. Was sollte ich ohne sie tun? Meine Gedanken knüpften an die Worte der Wirtin an: Was wird aus mir werden? Ich vergrub mein Gesicht im Federkissen und umfasste die Wolldecke und das glatte weiße Leinen. Ich zog beides über meinen Kopf, um jeden Laut zu ersticken, als ich weinte.

Eintrag 5

Die Frau, die mich hergebracht hatte, sah ich erst am nächsten Abend wieder. In der Zwischenzeit kümmerte sich Annie um mich, gab mir zu essen und brachte neue Kleidung: Leibwäsche, Rock, Leibchen und Jacke, eine Haube, um mein Haar zu bedecken. Gutes Material. Nicht vom Feinsten, aber besser als die rauen selbst gesponnenen Sachen, die ich gewöhnt war. Einfache, dunkle Farben. Traurige Farben. Puritanische Farben. Ich hätte mein Schicksal erraten müssen.

Von meinem Fenster aus hatte man einen guten Blick auf den Hof. Ich drehte den Stuhl, saß dort in meinen neuen Kleidern und blickte hinaus. Man hatte mir gesagt, ich solle auf meinem Zimmer bleiben, also war Aus-dem-Fenster-Sehen mein einziges Vergnügen. Erst als es bereits dämmerte, sah ich ihre Kutsche in den Hof fahren. Sie stieg aus, befahl dem Kutscher jedoch zu warten. Ein Stallknecht kam, um die Pferde zu füttern und zu tränken, aber er spannte sie nicht aus. Wir werden weiterreisen, dachte ich.

»Ganz die kleine Puritanerin«, stellte sie fest, als sie zur Tür hereinkam. »Lass dich mal ansehen.« Sie kam herüber zu meinem Platz am Fenster. »Das wird genügen. Zumindest siehst du so aus.«

»Wie sehe ich aus?«

Ich blickte sie an und verglich meine einfache Kleidung mit ihrer reichen Ausstattung. Plötzlich wusste ich, dass ich nicht mit ihr gehen würde.

Sie setzte sich auf einen Stuhl mir gegenüber. »Wir leben in gefährlichen Zeiten. Lord Cromwell ist tot. Die Herrschaft seines Sohnes wird nicht viel länger dauern. Charles wird aus dem Exil kommen und wir werden wieder einen König haben. Schon jetzt rufen die Leute nach ihm und es werden Komplotte geschmiedet, um ihn herzuholen. Wer weiß, was dann geschehen wird!«

Ich schaute sie an und versuchte durch ihren Schleier zu sehen, um aus ihrem Gesicht einen Hinweis darauf zu bekommen, was dies mit mir zu tun hatte.

»Es gibt einige, die nicht hier in diesem Land bleiben wollen. Puritaner, Separatisten – Menschen, die fürchten, dass ihr Glaube nicht länger geduldet werden wird. Sie gehen fort, um ein neues Leben zu beginnen. Ein neues Leben in Amerika.«

Puritaner. Separatisten. Ich blickte an mir hinab.

»Und ich soll mich ihnen anschließen?«

Sie nickte.

»Amerika!«

Ich hätte nicht erstaunter sein können, wenn sie mir gesagt hätte, dass ich fürs Märchenland bestimmt sei. Um genau zu sein, das schien mir noch wirklicher, das hatte ich oft genug in den Geschichten meiner Großmutter besucht. Aber eine neue Welt auf der anderen Seite des Meeres? Ich hatte davon gehört. Ich wusste, dass ein solcher Ort existierte, aber ich hatte mir nie vorgestellt ihn zu besuchen und ich konnte mir nicht vorstellen, wie es dort wohl sein würde.

»Ja, Amerika. Sie gehen bald an Bord. Du wirst von hier aus nach Southampton fahren, um dich ihnen dort anzuschließen.«

»Warum?«

»Du bist hier nicht mehr sicher. Mein Mann diente in Cromwells Armee. Manche aus den Reihen der Puritaner haben unter ihm gedient. Es sind gute Menschen, sie werden für dich sorgen.«

»Was soll ich ihnen erzählen? Über mich selbst? Wer ich bin.« Ich biss mir auf die Lippen. Sie würden bestimmt neugierig sein und Puritaner mochten keine Hexen. Dies schien mir ein gefährlicher Pfad zu sein.

»Du bist Mary Newbury. Eine Waise. Der Vater ein Soldat, gefallen in der Schlacht von Worcester, als er in Cromwells Armee kämpfte. Deine Mutter starb an einer Seuche. Die Großmutter ist zu schwach, um sich um dich zu kümmern.«

»Woher komme ich?«

»Deine Mutter war ständig unterwegs, bis sie krank wurde. Deine Großmutter lebt in einem kleinen Dorf, nicht größer als ein Weiler, außerhalb von Warwick. Nahe dem Ort, wo sie wirklich lebte, aber nicht zu nahe. Du warst nur kurze Zeit bei deiner Großmutter. Das ist die Geschichte, die du erzählen wirst. Obwohl ich bezweifle, dass man dich allzu eindringlich befragen wird. Diese Leute sind im Begriff, das Land zu verlassen, und haben ihre eigenen Sorgen. Es dürfte kein Problem sein, sich unter sie zu mischen, ohne groß beachtet zu werden. Ich werde dir ein Einführungsschreiben mitgeben. Gib es John Rivers, zusammen mit deinem Fahrtgeld.«

»Aber warum muss ich mit diesen Puritanern gehen? Warum kann ich nicht bei Euch bleiben?«

Sie schüttelte den Kopf. »Das ist unmöglich.«

»Warum?«

»Ich bin selbst in Gefahr.«

Ich glaubte ihr nicht. Für mich schien sie unantastbar.

»Es ist wahr, ich versichere es dir. Mein Mann setzte seinen Namen unter das Todesurteil des alten Königs. All jene, die unterzeichneten, wird man verhaften, sobald der neue König zurückgekehrt ist.« Sie seufzte, und als sie wieder sprach, war ihre Stimme leise und bitter. »Er hätte genauso gut sein eigenes Todesurteil unterzeichnen können.«

Ich wusste nicht, was ich sagen sollte. Ihr Mann musste jemand von großer Wichtigkeit sein, um in so hohe Staatsangelegenheiten verwickelt zu sein. Das machte sie in meinen Augen nur noch hochstehender, aber es war nicht nur das, was mich zum Schweigen brachte. Meine Großmutter war keine Anhängerin des Königs gewesen, sie war im Krieg auf der Seite des Parlaments gewesen, dennoch hatte sie das Töten eines ernannten Königs als eine Sünde angesehen. Die Gegenwart einer Frau, die mit jemand verheiratet war, der solches Blut an den Händen hatte, erfüllte mich mit Scheu.

»Wenn das so ist – warum flieht Ihr nicht nach Amerika statt meiner?«

Sie schüttelte wieder den Kopf. »Das geht nicht. Mein Mann wird nicht fliehen, er würde es als feige betrachten, und ich muss ihm zur Seite stehen. Außerdem wäre er dort auch nicht in Sicherheit. Er wird nirgendwo sicher sein, sobald Charles auf dem Thron sitzt. Es wird bald Zeit sein, zu gehen«, fügte sie hinzu und wandte sich abrupt praktischen Dingen zu. »Pack deine Sachen zusammen.«

Ich sah mich um. Ich stand da in allem, was ich besaß. Daran schien sie sich jetzt auch zu erinnern.

»Deine Truhe ist bereits aufgeladen. Ich habe versucht deine Bedürfnisse vorauszusehen.« Sie reichte mir eine Börse. »Hier ist Geld für deine Überfahrt und falls du noch irgendetwas anderes benötigst. Es lauern überall Banditen, also halte es versteckt und pass gut darauf auf. John Rivers und seine Leute warten auf das Ablegen des Schiffes in einem Gasthaus in Southampton. Der Fuhrmann weiß, wo. Er wird dich dort hinbringen. Gib das Rivers, sobald du ankommst.«

Sie schob mir den Brief in die Hand und drehte sich abrupt um, als wolle sie gehen.

»Wartet! Wartet doch, Madam!« Ich fasste sie am Ärmel, um sie zurückzuhalten. »Es gibt noch etwas, das ich wissen muss.«

»Nun?«

Ihre Stimme hatte ihre höfliche Kühle zurückgewonnen. Die Frage erstarb mir fast in der Kehle, aber ich gab nicht nach. Ich würde sie nicht gehen lassen. Nicht, bis ich mehr wusste.

»Warum?«, stieß ich schließlich hervor. »Warum ich?«

»Ich habe eine große Schuld bei Alice Nuttall abzutragen, der Frau, die du Großmutter nennst. Sie war meine Amme. Als Kind hegte ich eine große Zuneigung zu ihr. Ich war ihr so nahe, wie du ihr bist.« Sie korrigierte sich. »Wie du ihr warst. Später half sie mir in einer Zeit großer persönlicher Not, wo niemand anders mir helfen konnte. Sie erwies mir einen Dienst und jetzt ist es an mir, die Schuld zu begleichen. Über die Jahre hinweg habe ich versucht ihr zu helfen, habe mich darum gekümmert, dass es ihr gut ging.«

Deshalb also hatte Alice Nuttall so lange gut genug leben können, ohne einen Mann, der sie unterhielt. Das hatte lange schon Verdacht erregt.

»Aber mein Mann war Offizier und zum Schluss Politiker. Ich folgte ihm in die Ferne. Ich kam, sobald ich von ihren Schwierigkeiten hörte, aber es war zu spät, zu spät, um zu verhindern ...« Sie hielt einen Moment inne, um sich wieder zu sammeln. »Die einzige Möglichkeit, wie ich die Schuld an sie nun abtragen kann, ist durch dich. Jetzt beeil dich, es ist keine Zeit zu verlieren.«

Sie trat zu mir und hob ihren Schleier. Sie hielt mich in der kürzesten aller Umarmungen. Sie roch nach Blumen. Einen Moment lang atmete ich den süßen, betörenden Duft von Rosen ein, dann ließ sie mich los.

»Hier. Nimm dies als Andenken und Glücksbringer.«

Sie zog einen Ring von ihrem Finger. Er hatte einen purpurroten, flach geschliffenen Stein, in dessen Mitte der Buchstabe *E* eingraviert war. Meine Finger schlossen sich um den Ring. Das Gold wog schwer in meiner Hand.

Ich schaute in ihre Augen und sah meine eigenen Augen zurückblicken, der gleiche eigenartige Farbton, helles Grau, gefleckt mit Gelb, gerahmt mit Schwarz. Jetzt wusste ich, welcher Art ihre Schuld war. Sie hatte dreizehn Jahre auf ihrem Gewissen gelastet. Ich blickte in die Augen meiner Mutter und ich wusste, dass ich sie nie mehr wiedersehen würde.

Eintrag 6

Der Fuhrmann hob mich hoch, mitsamt meinem Bündel, als wöge ich gar nichts. Er war ein kräftiger Mann, mit langen Armen und gebeugter Haltung. Er war in mehrere Mäntel gehüllt und trug einen großen schwarzen Hut, formlos und speckig, tief in die Stirn gezogen. Er setzte mich auf die kleine Kutschbank und schwang sich selbst mit überraschender Gelenkigkeit neben mich. Die Pferde zerrten an ihren Zügeln, ungeduldig endlich loszukommen. Die schweren Tiere stampften mit ihren großen Hufen, schnaubten und blähten die Nüstern, ihr Atem bildete kleine Wölkchen. Ich zog meinen Umhang um mich, froh, dass er aus dicker Wolle und von guter Qualität war, denn die Luft war kühl.

Der Fuhrmann schnupperte kurz in die Luft und murrte: »Gibt Frost heut Abend, kannst mir glauben.«

Er band seinen Schal enger, gab den Pferden einen leichten Schlag mit der Peitsche und wir fuhren klappernd aus dem Hof und auf die gepflasterte Straße.

Bald endete das Pflaster und die schweren Räder ratterten durch Furchen, welche die Straße nach Süden waren. Ich sagte wenig zum Fuhrmann, er noch weniger zu mir. Ich fühlte mich klein neben ihm und einsam, voller Zweifel und Unsicherheit. Ich konnte kein Ende meiner Reise erkennen, die gerade erst begann.

Ich musste eine ganze Weile geschlafen haben, denn als ich aufwachte, sah ich, dass wir eine weite Ebene durchquerten.

»Das sind Merlins Steine, da drüben.«

Der Fuhrmann zeigte mit der Peitsche in Richtung riesiger Felsen, die rechts vor uns aufragten. Wie gebannt starrte ich darauf. Dies musste der große Tempel des Windes sein. Meine Großmutter hatte mir davon erzählt. Ein Steinkreis, der sich weit südlich von uns befand und viel, viel größer als jeder andere war. Diese Orte sind jenen heilig, die nach dem alten Glauben leben. Zu gewissen Zeiten des Jahres hatte meine Großmutter sich zu einem solchen Ort aufgemacht, der etwa eine Tagesreise von dort entfernt war, wo wir lebten. Sie hatte mir nie erzählt, was dort vorging oder wer sonst dort war, und ich wusste genau, dass ich sie besser nicht fragte. Die Rituale, die dort vollführt wurden, waren ein Geheimnis und nur diejenigen, die daran teilnahmen, kannten sich untereinander.

Bald verschwanden die großen Felsen. Dunkelheit umhüllte uns und im Mondlicht entspann sich die Straße vor uns wie ein weißer Faden.

Alles andere lag im Dunkeln.

Eintrag 7

Ich hatte noch nie das Meer gesehen, aber noch bevor die muskulösen Arme des Fuhrmanns mich wachrüttelten, spürte ich eine Veränderung in der Luft. Sie schlug feucht gegen meine Wangen und sie roch nach Salz und Fisch. Und ich hörte die Schreie der Möwen wie spöttisches Gelächter. Ich öffnete meine Augen und sah mich von grauem, sich kräuselndem Nebel umgeben. Die Masten und Takelagen von großen Schiffen waren darin auszumachen, wie nackte Äste im Winter. Unser Karren rumpelte mit seinen eisenbeschlagenen Rädern den Kai entlang und um uns herum tönte das Glucksen und Schlagen von Wasser, das Ächzen von Brettern, das Schleifen von Schiffen, die aneinander rieben. Ich fragte mich, welches davon mich nach Amerika bringen würde . . .

Puritaner sind Frühaufsteher. Es dämmerte gerade erst, aber sie nahmen in der gewölbeartigen Stube des Gasthofs bereits ihr Frühstück ein. Ich stand an der Tür, zögerte einzutreten und lauschte auf das Stimmengemurmel und das Klappern des Geschirrs. Essen wurde verteilt. Der Augenblick lastete schwer auf mir. Sobald sie mich bemerkten, würde sich mein Leben völlig ändern. Am liebsten wäre ich weggelaufen, aber wohin konnte ich schon? Der Fuhrmann war bereits fort, um seine Auslieferungen zu erledigen. Ich hatte keinen Platz auf der Welt, wohin ich hätte gehen können.

Die Kinder bemerkten mich zuerst. Sie waren brav

und folgsam, verzehrten still ihr Essen und sprachen nur, wenn sie angesprochen wurden, lediglich ihre Blicke wanderten, huschten hierhin und dorthin, immer auf der Suche nach etwas Neuem. Einige kleinere Kinder entdeckten mich und sahen einander fragend an. Eines von ihnen zog am Ärmel eines älteren Mädchens, etwa meines Alters, von dem ich annahm, dass es ihre Schwester war. Sie wiederum betrachtete mich mit großen, ernsten Augen, bevor sie ihre Lippen mit der Serviette abtupfte und den Arm des Mannes berührte, der neben ihr saß.

»Vater . . .«

Der Mann blickte auf und sah mich im Türrahmen stehen. Er kaute weiter sorgfältig sein Essen. Dann schluckte er und stand auf. Er kam auf mich zu, ein Mann von überdurchschnittlicher Größe, sein hellbraunes Haar, das glatt auf seine Schultern herabhing, zeigte graue Strähnen. Ich nahm an, dass er ein Bauer war; sein Gesicht war ledrig von der Arbeit im Freien, die Haut um seine Augen bildete kleine Fältchen vom Blinzeln in Wind und Wetter und die Hand, die meine schüttelte, hatte Schwielen.

»Du musst Mary sein. Willkommen, Kind. Du wirst bereits erwartet.«

Die Fältchen um seine Augen vertieften sich mit seinem Lächeln, und als er auf mich heruntersah, bemerkte ich, dass sein Gesicht zwar rau und voller Falten, aber freundlich war.

»Danke, Sir«, erwiderte ich und zeigte das, was ich als Knicks kannte. »Und Ihr wärt?«

»John Rivers.« Seine Stimme war tief und die Worte kamen lang gezogen, anders als der Dialekt der Gegend, wo ich aufgewachsen war.

»Dann ist dies für Euch.«

Ich reichte ihm den Brief, der mir mitgegeben worden war. Er las ihn und nickte, bevor er ihn in sein Wams steckte.

»Hast du Hunger? Komm. Setz dich und iss.«

Er führte mich zu seinem Tisch. Die Kinder auf der Bank rutschten zur Seite, um Platz für mich zu machen. Seine Frau schöpfte Haferbrei aus einem Topf über dem Feuer. Sie bewegte sich langsam, als ob ihr Rücken ihr Schmerzen bereitete. Ich schätzte, dass sie im siebten Monat schwanger war, vielleicht sogar im achten, obwohl das mit ihrer weiten Kleidung schwer zu sagen war. Das Mädchen, das seinen Vater zu mir geschickt hatte, füllte einen Becher mit Milch und drehte sich dann weg, um seiner Mutter zu helfen. Ich erinnerte mich daran, ein Dankgebet zu sprechen, zum Teil für das Essen, aber auch für meine eigene Ankunft.

Während ich aß, spürte ich neugierige Blicke auf mir. Ich beobachtete die anderen ebenfalls unter den Wimpern hervor. Noch konnte ich kein Gesicht vom anderen unterscheiden. Sie erschienen mir so gleich wie die Klumpen im Haferbrei vor mir. Ich sah Leute einer mittleren Klasse, niemand sehr reich und niemand sehr arm. Eine Mischung aus Bauern und Händlern, alle in das dunkle, schlichte Tuch gekleidet, das sie als Puritaner auswies. Ich hatte keine Ahnung, welcher der verschiedenen Glaubensrichtungen sie nun genau angehörten. Es wäre nicht gut, das Falsche zu sagen. Ich würde sorgfältig zuhören und mich von dem leiten lassen müssen, was ich hörte.

Bald verloren sie das Interesse an mir und kehrten zu ihrer Mahlzeit und ihren Gesprächen untereinander zurück. Ich konnte die Anspannung in ihren Gesichtern erkennen, hörte Sorge in den leisen Stimmen. Diese Menschen hatten gelitten wie das Volk überall, ihr Leben war wieder und wieder umgeworfen worden, durch Krieg, durch schlechte Ernten, geringen Lohn, den Mangel an Handel. Frieden und Wohlstand gehen Hand in Hand, das hatte meine Großmutter immer gesagt, und das Land hatte seit viel zu vielen Jahren nichts davon gesehen. Die meisten Menschen ertrugen einfach ihr Unglück, nahmen es als ihr Schicksal, aber diese hier waren anders. Enttäuscht und ohne Hoffnung auf Besserung, zweifelten sie an der Zukunft. Die Bitterkeit in ihnen war gewachsen, bis sie stark genug war sie über ein Meer zu treiben. Aber was würde dann mit ihnen geschehen? Sie waren so besorgt wie ich selbst. Meine eigenen Ängste spiegelten sich in allen Augen um mich herum.

»Ganz allein, Kleine?«

Ich drehte mich um und sah eine Frau, die mich anlächelte. Sie hatte die besten Jahre schon hinter sich, das Haar, das unter ihrer Haube hervorschaute, war von grauen Strähnen durchzogen und ihre Haut runzlig wie ein Winterapfel, aber ihre Augen blickten hell und klar.

»Ja, das stimmt.« Ich versuchte ein Lächeln, aber dieser überfüllte Raum mit all den Familien, die beieinander saßen, hatten mir das Gefühl gegeben, noch einsamer zu sein als je zuvor. »Mein Name ist Mary.«

»Ich bin Martha, Martha Everdale.« Sie streckte ihre Hand aus, um meine zu schütteln wie ein Mann. Ihre Finger waren so stark und ihre Handfläche so rau von der Arbeit, dass sie mich an poliertes Eichenholz erinnerten. »Bin auch allein. Mein Mann ist tot. Die Kinder sind mit ihm gegangen.« Sie sah für einen Moment in die Ferne, als ob sie in die Vergangenheit blickte, und dann wieder zu mir zurück. Den Kopf auf eine Seite gelegt, musterte sie mich genau, als ob sie einen Entschluss fasste. »Wir könnten ein gutes Paar abgeben, denke ich. Kannst mit mir reisen.«

Als wir das Frühstück beendet hatten, nahm Martha mich mit nach oben in einen großen Raum, der Schlafstätte für viele Familien war. Es blieb kaum genug Platz, um sich zwischen all dem Gepäck und den provisorischen Lagern zu bewegen.

»Du kannst all deine Sachen neben meine stellen.« Sie sah sich um. »Wir kommen alle vom gleichen Ort, mehr oder weniger. Gleicher Ort, gleiche Kirchengemeinde. Wir folgen unserem Pfarrer, Reverend Johnson. Ihm und den anderen Gemeindegliedern, die bereits vor Jahren fortgingen. Wir wollten ihnen schon früher folgen, aber der Krieg hat alles zu unsicher gemacht. Wir waren zufrieden noch eine Weile zu bleiben, aber jetzt lautet der Wille, zu gehen.«

»Der Wille?«

»Der Wille der Gemeinde. Es ist wichtig, dass alle vereint sind. Ich werde versuchen meine Schwestern zu finden. Sie sind alles, was mir noch geblieben ist, nachdem mein Mann von mir gegangen ist.«

»Und die Kinder?«

Sie lächelte traurig. »Meine beiden Kinder . . . hab sie auf dem Friedhof zurückgelassen.«

»Woher wisst Ihr, wo Ihr Eure Schwestern findet?«

»Vertrau auf die Führung des Herrn.« Sie sagte das, als sei dies eine Wahrheit, die zu offensichtlich sei, als dass man sie in Frage stellen könnte. »Und jetzt« – sie lächelte auf mich herab –, »sag mir, Mary, woher kommst du?«

»Aus Warwickshire. Das ist nur ein kleiner Weiler.«

»Niemanden dort zurückgelassen?«

Ich schüttelte den Kopf und senkte den Blick, als ob mir Tränen in die Augen stiegen. Ich wollte nicht zu viel sagen, aber sie fragte mich gar nicht über meine Familie aus oder wie ich hierher gekommen war. Sie legte einfach ihre Hand unter mein Kinn und blickte in mein Gesicht. Ihre grünen Augen schienen bis in mein Herz zu sehen. Es war, als ob sie mich nicht zu befragen bräuchte. Als wüsste sie bereits alles.

Sie fasste eine Haarlocke an meiner Stirn und schob sie unter meine Haube. Ihre Finger rochen nach Wacholder und ließen meine Wange kribbeln. Sie fühlte sich an wie eine Heilerin.

»Du hast jetzt eine Freundin. Mach dir keine Sorgen mehr. Kannst Martha und du zu mir sagen.«

Ich blieb bei ihr, während sie zwischen den anderen

umherging, sich nützlich machte und mal mit diesem, mal mit jenem plauderte. Dabei stellte sie mich den anderen vor. Sie gab mir die Möglichkeit, mich hinter ihrem Geplauder zu verstecken. Je weniger ich von mir erzählte, desto besser. Lügen sind nicht so im Gedächtnis verankert wie die Wahrheit. Manche der Mitreisenden dachten jetzt, ich sei eine Verwandte von Martha, eine Nichte oder eine Enkelin. Wir ließen sie denken, was sie wollten.

Es war nicht ungewöhnlich für Waisenkinder, nach Amerika gebracht zu werden. Dies galt nicht für Säuglinge oder Kleinkinder, sondern für kräftige Jungen oder Mädchen, die dem Kindesalter beinahe entwachsen waren. Die Kolonie brauchte starke Arme und kräftige Rücken, um Bäume zu fällen, und genügend Frauen und Mütter, um das neue Land zu bevölkern. Es würde andere wie mich geben, an Familien gebunden, mit ihnen zusammen, aber nicht zu ihnen gehörig. Es schien mir eine recht unangenehme Rolle, wie ein Dienstbote, aber doch nicht ganz. Alles in allem war ich froh, dass ich Martha gefunden hatte oder eher sie mich.

Als wir herumgingen, beobachtete ich die anderen Mädchen meines Alters. Ich wollte herausfinden, wie ich mich benehmen musste, damit ich wie ein braves puritanisches Mädchen wirkte. Rebekah Rivers, das Mädchen, das mir seinen Vater geschickt hatte, gibt ein gutes Beispiel ab, denn sie ist still und hilft ihrer Mutter. Andere, bemerkte ich, waren nicht so bescheiden. Sie kicherten miteinander und warfen den

Dienstboten des Gasthauses kokette Blicke zu und halfen überhaupt nicht.

Erst am Abend konnte ich die Truhe untersuchen, die mich hierher begleitet hat. Sie ist nicht groß, aber schön gearbeitet und hat meine Initialen eingraviert. Mein Herz klopfte heftig, als ich sie öffnete, und ich fragte mich, was ich wohl finden würde. Der Brief, auf den ich gehofft hatte, lag obenauf.

Mary,
ich hoffe, dass dir die Truhe gefällt und du ihren Inhalt gut gebrauchen kannst. Es ist nicht gut, sich etwas zu wünschen, was nicht sein kann. Das Schicksal hat uns auseinander gerissen und trennt uns auch in Zukunft. Ich behalte dich für immer in meinen Gedanken, das musst du wissen, und wo immer du hingehst, du wirst nicht allein sein, auch wenn du das vielleicht denkst. Ich könnte mehr schreiben, Seiten füllen, doch ich sehe keinen Sinn darin.
Zweifle nicht daran, dass ich dich liebe.
Leb wohl und mag Gott mit dir sein und dich beschützen.
E.

Meine Hand zitterte, während ich das las. Ich saß einen Moment da und starrte darauf, als ob diese wenigen Zeilen mehr über die Frau enthüllen würden, die ich niemals kennen würde. Dann legte ich den Brief beiseite. Es hat keinen Sinn, über vergossene Milch zu weinen, das ist das, was meine Großmutter gesagt hätte.

Ich machte mich daran, den Rest der Truhe zu untersuchen. Das ist es, was ich fand: Kleidung: verschiedene Garnituren zum Wechseln, mehrere Garnituren Bettwäsche, eine Länge eines guten Stoffes, Nähzeug – Nadeln, Faden, ein silberner Fingerhut. Ein Messer in einem Futteral, ein Zinnteller, noch ein Messer, ein Löffel und eine Gabel. Grundlegende Dinge. Die Sachen hätten von einer Magd gepackt worden sein können.

Ganz unten befand sich Tinte, eine Feder und ein Stoß Papier, gefaltet wie ein Buch. Ich stürzte mich darauf, drehte die Blätter in der Hoffnung, dort die Antworten zu finden, die mein Herz erleichtern würden. Ich legte sie zurück und meine Enttäuschung verwandelte sich in Wut. Wenn das ein Scherz sein sollte, verstand ich ihn nicht. Alle Seiten waren leer.

Ich benutze nun die Tinte und die Feder, um mein Tagebuch zu beginnen. Viele hier schreiben Tagebücher, um den Beginn ihres großen Abenteuers festzuhalten. Ich beschließe das Gleiche zu tun. Denn ich fühle mich allein, sehr allein, was immer sie sagen mochte.

Eintrag 8

Das Schiff sollte noch am Morgen meiner Ankunft auslaufen, aber mit der Flut kam Nebel herein und brachte eine tödliche Stille. Der Nebel hing den ganzen Tag da, überzog alles wie ein großes Tuch. Die Männer gehen jetzt am Hafen entlang und die Frauen füllen die Straßen der Stadt. Ein Schiff kann in einer Flaute wie dieser oder wegen heftiger Winde eine Woche oder noch länger im Hafen festliegen. Mit jeder Stunde steigt die Unruhe und Besorgnis. Die Puritaner sind vorsichtige Menschen und jeder Schilling, der hier ausgegeben wird, ist ein Schilling weniger, der im Neuen Land ausgegeben werden kann.

Der Abend kommt und der Nebel ist so dicht wie vorher. Der Kapitän des Schiffes war in das Gasthaus gekommen, sein fleischiges Gesicht so lang wie eine Fiedel, um sich besorgt mit den Gemeindeältesten zu beraten. Sie sind der Meinung, dass man da nichts machen kann, weil es Gottes Vorsehung ist, Sein Wille, aber sie haben vor den morgigen Tag zu einem Tag ernsthafter Buße zu machen, einem Tag der Predigt, der Gebete und des Fastens. Der Kapitän ging düsterer, als er gekommen war, fluchte verhalten und murrte, welchen ver. . . Sinn das haben sollte.

Eintrag 9

Heute Morgen gab es an Stelle des Frühstücks eine Gebetsstunde und sie wurde von einem Mann abgehalten, den ich vorher noch nicht gesehen habe. Er ist jung für einen Prediger, noch nicht aus seinen Zwanzigern, hoch gewachsen und sehr dünn. Er trug einen runden Hut und darunter kam weißliches Haar hervor, mit einem Stich Gelb, schnurgerade wie Flachs. Sein Kragen weist ihn als ordinierten Geistlichen aus und die Gemeindeältesten bringen ihm große Ehrerbietung entgegen.

Ich fragte Martha flüsternd, wer das sei.

»Elias Cornwell, Reverend Johnsons Neffe. Ist noch nicht lange bei uns. Kommt aus Cambridge.«

Er ist jung, aber er steht immer mit hängenden Schultern da und sein Rücken ist gebeugt wie der eines alten Mannes. »Gelehrtenhaltung« nennt Martha das. Seine schwarze Kleidung hängt lose an ihm und seine knochigen Handgelenke ragen aus seinen Ärmeln hervor, als sei seine Jacke zu klein für ihn. Seine langen blassen Hände flatterten über die Seiten der Bibel wie eine Spinne, die Finger voller Tinte von den Nägeln bis zu den Knöcheln. Er hatte seine Bibelstelle gefunden, blickte über die Köpfe, die vor ihm gebeugt waren, und setzte zum Sprechen an.

Er erinnert mich an ein Frettchen. Sein Gesicht ist leichenblass mit verkniffenen Zügen, die in einer schmalen Himmelfahrtsnase enden. Die Nasenspitze ist breit und rosafarben. Ich erwarte immer, dass sie gleich anfängt zu zucken.

Er nahm seinen Hut ab und der Blick seiner blassen Augen glitt über uns hinweg. Er begegnete meinem Blick, noch bevor ich ihn zu Boden senken konnte. Ein Stirnrunzeln war auf seiner hohen, fliehenden Stirn zu erkennen und ich dachte, ich sähe, wie seine empfindsame Nase zuckte, als röche sie einen Eindringling. Schnell studierte ich die rauen Holzdielen unter meinen Füßen.

Er hatte seinen Text in der Bibel gekennzeichnet,

aber er las ihn nicht ab. Den Text, den er gewählt hatte, konnte er auswendig. Seine Stimme überraschte mich. Trotz seiner mageren Gestalt erfüllte sie tief und voll den Raum.

»Wir sind die Erwählten Gottes. Seine Absicht für uns ist klar und deutlich«, begann er.

»Und ich will meinem Volk Israel eine Stätte geben und will es pflanzen, dass es dort wohne und sich nicht mehr ängstigen müsse und die Kinder der Bosheit es nicht mehr bedrängen. Wie vormals . . .«

Er zitierte aus dem zweiten Buch Samuel. Großmutter hatte stets darauf geachtet, dass ich die Bibel gut kannte.

Seine volle Stimme schallte über die Versammlung. Manche Köpfe nickten leicht zur Bestätigung seiner Worte, viele Schultern und Rücken strafften und entspannten sich mit dem Rhythmus seines Vortrags. Er predigte einen Glauben, der von allen vorbehaltslos geteilt wurde.

»Wenn wir gesündigt haben, wenn wir in irgendeiner Weise von Gottes vorgegebenem Pfad abgewichen sind, müssen wir um seine Vergebung bitten. Wir müssen beten . . .«

Ich hörte eine Weile zu – seine Redekunst war bewundernswert –, aber als eine Stunde um war, merkte ich, wie meine Aufmerksamkeit nachließ. Ich hing meinen eigenen Gedanken nach, während ich versuchte nicht auf den zunehmenden Schmerz zu achten, der sich wegen des langen Stehens auf dem harten Boden in meinen Beinen ausbreitete. Doch ich bin lange Predigten und Beten gewohnt und geübt darin, andächtig zu erscheinen.

Meine Großmutter besuchte immer den Gottesdienst. Sie marschierte den Weg von unserer Hütte draußen am Waldrand ins Dorf, bei jedem Wetter, und sie nahm mich mit, obwohl sie kein Wort von dem glaubte, was gesagt wurde, und es vier Meilen hin und vier Meilen zurück waren. Sie ging jeden Sonntag in die Kirche, selbst nachdem man im Glaubenskrieg den katholischen Priester weggejagt und seine Gewänder verbrannt hatte. Die Statuen der Heiligen und der Jungfrau waren mit Holzhämmern bearbeitet, das bunte Glas in den Fenstern eingeworfen und der Altar entfernt worden, um statt dessen einen einfachen Tisch hineinzustellen. Sie ging immer noch hin, selbst nachdem die bösen Gerüchte um uns herum eingesetzt hatten und uns hasserfüllte Worte nachhallten wie das Echo unserer Schritte. Sie versäumte nie einen Gottesdienst, selbst nachdem man ihr in die Wange geritzt hatte und sie mit einer Eisennadel durchstochen hatte, um ihre Macht als Hexe zu brechen. Sie zuckte nicht einmal zusammen, stand einfach da, den Kopf gebeugt, während ihr Blut herabtropfte und die ausgetretenen Steinplatten auf dem Boden benetzte.

»Mary? Mary?« Ich spürte, wie eine Hand mich schüttelte. »Unsere Gebete sind zu Ende.«

Es war Martha. Ich sah mich um, als würde ich aus einem tiefen Schlaf aufwachen. Selbst die andächtigsten Gemeindeglieder bewegten und streckten sich.

Ich wollte mich ebenfalls strecken, aber mir drehte sich der Kopf und ich stolperte ein wenig. Marthas Griff um mich wurde fester. Ich sah, wie die blassen Augen des Predigers schmal wurden. Einen Moment lang fürchtete ich, er hätte geradewegs in mich hineingesehen, meine wahre Natur erraten, doch dann zuckte sein Mund, der schmal war wie eine Rasierklinge, anerkennend. Ich senkte den Blick. Er hatte meine Entrücktheit für andächtige Hingabe gehalten. Ich konnte wieder atmen.

Eintrag 10

Unsere Gebete wurden erhört. Der Nebel hat sich gelichtet. Er wurde von einem frischen Wind, der stetig aus Osten bläst, vertrieben. Ich stimmte in die Dankgebete ein, so inbrünstig wie alle anderen. Hier festzusitzen ist ermüdend und langweilig. Ich will endlich los.

Wir verließen den Gasthof und machten uns auf den Weg zu dem viereckigen Turm, der das Westtor der Stadt bildet. Dahinter lagen die Schiffe am Kai vor Anker; hinter ihnen war das Meer. Wir gingen einzeln, zu zweit und in kleinen Gruppen durch den riesigen Torbogen, trugen Säuglinge und Gepäck, schoben Karren mit Bündeln von Bettzeug und Kochutensilien. Wir bahnten uns den Weg zwischen Unrat und Pfützen, versuchten nichts fallen zu lassen und hofften, dass wir alles hatten, was wir brauchten; Eltern mahnten ihre Kinder nur ja nicht davonzulaufen, nicht verloren zu gehen. Jeder Einzelne war in diesem Augenblick so beschäftigt, dass er ohne jegliches sichtbare Zögern durch das Tor marschierte, obwohl dies das Tor ohne Umkehr war. Nun gab es kein Zurück mehr.

Ich war nie zuvor auf einem Schiff gewesen, bis vor etwa einem Tag hatte ich noch nicht einmal das Meer gesehen. Mir erschien das Schiff unfassbar riesig, wie eine kleine Stadt. Es roch nach Teer und frischem Holz. Als ich an Bord ging, spürte ich das leichte Schaukeln unter meinen Füßen. Ich hielt mich an dem dicken Seil fest, das an den Masten und Holmen hoch über mir befestigt war, und dann befand ich mich nicht länger auf festem Boden.

Als alle an Bord waren und das Schiff beladen war, wurden wir zur Zusammenkunft gerufen. Ich stand zwischen den anderen, den Kopf gesenkt, und starrte auf die hölzernen, weiß geschrubbten Planken, die so abgedichtet waren, dass sich kein einziger Spalt zeigte. Elias Cornwell betete laut, während das große Schiff an seinen Seilen zerrte, als wäre es ungeduldig, endlich loszukommen. All seine menschliche Fracht schwieg. Der Kapitän hörte auf herumzubrüllen und Befehle zu erteilen. Er und seine Matrosen standen barhäuptig da, so ernst wie die Ältesten, während der Prediger Gottes Segen für uns erbat.

». . . die mit Schiffen auf dem Meere fuhren und trieben ihren Handel auf großen Wassern, die des Herrn Werke erfahren haben und seine Wunder auf dem Meer . . .«

Nachdem unser Gebet vorbei war, wurden wir nach unten in eine der großen Sammelkajüten geführt. Dies sollte nun unser Zuhause sein. Zuerst schien es mir riesig, als ob die Kajüte fast von einem Ende des Schiffes zum anderen reichte, aber bald war sie so voll, dass der Platz, den jede einzelne Person hatte, nicht mehr als die Breite eines Bettes betrug.

Die Matrosen arbeiteten und sangen über uns, setzten Segel und holten die große eiserne Ankerkette ein und wir scharten uns in kleinen Grüppchen zusammen, stapelten und verteilten unsere Habseligkeiten, um unsere Heimstatt zu markieren.

»Zusammengepfercht wie Vieh«, meinte ich, als wir unsere Bündel zurechtrückten.

»Und wahrscheinlich werden wir auch so stinken.« Martha nickte zu den Eimern in der Ecke, die als Abtritteimer und für Schmutzwasser vorgesehen waren. »Hier, leg die in dein Bettzeug. Ich habe sie noch in meinem Garten gepflückt.«

Sie griff in ihre Tasche und reichte mir ein Bündel von Kräutern: Lavendel und Rosmarin, von aromatischem Geruch und erntefrisch getrocknet aus einer anderen Jahreszeit. Der Duft trug mich geradewegs zurück in den Garten meiner Großmutter und Tränen stiegen mir in die Augen. Martha wollte etwas sagen, doch ihre Stimme wurde übertönt von neuerlichem Geschrei über uns. Die schwere Vertäuung fiel mit einem dumpfen Schlag seitlich gegen das Schiff. Das Schaukeln veränderte sich gleich darauf, stieg und fiel in Wellenbewegung. Das Hauptsegel ächzte, als der

Wind es erfasste, und das ganze Schiff neigte sich heftig, sodass alle um ihr Gleichgewicht kämpfen mussten. Wir waren unterwegs.

Die Reise,
Teil 2:
Die Seefahrt

Eintrag 11 (? März 1659)

Das gute Wetter und die günstigen Winde hielten an. Die Matrosen lobten den Prediger noch, als wir Land's End passiert hatten, und sagten, dass seine Gebete genutzt hatten, aber ich träumte nächtens von Segenswünschen einer anderen Art. Die ganze Küste entlang sah ich Frauen auf Hügeln, auf schroffen Klippen und vorspringenden Felsen, die nach unserem Schiff Ausschau hielten. Manche standen aufrecht, mit langem, wehendem Haar und ausgestreckten Armen. Manche saßen auf den Felsen wie auf einem Thron und sahen hinaus. Ich träumte mich nahe genug, um ihre Gesichter sehen zu können. Ich wusste, dass sie von meiner Mutter gesandt worden waren. Der Ruf war ausgeschickt worden mich zu beschützen. Ich bin ihre Tochter und sie ist eine mächtige Hexe.

Eintrag 12

Sechsunddreißig Schritte in der Länge, neun in der Breite. Das ist das Hauptdeck. Vierzehn Schritte in der Länge, acht in der Breite, das ist die große Kajüte, in der wir leben. Das ist meine Welt. Ich hatte das Schiff für groß gehalten, als ich es zum ersten Mal sah, aber je weiter wir draußen auf dem Meer sind, desto schmaler scheint es, bis es zu Walnussgröße geschrumpft sein wird, wie ein kleines Märchenschiff, umgeben von dem tiefen grünen Ozean.

Kapitän Reynolds bewohnt eine kleine Kajüte, die sich am hinteren Ende des Schiffes befindet, unter dem Zwischendeck. Die Matrosen mit ihren Habseligkeiten sind überall dort untergebracht, wo gerade Platz ist. Es gibt nur wenige Einzelkabinen. Die meisten Passagiere sind so eng zusammengedrängt wie Heringe in einem Fass, und gesalzener Fisch würde noch besser riechen – besonders wenn die Luken geschlossen sind. Der Prediger Elias Cornwell ist einer der wenigen, die eine Einzelkabine haben. Sie ist sehr klein, aber er hat sie ganz für sich allein – ein großer Luxus im Vergleich zu dem Rest von uns. Er leidet unter Seekrankheit, so stark, dass die täglichen Gebete von einem der Ältesten abgehalten werden müssen.

Er ist mit dieser Krankheit nicht allein. Viele andere leiden auch darunter. Martha ist damit beschäftigt, überall auf dem Schiff Beschwerden zu lindern, und ich helfe ihr. Reverend Cornwell hat keine Frau oder weibliche Verwandte, also fällt oft mir die Aufgabe zu, ihn zu betreuen. Ich tue es nicht gern. Ich kenne mich mit Kräutern und Heilen ein bisschen aus, aber Krankenpflege ist für mich kein Vergnügen.

Seine Kabine riecht sauer, nach Erbrochenem und dem Abtritteimer. Es gibt ein kleines Fenster mit einem hölzernen Laden, welches ich immer sofort öffne. Unter dem Fenster ist eine Schreibplatte angebracht. Normalerweise ist sie an der Wand hochgeklappt, aber manchmal ist sie auch aufgeklappt und mit Schreibmaterial bedeckt. Es gibt ein Regal mit Büchern darauf und andere in einer Truhe, die offen am

Fußende des Bettes steht. Religiöse Werke hauptsächlich, Bibelkommentare und gesammelte Gebete. Manche in Englisch, manche in Latein.

Ich betrachtete sie gerade, um zu sehen, ob irgendetwas Interessantes dabei war, als ich eine Stimme vom Bett hörte. Ich blickte auf, mehr überrascht als schuldbewusst. Reverend Cornwell bemerkte meine Gegenwart sonst kaum.

»Du kannst lesen?«

»Ja, Sir. Englisch und ein bisschen Latein. Schreiben auch.«

»Wer hat dir das beigebracht?«

»Meine Großmutter, Sir.«

Er richtete sich im Bett auf, um mich besser ansehen zu können. Sein Gesicht war grau über seinem Nachthemd, sein dünnes Haar klebte an der Stirn.

»Und was war sie?«

Er sah mich scharf an. Ich verzog keine Miene, aber ich merkte, wie mein Puls am Hals heftig zu pochen anfing.

»Eine einfache Bauersfrau, Sir.«

»Und sie konnte Latein?«

»Ihre Großmutter hatte sie darin unterrichtet.«

Ich fügte nicht hinzu, dass sie wiederum von Nonnen unterrichtet worden war und dass wir viele der Bücher gehabt hatten, die aus deren Bibliothek stammten, gerettet vor den Verwüstungen von König Henrys Männern.

»Wie ist dein Name?«

»Mary, Sir.«

»Bring mir etwas Wasser!«

Ich ging hinüber, um seinen Becher zu füllen.

»Du kennst deine Bibel?«

»Ja, Sir. Auch das hat sie mich gelehrt.«

Er nickte und sein Kopf fiel zurück auf das Kissen, als ob jegliche Anstrengung zu viel für ihn sei.

»Du schreibst gut? Deine Schrift ist lesbar?«

»Ja, Sir. Ich denke schon. Warum fragt Ihr?«

»Ich mag vielleicht Verwendung für dich haben. Ich will diese Reise festhalten.«

»Ihr meint wie ein Tagebuch?«

Er warf mir einen Blick zu, als ob er nie etwas so Geringes erwogen hätte. »Ich meine einen Bericht. Ein Buch der Wunder, eine Aufzeichnung von Gottes Vorsehung.«

»Über die Reise, die wir machen?«, fragte ich.

Das Schiff fuhr mit hoher Geschwindigkeit. Viele nahmen dies als ein Zeichen, dass Gottes Vorsehung bereits am Werk war. Selbst jetzt konnte ich die Wellen gegen den Rumpf schlagen hören. Die großen Segel über uns ächzten. Ich stellte mich auf das Schlingern ein, als das Schiff sich mit dem wechselnden Wind hob und senkte. Er antwortete nicht, schloss nur die Augen und lehnte sich wieder zurück, seine Haut hatte eine grünliche Farbe angenommen und war schweißbedeckt.

»Ich wünsche jeden Tag niederzuschreiben, wie es um unser Fortkommen bestellt ist«, antwortete er schließlich, »aber im Augenblick bin ich zu schwach, um überhaupt eine Feder zu halten.«

»Ihr möchtet, dass ich für Euch schreibe?«

Er nickte. Er konnte nicht länger sprechen. Stattdessen übergab er sich in den Eimer neben seinem Bett.

Eintrag 13

Jeden Tag werde ich in Reverend Cornwells Kabine gerufen, entweder um ihm über irgendwelche Wunder zu berichten, die sich ereignet haben könnten, oder um für ihn zu schreiben. Es gibt keine Wunder. Noch nicht jedenfalls. Tageslicht und Dunkelheit bestimmen unser Leben. Die Tage sind angefüllt mit Kochen, Krankenpflege, Sorge um die Kinder, dem Aufräumen und Säubern unseres Teils des Schiffes. Reverend Elias findet keine Wunder darin, also schreibe ich seine anderen Betrachtungen auf. Es sind sehr viele und sie sind sehr ausführlich. Gedanken umschwirren ihn wie Fliegen einen Misthaufen. Seine Kabine ist erfüllt mit dem dünnen, säuerlichen Geruch, der ihm eigen ist, und ich sehne mich danach, sie zu verlassen, aber ich habe keine Wahl, als zu bleiben und zu schreiben, bis mein Kopf von der Weitschweifigkeit des Predigers schmerzt und meine Finger schwarz von Tinte sind.

Wenn ich nicht für Reverend Cornwell schreibe, helfe ich Martha. Das Leben an Bord ist für alle eine Prüfung. Viele der Passagiere sind durch Familienbande eng verbunden und sie werden in anderen Teilen des Schiffes beherbergt: die Symonds, die Selways und Pinneys längsschiffs, die Vanes, Vales und Garners im Kiel, die Rivers, Deans und Dennings mittschiffs. Martha kennt sie alle, aber ich muss erst noch Bekanntschaften schließen, außer mit Jonah und Tobias Morse, die den Platz neben uns haben. Die Leute neigen dazu, sich an diejenigen zu halten, die sie bereits kennen. Rebekah Rivers und ich haben einander zugelächelt und zugenickt, aber obwohl sie gern mit Martha plaudert, scheint sie mir gegenüber zurückhaltend zu sein. Martha behandelt Sarah, Rebekahs Mutter gegen die Seekrankheit. Viele leiden schwer. Martha ist sehr beschäftigt.

Jonah unterstützt sie bei ihren Bemühungen. Er ist Apotheker. Er und sein Sohn Tobias gehören auch der puritanischen Gemeinde an, aber nicht der Gemeinde von Reverend Cornwell. Sie kamen in London an Bord. Jonah ist ein freundlicher, lebensfroher kleiner Mann, mit ziemlich dunkler Haut und scharfen schwarzen Augen unter buschigen grauen Brauen. Sein Haar, oder was davon noch übrig ist, ist ebenfalls grau und umrahmt seinen fast kahlen Kopf. Er ist sehr geschickt in seinen Bewegungen und seine Hände sind so klein und zart wie die einer Frau. Er hat eine kunstvoll verzierte kleine Truhe, voller kleiner Schubladen und Fächer, die alle möglichen Dinge enthalten, Arzneimittel, Glasflaschen und Tonschalen, alle gut verpackt, damit sie nicht zerbrechen. Voll Anteilnahme hinsichtlich des schlechten gesundheitlichen Zustands jener, die von der Seekrankheit geplagt werden, bot er an, selbst einen Trank herzustellen, von dem er schwor, dass er die Symptome erleichtere und schnelle Besserung bringe. Ich erzählte Reverend Cornwell davon, aber er lehnt alle Arzneien ab. Sein Leiden sei eine von Gott gesandte Prüfung, genau wie bei Hiob. Martha findet das dumm. Sie hat die Fähigkeiten einer Heilerin und erkennt sie in anderen. Sie denkt, Mr Morse und seine Apotheke werden uns nützlich sein. Nicht nur an Bord, sondern auch in Amerika.

Tobias ist völlig anders als sein Vater, mit blauen Augen und heller Haut, groß gewachsen und breitschultrig. Er ist um die neunzehn Jahre, ein Zimmermann, der gerade ausgelernt hat. Er spricht nicht viel und ist sehr zurückhaltend. Sie teilen beide ein Interesse für praktische Dinge, aber das ist auch schon die einzige Ähnlichkeit zwischen Vater und Sohn.

Jonah ist weit gereist. Er war sogar schon in Russland, wo er dem Zaren zu Diensten war, und in Italien, wo er den großen Galilei getroffen hat. Er weiß viele Geschichten zu erzählen. Martha sagt, man dürfe ihm nicht alles glauben, obwohl ich keinen Grund sehe, ihm nicht zu glauben. Er hat ein Fernrohr, um die Sterne zu beobachten, und oft nimmt er sein Bettzeug mit an Deck und schläft dort bei den Matrosen. Er weiß viel über Navigation und die Instrumente, die benutzt werden, um unseren Kurs zu bestimmen, und ist einer der wenigen Passagiere, die sich dem Kapitän nähern dürfen. Er leistet ihm während der ruhigen Nachtwachen Gesellschaft und sie gehen an Deck auf und ab, die Augen zum Sternenhimmel gerichtet. Jonah bemerkte

Unterschiede am Himmel. Der neue Mond scheint von hier aus viel kleiner und die Stellung des Polarsterns ist viel tiefer als dort, wo man ihn in England sieht.

Eintrag 14 (? April 1659)

Ich habe mein erstes großes Wunder gesehen.

Ich war mit Jonah an Deck, ich verbringe dort so viel Zeit, wie ich nur kann. Das Leben unter Deck wird langsam unerträglich. Auf dem engen Raum entstehen Eifersucht und Neid, selbst Hass breitet sich merkwürdig schnell aus, wie Unkraut in einem Blumenbeet. Wegen nichts können Streitigkeiten ausbrechen. Ich habe aus mir unbekannten Gründen böse Blicke und hämische Bemerkungen von Mädchen geerntet, die ich nicht einmal kenne.

Der Kapitän erlaubt uns an Deck zu bleiben, solange das Wetter es gestattet und wir den Seeleuten nicht in die Quere kommen. Wir hätten Glück, sagen die Matrosen, manche Kapitäne ließen die Passagiere während der ganzen Seefahrt unten eingeschlossen, wie Sklaven aus Afrika. Ich stoße jedes Mal ein Dankgebet aus, wenn ich die überfüllte Dunkelheit der großen Kajüte verlassen kann, mit ihrem Geruch nach Erbrochenem und Kot, ranzigem Fett, nasser Wolle und ungewaschenen Körpern. Ich bin froh dem Lärm von kreischenden Säuglingen und weinenden Kindern zu entkommen, den vielen Stimmen, die in Streit und Zank erhoben sind, zumal dies alles im Hintergrund immer noch von dem ständigen Schlagen und Rauschen der Wellen gegen den Rumpf begleitet wird.

Jonah und ich beobachten oft die Tümmler, die in der Nähe des Schiffes schwimmen und tauchen. Doch sie sind nicht das große Wunder. Sie haben uns schon viele Tage begleitet und sind nicht länger etwas Besonderes. Nein, das Besondere, was ich sah, war in der Luft, nicht im Meer. Ein riesiger Vogel schwebte über uns in weiten Kreisen auf sich kaum bewegenden Schwingen, verschmolz mit der Sonne und trat wieder heraus, schien aufzutauchen und zu verschwinden wie von Zauberhand. Die Matrosen deuteten mit offenem Mund darauf und ich starrte hinauf, bis meine Augen schmerzten. Es sei ein Vogel des südlichen Meeres, sagten die Matrosen, und er würde sonst in diesen Breiten kaum gesehen.

Jonah wollte mehr darüber wissen. Er sammelt Informationen über alle möglichen Dinge. Die Seeleute meinten, er sei wahrscheinlich durch einen großen Sturm von seinem Kurs abgebracht worden. Seeleute sind sehr abergläubisch und sehen in allem ein Zeichen. Es gab eine große Debatte unter ihnen, ob dies nun ein gutes oder ein schlechtes Omen sei. In einem waren sie sich allerdings einig. Als Nathaniel Vale seine Schrotflinte holte und auf den großen Vogel schoss, um frisches Fleisch zu bekommen, war es, als ob er auf den Kapitän selbst gezielt hätte. Die Matrosen stürzten sich auf ihn und nahmen ihm die Waffe ab. Voller Furcht blickten sie zum Himmel. Einen solchen Vogel zu verwunden würde auf jeden Fall großes Unglück bringen.

Der Vogel schien unverletzt, der Schuss ging ins Leere, aber er verließ uns, nachdem er noch einen letzten großen Bogen gedreht hatte, und flog dann weg über die endlosen Weiten des riesigen Ozeans. Eine Feder schwebte nach unten, eine der großen Flügelfedern: schneeweiß und an der Spitze schwarz. Sie verfing sich in der Takelage genau über meinem Kopf.

Ich schnappte sie, bevor es jemand anders tun konnte. Sie wird eine ausgezeichnete Schreibfeder für mein Tagebuch abgeben. Ich habe Tinte aus Elias Cornwells Kabine und genug Papier. Ich habe auch einen ruhigen Platz zum Schreiben gefunden. Er ist trocken und geschützt vor Wind und Gischt, die überzähligen Seile und Segel und all solche Dinge werden dort aufbewahrt und er wird nicht oft aufgesucht.

Eintrag 15

Der Wind, der den Vogel brachte, bläst stark aus Süden und treibt uns nach Norden. Jeden Tag wird die Luft kälter. Ich schreibe jetzt in eine Decke eingehüllt. Ich kann den Atem vor meinem Gesicht sehen und meine Finger werden steif. Das Meer ist eigenartig ruhig und dunkel, grün wie Glas. Riesige Eisstücke schwimmen an uns vorbei und glitzern weiß-bläulich in der Sonne. Manche Stücke sind sehr klein, doch andere sind so groß wie Inseln. Die Matrosen schütteln die Köpfe. Wir müssen vom Wind und der Strömung viel zu weit nach Norden getrieben worden sein.

Manche murren etwas über den großen Vogel und betrachten diese schwimmenden Inseln mit besorgter Vorahnung.

Die Schönheit des Eises täuscht. Der größere Teil der Eisbrocken befindet sich unter der Oberfläche und kann den Schiffsrumpf aufschlitzen wie ein harter Fels. Jonah Morse hat ein gutes Auge für Wunder, und obwohl er sich der Gefahren bewusst ist, ist er auch begeistert. Er hätte so etwas schon gesehen, erzählte er mir, auf einer Seereise, die er ins Zarenreich von Russland unternommen hatte. Ich finde die Eisinseln wunderschön, besonders am frühen Morgen und am Abend, wenn das Eis glitzert und verschiedene Farben annimmt, Rot und Honiggelb von der aufsteigenden oder untergehenden Sonne. Sie ragen empor wie große Felsen oder wie Kliffs einer eisigen Wüste, ihre Fundamente durchsetzt mit tiefen blauen Höhlen und Tunneln.

Unsere Fahrt ist fast zum Stillstand gekommen. Die Matrosen loten ständig die Tiefe aus und rufen die Fadenlänge in die kalte Stille. Der Kapitän geht unruhig an Deck auf und ab und zupft mit gerunzelter Stirn an seinem Bart. Gelegentlich stößt er Befehle aus, die weitergegeben werden durch laute, fast bellende Rufe und durchdringende Pfeiftöne, während das Schiff an den strahlend weißen Eisbergen vorbeizieht, die hoch aus der blau-schwarzen See aufragen.

Eintrag 16

Die Eisinseln werden immer dichter, aber sie sind jetzt kleiner und es ist leichter für das Schiff, sich an ihnen vorbeizudrängen. Das Wetter ist jedoch kalt und es wird immer noch kälter. Das Deck ist glitschig und Reif bildet sich an der Takelage. Es ist sehr still, fast unheimlich. Es gibt nicht den leisesten Windhauch. Eiszapfen bilden sich, machen die Segel schwer, die von der Rah hängen, bereit die ersten Anzeichen einer Brise aufzunehmen. Die Passagiere jammern sorgenvoll, doch der Kapitän sagt, es gäbe keinen Grund zur Unruhe, wir seien lediglich weiter nördlich, als er vorhatte. Manchmal scheint es, als müssten wir für ewig durch diese kalten schwarzen Gewässer segeln, das Meer durchstreifen wie der große Vogel, den wir sahen, und würden nie mehr wieder festen Boden berühren.

Eintrag 17 (? Mai 1659)

Es sind jetzt neun Wochen, seit wir in Southampton abgelegt haben. Der große Vogel kann sich aus dem Meer ernähren, doch uns gelingt das selten. Das Essen muss nahezu rationiert werden. Wir hatten kaum Regen, sodass das Wasser knapp ist und in den Fässern grün wird. Unter den Passagieren wächst die Besorgnis, dass die Zeit zum Pflanzen vorbei sein wird, wenn wir das Land erreichen, und keine Zeit mehr sein wird, um Häuser und Unterkünfte zu bauen, bevor der amerikanische Winter eintrifft, von dem wir gehört haben, dass er hart sein soll.

Reverend Elias Cornwell hat all das in seinem Buch der Wunder aufgeschrieben. Er braucht mich nicht länger als Schreiberin, aber ich muss ihm immer noch jeden Tag Bericht erstatten. Er bleibt in seiner Kajüte, verbringt seine Zeit mit Gebeten und Meditation, sucht nach Gottes Willen in all den Neuigkeiten, die ich ihm überbringe. Wir sind weit von unserem Kurs abgekommen und haben uns in einer eisigen Wildnis verirrt. Wir müssen Böses getan und schlimm gesündigt haben, um Gottes Unwillen erregt zu haben, sagt er. Entweder das oder es ist eine Hexe an Bord, eine Dienerin des Satans, die Böses vollbringt. Er drehte sich um und fixierte mich mit seinen farblosen Augen.

»Was denkst du, Mary? Könnte das nicht sein?«

Ich merkte, wie mein Blut fast gefror und befahl meinem Herzen nicht so heftig zu schlagen.

»Ich hätte gedacht« – ich wog meine Worte sorgfältig ab, versuchte meine Stimme nicht zittern zu lassen –, »ich hätte gedacht, wenn das Schiff untergeht, geht sie ja mit allen anderen unter.«

»Ach was«, stieß er hervor und bleckte seine großen gelben Zähne. »Das möchten sie dich vielleicht glauben machen, aber sie können schwimmen! Sie können selbst in einem Sieb vom Schiff wegsegeln. Der Teufel sorgt für die seinen.« Er fixierte mich wieder mit seinem nachdrücklichen, blassen Blick. »Und wer sagt, dass es eine Sie ist? Es könnte auch ein Er sein. Es könnte sein, dass ein Hexenmeister uns begleitet. Ich werde beten, dass sie sich zeigen. In der Zwischenzeit rufe ich einen Tag des Fastens und der Demut aus. Wir müssen beten, müssen Gottes Verzeihung erflehen.«

Ich knickste und verließ ihn. Das Fasten wird keine Strafe sein. Das Fleisch, das aus den Fässern kommt, ist grün und stinkt; das Hafermehl ist schimmelig und will nicht mehr eindicken, die Erbsen bleiben hart wie Musketenkugeln, egal, wie lange sie eingeweicht wurden, und der ganze Schiffsvorrat besteht aus mehr Käfern als Zwieback.

Eintrag 18

Dem Fasten und den Gebeten soll ein Gottesdienst an Deck folgen. Ein Gottesdienst, der immer wieder gehalten werden soll, bis wir aus unseren gegenwärtigen Schwierigkeiten befreit sind. Der Kapitän war einverstanden mit dem ersten Beschluss, seinetwegen können die Passagiere hungern, wenn sie das wollen, umso mehr Essen bleibt für ihn und seine Mannschaft, aber den Gottesdienst will er nicht erlauben. Er sagt, dass eine große Anzahl von Menschen an Deck die Arbeit auf dem Schiff behindern würde. Seine Weigerung wurde unter großem Protest aufgenommen. Ängste und Sorgen, die lange beiseite geschoben worden waren, flammten nun auf, selbst unter seinen Männern.

Den ganzen Tag hatte sich Unruhe und Unzufriedenheit ausgebreitet, Beschwerden verbreiteten sich, flackerten auf wie Funken im Wind. Die Wichtigkeit eines Gottesdienstes nahm immer mehr zu, bis plötzlich alles darauf zu beruhen schien: der Erfolg der Seereise, die Sicherheit des Schiffes, sogar unser Leben.

Zur angekündigten Zeit führte Elias Cornwell seine Herde hinauf an Deck. Die Matrosen sahen von der Takelage aus zu oder standen entlang der Reling am Achterdeck. Reverend Cornwell ging zum Zwischendeck, dem absoluten Reich des Kapitäns. Er stieg die kurze Treppe hinauf, um dorthin zu gelangen, wo der Kapitän stand. Zuerst drehte sich der Kapitän nicht einmal um. Er stand einfach da, eine gedrungene und mächtige Gestalt, die Beine gespreizt, die Hände hinter dem Rücken verschränkt. Der Reverend näherte sich ihm, bis er ihn überragte. Der Kapitän drehte sich um und kratzte sich an seinem dichten lockigen grauen Bart, mit zusammengekniffenen Augen blickte er nach oben, als wolle er den Stand der Sonne bestimmen. Cornwell, glatt rasiert und bleich wie Pergament, blickte auf ihn hinab und machte sich daran, sein Anliegen vorzubringen.

Cornwell hielt seinen Hut, drehte den Rand in seinen dünnen weißen Händen, aber seine Haltung wirkte, als erteile er einen Befehl, nicht als würde er eine Bitte stellen. Die Antwort des Kapitäns kam nicht sofort. Er marschierte zur gegenüberliegenden Reling, die Hände immer noch hinter dem Rücken, die eine klopfte gegen die andere. Dann drehte er sich auf dem Absatz um und kam zurück. Alle Blicke waren auf ihn gerichtet, Reverend Cornwells, die der Passagiere und auch die der Mannschaft. Der Kapitän sah alle nacheinander an. Es ist sein Schiff. Sein Wort ist Gesetz. Nachzugeben könnte als Schwäche ausgelegt werden. Andererseits war der Kapitän ein weiser Mann. Einverstanden zu sein kostete ihn nichts; eine Verweigerung konnte ihn sein Schiff kosten.

Die Passagiere und die Mannschaft bevölkerten das Hauptdeck, so dicht gedrängt, dass es kaum mehr möglich war, sich zu bewegen. Elias Cornwell blickte vom Zwischendeck auf uns hinab. Neben ihm standen die Gemeindeältesten, dahinter stand der Kapitän mit seinen Offizieren. Der Kapitän sah aus, als fühle er sich nicht sehr wohl. Er hatte nur zögernd nachgegeben und wahrscheinlich verfluchte er sein Schicksal, einen Prediger an Bord zu haben.

Wir standen mit gefalteten Händen und gesenkten Köpfen, als Elias Cornwells tiefe Predigerstimme erschallte. Er rief Gottes Vorsehung an, bat um Seine Vergebung, bat um die Errettung, flehte um ein Zeichen, dass wir uns wieder in Seinen Händen befänden. Plötzlich versiegte der Strom von Worten. Ich öffnete meine Augen und blickte vorsichtig nach oben, fragte mich, was diese Unterbrechung ausgelöst haben konnte. Er stand da, den Kopf in den Nacken gelegt, die Brust nach vorne gereckt, die Arme weit geöffnet. Er sah aus wie eine Kupferstichabbildung, die ich von Jesus auf dem See Genezareth gesehen habe.

»Wir baten um ein Zeichen. Jetzt haben wir dieses

Zeichen erhalten. Seht meine Brüder und Schwestern, seht!«

Ich sah es in seinen Augen, in den Augen von jenen, die an seiner Seite standen. Ich drehte mich um und die anderen drehten sich mit mir um.

»Die Brennenden Speere!«

»Die Fröhlichen Tänzer!«

»Die Nordlichter!«

Überall werden sie anders genannt. Ich hatte keinen Namen für sie. Genauso wenig wie das Mädchen, das neben mir stand. Ihre Augen wurden groß wie Suppentassen, sie fuhr mit der Hand an den Mund. Der Anblick war auch für viele andere neu. Puritaner knien nicht nieder, doch jetzt sanken viele in ehrfürchtigem Erstaunen auf die Knie. Überall um mich herum wurden Finger bewegt, in Abwehr gegen Zauberei, Hände schlugen ein schnelles Kreuzzeichen, Münder stießen Gebete an die Jungfrau Maria hervor. Solche Himmelsphänomene führten dazu, dass viele für einen Augenblick in ihrem alten Glauben Zuflucht suchten.

Farbige Lichter erfüllten den nördlichen Himmel, zuckten und flackerten, breiteten sich in Regenbogenfarben aus, vom Meridian bis zum Zenit: Schattierungen von Blutrot bis Rosarot, von Safrangelb bis zu zartem Schlüsselblumengelb, Blassgrün, Aquamarin und dunkelstes Indigo waren zu sehen. Breite Farbstreifen und Farbschleier beherrschten den Himmel, hoben und senkten sich wie ein Licht, das durch einen Wasserfall dringt. Große, die Farbe wechselnde Strahlen schossen hervor, als ob Gott seinen Daumen auf die Sonne gelegt hätte.

»Seht ihr denn nicht? Meine Auserwählten, meine Brüder und Schwestern, seht ihr es nicht?«

Elias Cornwell weinte jetzt, Farben huschten abwechselnd über sein Gesicht und spiegelten sich in seinen Tränen. Wo wir Lichter sahen, sah er etwas ganz anderes. Er sah die Himmlische Stadt.

»Ich sehe sie! Ich sehe sie genau vor mir!« Seine Stimme überschlug sich zwischen Ehrfurcht und ungläubigem Gelächter. *»Und ihre Mauer war aus Jaspis und die Stadt aus reinem Golde, gleich dem reinen Glase.* So spricht Johannes in der Offenbarung! Und so ist es! Alles ist in Licht gehüllt, mit Toren von Perlen und schimmernden Mauern groß und hoch! *Und die Grundsteine der Mauern um die Stadt waren geschmückt mit allerlei Edelgestein,* Saphiren, Topas, Smaragden und Amethysten! Und hinter den Mauern sehe ich schimmernde Dächer und goldene Kuppeln und glitzernde Kirchtürme

... Und die Stadt bedarf keiner Sonne noch des Mondes, dass sie ihr scheinen; denn die Herrlichkeit Gottes erleuchtet sie ... Und er zeigte mir einen Strom des lebendigen Wassers, klar wie Kristall, der ausgeht von dem Thron Gottes ...

Oh, ich kann nicht mehr hinsehen!«

Er wich zurück, legte den Arm über seine Augen, als könnte er wirklich geblendet werden. Die Lichter tobten jetzt geradezu und viele Gläubige rannten zur Reling und hofften einen Blick auf die Vision erhaschen zu können, die den Reverend immer noch gefangen hielt. Manche schrien auf, sie könnten sie ebenfalls sehen, andere standen da, als ob sie von Ekstase gepackt seien, zitterten und schüttelten sich.

Der Kapitän verfolgte all das mit wachsender Besorgnis. Ein guter Teil seiner Passagiere schien von plötzlichem Irrsinn gepackt, und wenn so viele auf eine Seite rannten, dann drohte die Gefahr, dass das Schiff kenterte. Er befahl seine Matrosen auf ihre Posten und die Passagiere unter Deck. Einen Moment lang schien es, als wollten alle seinen Befehl missachten, aber die Matrosen setzten sich jetzt in Gang und jene, die nicht von der Vision gepackt worden waren, überredeten die anderen nach unten zu gehen, bevor der Kapitän Gewalt anwenden ließe.

Eintrag 19

All das Gerede geht nun ständig nur darüber, was wir gesehen hatten und was es bedeuten könnte. Elias sah die Himmlische Stadt, aber für jene, die nicht mit seiner Vision gesegnet waren, sind die Lichter ein deutliches Omen: von Krieg, von Leid, von Krankheit und Plagen. Aber für wen bestimmt? Für Martha ist die Deutung offensichtlich. Wir verließen ein Land, das vom Krieg geschüttelt wird, ein Land, wo jeden Sommer eine Ortschaft nach der anderen von Plagen vernichtet wird. Es ist deutlich genug.

Für sie.

Nicht für mich.

Meine Großmutter brachte mir bei Vorzeichen zu deuten und für mich ist das Zeichen nicht so offensichtlich. Die Lichter umspannten den ganzen Himmel, von Ost nach West, West nach Ost. Wo würde Tod und Vernichtung hinfallen? Auf die Welt, die wir verlassen hatten, oder auf diejenige, zu der wir hinsegelten?

Jonah Morse hat keinen Sinn für Omen und Visionen. Er hat die Lichter auf seinen Reisen schon öfter gesehen. Er nennt sie Aurora Borealis, Lichter des Nordens, und wohl bekannt unter Reisenden und Seefahrern und Bewohnern der nördlichen Länder als ein natürlicher Teil des Himmels wie die Sonne und der Mond und die Sterne.

Er scheut sich nicht den anderen seine Meinung zu sagen und sie hören höflich zu, aber ich sehe an ihren Augen, dass sie ihm nicht glauben. Er verliert schnell die Freunde, die er mit seinen Mixturen gemacht haben mochte. Sie denken, Master Morse hielte sich für gescheiter, als es ihm gut täte, und es gefällt ihnen nicht, als leichtgläubige Narren hingestellt zu werden.

Das Gerede schien bis in die Nacht andauern zu wollen, doch plötzlich verstummte jede Unterhaltung. Wind war aufgekommen. Über uns schnappten die Segel, krachten wie Gewehrfeuer. Die Füße der Seeleute trommelten über das Deck und die Luft war erfüllt von lauten Befehlen. Das Schiff legte sich auf die Seite und drehte sich und wir hörten wieder das stetige Platschen gegen den Rumpf, als das Schiff durch das Wasser schnitt. Master Morse verlor seine Zuhörerschaft. Stimmen überall um ihn herum erhoben sich und dankten für diese Errettung. Waren wir nicht die Auserwählten? Hatte nicht Elias Cornwell die Bestimmung vorhergesagt? Hände wurden zur Bekräftigung gefaltet. Viele glaubten, dass dieser Wind der Atem Gottes selbst sei.

Eintrag 20

Zu viel Wind ist genauso schlecht wie zu wenig. Der Wind nahm zu, bis er in der Takelage schrie und heulte wie ein lebendiges Wesen. Er hat zugenommen über jeglichen Segen hinaus, der von Gott gesandt worden sein könnte. Wir werden von Wellen hochgehoben, hoch wie Berge, heruntergeworfen in Täler so tief, dass sie sich bis zu den Tiefen des Ozeans zu erstrecken scheinen. Das Schiff schlingert und vibriert, während eine riesige Welle nach der anderen gegen den Bug schlägt, das Schiff der ganzen Länge nach ächzen lässt. Eisiges Wasser fließt durch jeden Spalt und jede Ritze. Über unseren Köpfen rasen die Füße der Seeleute von einer Seite des Decks zur anderen, ihre Schreie und Rufe gehen im Heulen des Windes verloren. Die Menschen drängen sich aneinander in der Furcht erregenden Dunkelheit, zittern vor Angst und Besorgnis, dass wir in jedem Moment kentern und vom Meer verschluckt würden. Der Boden neigt sich in Winkeln, die es unmöglich machen, herumzugehen, und alles, was nicht gesichert ist, wird umhergeworfen. Wir werden gedreht und gewendet wie Butter in einem Fass, sind der Gnade des Meeres ausgeliefert, so hilflos wie ein Blatt in einem Mühlstrom.

Die ganze Welt dreht sich und wir haben keine Möglichkeit, zu erfahren, wie das Schiff sich hält oder was an Deck vor sich geht. Wir lauschen, versuchen zu hören, was die Seeleute tun, aber die Luken sind verschlossen und verriegelt und die Stimmen, die zu uns herunterreichen, werden von dem kreischenden Wind übertönt, ausgedünnt zu einer Reihe von Schreien, so bedeutungslos wie der Ruf von Seevögeln. Die Kajüte ist erfüllt von dem Ächzen von Balken und dem Schlagen und Dröhnen des Wassers am Rumpf.

Als der Sturm seinen Höhepunkt erreicht hatte, breitete sich eine unheimliche Stille aus. Selbst die Kinder waren still und die Säuglinge verstummten. Die Stille wurde nicht gebrochen, bis auf einige verhalten gemurmelte Gebete hier und da, unterdrücktes Jammern und das Würgen von Leuten, die sich übergaben. Die Kajüte war erfüllt von Lauschen und Warten auf den letzten, vernichtenden Schlag und eine Wasserflut, die das Ende für uns bedeuten würde.

Plötzlich durchfuhr ein Schrei die Stille, zerriss sie wie ein Tuch. Der Schrei einer Frau, gefolgt von einem Schluchzen. Dann wieder Stille und erneut ein stöhnender Schrei und noch einer. Eine Frau in der Niederkunft. Selbst die Kinder wussten, was es war.

Rebekah Rivers drängte sich durch die Menschenmasse auf uns zu, schwankend, um trotz der heftigen

Bewegungen des Schiffes ihr Gleichgewicht zu behalten. Sie war das Mädchen, das ich von allen anderen noch am besten kannte, aber ich hatte noch keine Gelegenheit gehabt, mich viel in ihrer Gesellschaft aufzuhalten. Sie ist von Natur aus sehr zurückhaltend und war sehr damit beschäftigt gewesen, ihrer Mutter zu helfen. Mistress Rivers hatte furchtbar unter der Seekrankheit gelitten und sie war nahe ihrer Zeit, schwerfällig mit dem Kind, das sie in sich trug, also musste Rebekah sich um die Familie kümmern. Sie näherte sich Martha und streckte eine Hand nach ihr aus.

»Das Kind kommt zu früh, Mistress Martha«, sagte sie, ihre dünne Hand zitterte, ihre großen haselnussbraunen Augen waren aufgerissen und erschrocken. »Meine Mutter braucht Euch. Mein Vater fragt, ob Ihr schnell kommen könntet.«

»Aber natürlich komme ich, meine Liebe. Ich pack nur schnell meine Sachen.« Martha beeilte sich alles zusammenzusuchen, was sie brauchte, und drehte sich zu Rebekah, als sie fertig war. »Mach dir keine Sorgen. Es wird alles gut gehen mit deiner Mutter.«

Rebekah warf einen Blick auf das Chaos, das um uns herum herrschte. Sie ist von hübscher Gestalt, ihre Gesichtszüge sind fast jungenhaft, in einem Gesicht, das zwischen Schönheit und Hässlichkeit schwebt.

»Ich hoffe es sehr, Mistress Martha.« Sie lächelte und sah wunderschön aus.

»Natürlich wird es gut gehen, keine Angst. Und jetzt werden wir Wasser und sauberes Tuch brauchen. Geh und frage, was andere entbehren können.« Martha drehte sich zu mir. »Du kannst ihr helfen.«

Ich folgte Rebekah und wir baten die Mitreisenden, Freunde, Nachbarn, uns zu geben, was sie an Wäsche entbehren konnten. Wasser ist zu kostbar, um Kleidung zu waschen, und jede Wäsche war seit Wochen getragen worden, aber die meisten hatten etwas aufgehoben, um frische Wäsche zu haben, wenn sie das Schiff verlassen konnten. Ihr Glaube mochte engstirnig sein, aber in anderen Dingen waren sie großzügige, offene Menschen. Sie kannten den Grund unserer Bitte und trennten sich gern von Wäsche, Hemden und Unterhemden. Wir hatten bald mehr als genug.

»Danke für deine Hilfe.« Rebekah sah mich über die Wäsche, die sie an ihre Brust gedrückt hielt, hinweg an.

»Sie ist noch nicht so weit.« Martha rief mich zu sich. »Meine Hände sind nicht mehr das, was sie einmal waren, besonders in dieser Kälte und Feuchtigkeit.« Sie hielt die Finger hoch, die gerötet und geschwollen waren, rheumatisch an den Gelenken. »Du musst mir bei der Geburt helfen.«

Rebekahs breite Stirn verzog sich.

»Das kannst du?«

»Mei ... meine Großmutter hat es mich gelehrt.« Etwas an diesem großen, ernsten Mädchen ließ mich erröten und stottern. Ihr gerader Blick verlangte Ehrlichkeit, und obwohl das, was ich sagte, keine Lüge war, fühlte es sich in meinem Mund so an.

»Sie kann, Rebekah. Du kannst ihr vertrauen.«

»Ich hoffe es.«

Ich hoffte es auch. Der Ausdruck in Rebekahs braunen Augen war hart geworden.

»Wir werden tun, was wir können«, versprach Martha, »aber es liegt alles in Gottes Händen.«

»Und wir werden Seinen Willen akzeptieren.« Die Stimme eines Mannes erklang hinter mir. »Darin, wie in allen anderen Dingen. Nicht wahr, Rebekah?«

»Ja, Vater«, erwiderte Rebekah, aber der Ausdruck ihrer Augen veränderte sich nicht, als sie den Kopf senkte. »Ich werde das Wasser holen.«

»Meiner Frau geht es sehr schlecht, Mistress Martha.« Er blickte auf Martha hinunter. »Tut für sie, was Ihr könnt.« Er drehte den Hut in seiner Hand. »Gibt es irgendetwas, was ich tun kann, um Euch zu helfen?«

Martha blickte sich um. Der Sturm wütete immer noch, und obwohl es Tag war, war es mit den geschlossenen Luken in der Kajüte fast so dunkel wie in der Nacht.

»Wir werden etwas brauchen, um diese Düsternis zu erhellen, wenn wir sehen wollen, was wir tun.«

»Ich werde Laternen holen.«

Das Licht, das die Kerzen darin abgaben, war nur dürftig, aber Öllampen waren nicht erlaubt. Man hielt sie hier unten für zu gefährlich. Auch konnte das Wasser nicht erhitzt werden, nicht bei einem Sturm wie diesem. An Bord eines Schiffes war Wasser nicht das einzige Element, das Besorgnis auslösen konnte.

John Rivers ging schnell wieder, erleichtert etwas zu tun zu haben.

Martha sah sich unsere Umgebung genauer an. Wir befanden uns praktisch in der Mitte der Kajüte, von allen Seiten umgeben von Menschen. Sie blickte auf ihre Patientin hinunter, die auf ihrem Bett lag. Sarah Rivers war dünn über der riesigen Ausbuchtung ihres Bauches; ihr Gesicht war grau, bereits erschöpft, obwohl die Wehen gerade erst eingesetzt hatten.

»Vater dachte, Ihr könntet ein wenig Abgeschiedenheit brauchen.«

Tobias kam auf uns zu, er bewegte sich mit dem leichten, lässigen Gang eines Seemannes über das sich heftig auf- und abhebende Deck. Er hatte Decken über seiner Schulter und einen Beutel mit Nägeln und einen Hammer an seinem Ledergürtel hängen.

»Macht schnell.« Martha kniete sich zu Mistress Rivers, die sich jetzt krümmte, das Gesicht verzerrt unter der nächsten Welle von Geburtswehen.

»Mary, nimm das hier.« Tobias reichte mir eine Decke, als er die Nägel herausholte.

Ich streckte sie nach oben, aber ich war nicht groß genug.

»Gib sie mir.« Ich spürte Arme um mich und über mir. Rebekah hielt die Decke, während Tobias hämmerte. Sie war fast so groß wie er.

»Danke, Sir . . .«

»Tobias Morse. Freut mich, behilflich sein zu können. Wenn ich noch in irgendeiner anderen Weise helfen kann?«

»Ihr könnt ihr helfen Wasser zu holen.« Martha blickte aus dem behelfsmäßigen Zelt hoch. »Und jetzt rasch.« Sie winkte mich zu sich. »Mary, ich brauche dich.«

Rebekah blieb an der Seite ihrer Mutter, tupfte ihr Gesicht ab, hielt ihre Hand, flüsterte ihr tröstende Worte und Ermutigung zu. Es war eine schwierige Geburt, ein langer, harter Kampf in dem stinkenden Halbdunkel des kleinen Zeltes. Der Sturm wütete immer noch, aber wir hatten ihn kaum mehr gehört oder gespürt, balancierten auf dem sich hebenden und senkenden Schiff, während wir darum kämpften, das Kind zur Welt zu bringen und die Mutter zu retten. Sie war sehr schwach, nachdem sie seit Wochen nicht mehr viel zu sich genommen hatte. Das Kind konnte jedoch trotzdem gesund sein, denn all ihre Stärke war schließlich an das Kind gegangen, doch es war in keiner guten Verfassung.

»Ich sehe es. Ich sehe es. Langsam. Langsam. Langsam. So ist es gut. So ist es gut. Gut so. Gut so.«

Martha rief mir Befehle zu und ermutigte gleichzeitig die Mutter. Zusammen geleiteten wir den kleinen Körper in die Welt. Sie durchschnitt die Nabelschnur und gab dem Kind einen Klaps auf den Rücken. Es kam keine Antwort.

»Nimm das Kind«, flüsterte sie mir zu. »Ich muss mich um die Mutter kümmern. Sonst verblutet sie noch.«

Ihre Arme waren glitschig bis zu den Ellbogen. Sie reichte mir das Kind, frisches Blut auf seiner nackten Gestalt. Ein Junge. Ausgewachsen und gut geformt.

Er strampelte nicht, er weinte nicht, er lag einfach nur schwer, leblos und schlaff in meinen Armen. Strähnen von dunklem Haar klebten an seinem Kopf. Seine Haut schimmerte perlgrau durch die Streifen des Blutes seiner Mutter. Seine Lippen waren blau und seine Lider geschlossen, die Venen, die unter der Haut sichtbar waren, waren schwach violett und dünn wie Pergament.

Sein Vater warf einen Blick auf ihn und drehte sich weg. Ich schaute von dem Gesicht des Säuglings hoch und sah, wie die Augen seiner Schwester sich in meine bohrten. Sie hielt die schlaffe Hand ihrer Mutter ganz fest in ihrer. Sie war dabei, Mutter und Bruder auf einmal zu verlieren. Ich erwartete, Leid und Furcht auf ihrem Gesicht zu sehen. Stattdessen sah ich Wut.

Ich überlegte, was meine Großmutter bei einer solchen Geburt getan hätte. Ich öffnete den Mund des Säuglings, leerte ihn, saugte an seiner Nase und spuckte. Dann blies ich ihm in leichten kurzen Stößen Atemluft ein. Ich blickte ihn wieder an und er bewegte sich noch immer nicht und gab keinen Laut von sich. Ich glaubte jedoch zu sehen, wie die Haut rosiger wurde. Ich drehte mich zu der Stelle, wo Rebekah und Tobias den hölzernen Eimer mit Wasser hingestellt hatten, tauchte das Kind hinein und begoss es mit Wasser. Ich hörte, wie Rebekah scharf die Luft einsog. Sie war mit einem Satz an meiner Seite, als ob ich versuchte das Kind zu ertränken.

»Hol etwas, um ihn einzuwickeln.«

Der Schock des kalten Wassers hatte seinen Zweck erfüllt. Die Haut des Jungen verwandelte sich von Grau in Rosafarben. Er stieß einen kleinen Schrei aus, kaum mehr als das protestierende Miauen eines Kätzchens, doch er war am Leben. Ich nahm das raue Leinen und begann ihn zu rubbeln, rieb das Leben zurück in ihn, dann reichte ich ihn seiner Schwester.

Sie wickelte ihn ein und hielt ihn fest an sich gedrückt. Einen Moment blickte sie in sein Gesicht, dann zurück zu mir. Ihre Finger strichen über meine Wange.

»Du weinst ja.«

Ich blickte mich um, als ob ich aus einem tiefen Schlaf erwache. Alle sahen mich an. Um uns herum herrschte Stille. Die Seeleute schrien nicht mehr, der Wind heulte nicht länger. Der Sturm war vorbei. Alles war still.

Eintrag 21

Das Kind wird Noah getauft werden. Zwei Tage nach seiner Geburt kamen zwei kleine Vögel an Bord unseres Schiffes. Einer glich einer Taube, der andere war ein großer schwarzer Vogel. Beides waren Landvögel. Das sei ein Zeichen, geschickt von dem Herrn selbst, erklärte Reverend Cornwell. Die Gemeinde sprach Dankgebete und John Rivers beschloss seinen Sohn nach diesem Zeichen zu benennen.

Der Wind weht scharf von Nordost. Der Kapitän hat

befohlen alle Segel zu setzen. Das Schiff liegt ruhig in der See und wir kommen gut voran. Wir erwarten täglich Land zu sehen.

Eintrag 22

Noah gedeiht und wächst rasch, aber seine Mutter ist immer noch krank. Er wurde einer anderen Mutter, die noch stillte, zum Säugen gegeben. Martha hat Kräuter in ihrem Vorrat, die ich zu Rebekah bringe. Sie soll einen Tee für ihre Mutter daraus machen, um die Genesung zu beschleunigen.

Eintrag 23 (Mai/Juni? 1659)

Gestern kam der Ruf »Land in Sicht« und alle eilten so schnell an Deck und hinüber an die Reling, dass das Schiff fast gekentert wäre. Ein Junge mit blondem Haar, das hell in der Sonne glänzte, kam an einem Seil vom Ausguck heruntergerutscht. Er schwang sich von der Takelage und trat zum Kapitän, der bereits eine silberne Münze vom Hauptmast genommen hatte. Der Junge nahm seine Belohnung und warf sie hoch und sie glitzerte im Licht. Er steckte sie in seine Tasche und grinste, seine Zähne schimmerten weiß in seinem gebräunten Gesicht.

Ich drängte mich zu den anderen, um das Land zu sehen. Es zeigte sich als dunkler Streifen am Horizont und hätte ein Wolkenband sein können, doch als das Schiff näher darauf zusegelte, verwandelte es sich in solide Hügel und schroffe Klippen, an deren Ausläufern sich Wellen weiß kräuselten.

Wir sind jetzt viel weiter nördlich, als wir sein sollten, aber der Anblick von Land, egal, von welchem Land, ist nach so vielen Tagen draußen auf dem weiten Ozean höchst willkommen. Elias Cornwell trat hervor, um einen Dankgottesdienst abzuhalten, aber die Stimme des Kapitäns drang vom Zwischendeck herunter.

»Ich bitte alle das Deck jetzt wieder zu verlassen. Meine Männer haben zu arbeiten. Wir sind noch nicht angekommen, Pfaffe, und dies hier ist die Küste des Teufels selbst.«

Elias Cornwell öffnete den Mund, um zu protestieren, sein blasses Gesicht lief knallrot an, so weggeschickt und obendrein noch »Pfaffe« genannt zu werden, doch der Kapitän drehte sich von ihm weg und bellte seine Befehle. Die Tiefe müsse ausgelotet werden und ein Ruderboot solle zu Wasser gelassen werden. An Bord eines Schiffes ist das Wort des Kapitäns Gesetz. Elias Cornwell führte seine Herde unter Deck. Er würde den Gottesdienst in der großen Kajüte abhalten.

Ich folgte ihnen nicht. Ich vermutete, dass mein Fehlen nicht auffallen würde, und blickte weiter hinaus zum Land. Die gezackten Umrisse von Klippen breiteten sich in einer ununterbrochenen Linie Meile für Meile aus. Ich schauderte. Das Land hätte mir willkommen erscheinen müssen, doch so war es nicht. Ich sah nur, wie rau es war. Rau und leer.

»Schon ein unglaublicher Anblick, was? Nach so vielen Tagen auf See.«

Ich drehte mich um und sah den Jungen neben mir stehen, denjenigen, der das Land zuerst gesichtet hatte und sich damit den Schilling des Kapitäns verdient hatte.

»Es sieht feindselig aus. Gefährlich.«

»Aye, das ist es auch. Ich würde nicht gerne hier landen müssen. Diese Küste ist tückisch. Hier kann man nicht anlegen, die Felsen würden den Rumpf sofort aufreißen.« Er kniff die Augen zusammen und blickte zur Küste. »Und selbst wenn du landen könntest, du würdest nichts als Wildnis vorfinden und niemanden als Wilde treffen.« Er drehte sich zu mir. »Du bist das Mädchen, das den Säugling gerettet hat. Es heißt, er sei tot gewesen und du hättest ihm wieder Leben eingehaucht.«

»So etwas habe ich nie getan«, sagte ich schnell, um jegliche Anschuldigung von Zauberei von mir zu weisen. »Alles, was ich getan habe, war seinen Mund und seine Nase zu säubern, damit er wieder atmen konnte.«

»Ich wollte dich nicht beleidigen. Es ist nur das, was geredet wird . . .« Er zuckte mit den Schultern und wechselte das Thema. »Du gehst nicht mit den anderen?«

Er deutete mit dem Kopf nach unten. Stimmen hoben sich im Gebet und die Dankesworte drangen durch die Planken.

»Nein, ich bleibe lieber an Deck.«

»Ich nehme es dir nicht übel.« Er grinste und zeigte mir wieder seine weißen Zähne. »Stinkt dort unten, was? Kein Wunder, dass es dir hier oben besser gefällt. Ich habe dich an den meisten schönen Tagen gesehen.«

»Und ich habe dich auch gesehen. Du bist der Junge, der sich um Marthas Hühner kümmert.«

Martha hatte ihre Hühnerschar mitgenommen und ihren Hahn. Eine Frau mit Hennen hätte keine großen Probleme, dachte sie, aber sie hatte nicht damit gerechnet, dass diebische Seeleute sie vielleicht zum Essen haben wollten. Die meisten hatten bisher überlebt, dank Jack, der ein Auge auf sie hatte, aber sie wurden oben an Deck gehalten und der letzte Sturm war nicht gerade zimperlich mit ihnen umgegangen. Sie drängten sich zusammen in durchnässten Bündeln, die Augen verschleiert, die Federn vor Salz starrend und verkrustet. Sie gaben keinen Laut von sich, nicht einmal ein Glucken. Wenn jemals ein Wesen sich nach Land gesehnt hatte, waren sie es, selbst dem Hahn war sein Krähen vergangen.

»Ja, genau.« Er lachte. »Wenn ich nicht wäre, wären sie alle schon längst in irgendeinem Bauch verschwunden.«

»In dessen Haut möchte ich nicht stecken, wenn Martha das herausfände. Ich bin Mary. Mary Newbury. Martha und ich reisen zusammen.«

»Jack Gill.« Er streckte mir die Hand entgegen. »Zu deinen Diensten.«

Ich schüttelte die Hand, die er mir anbot. Die Handfläche war rau und schwielig. Ich drehte seine Hand um und entdeckte, dass die Haut rissig und aufgesprungen war. Salzwasser war in die Schnitte und Risse eingedrungen und verwandelte sie in offene Wunden, sodass sie nicht heilen konnten.

»Ich kann dir eine Salbe dafür geben.«

»Ach, das bekommen wir alle. Ist nicht so schlimm.« Er zog seine Hand weg und betrachtete einen tiefen Riss in seiner Handfläche zwischen dem Daumen und den anderen Fingern. Er deutete mit dem Kopf auf die Stimmen, die von unten heraufschallten. »Martha ist nicht mit dir verwandt?«

Ich schüttelte den Kopf.

»Von den anderen auch niemand?«

Ich schüttelte wieder den Kopf und sah ihn überrascht an.

»Das dachte ich mir schon.« Er streckte die Arme aus und fasste die Seile über seinem Kopf. »Du hältst dich oft abseits. Bist öfter allein als in Gesellschaft.«

»Sie waren so nett mich aufzunehmen, mir einen Platz anzubieten, aber . . .«

»Du bist eine Waise.«

Ich nickte.

»Ich auch.« Er lehnte sich nach vorne in seiner Takelage. »Meine Eltern segelten nach Virginia. Mein Vater hörte, dass man dort mit Tabakpflanzen Geld machen könnte, aber er bekam Fieber und starb, meine Mutter mit ihm. Danach musste ich für mich selbst sorgen.«

»Du dachtest nicht daran, nach Hause zu gehen?«

»Zurück nach England?« Er schüttelte den Kopf. »Niemand hätte mich dort haben wollen. Ich wäre nur noch ein weiterer Mund zu füttern gewesen. Ich habe kein Zuhause dort, nicht viel mehr als du, nehme ich an. Ich habe einen Platz als Schiffsjunge bekommen, und das ist jetzt mein Zuhause.« Er fasste die Seile in seinen Händen und lehnte sich hinaus über das Wasser, das unter unserem Schiffsrumpf zischte. »Das Meer.« Er grinste plötzlich. »Die Seefahrt ist das richtige Leben für mich. Ich war schon überall hier an der Küste, landauf und -ab. Wir haben mit Tabak gehandelt und mit Zucker und Rum aus Barbados gegen Felle und gesalzenen Schellfisch. Dann wieder rüber nach England, Frankreich und Spanien. Der Handel nimmt immer mehr zu. Da ist viel Geld zu machen.«

Ich blickte ihn an und er lächelte, als könne er meine Gedanken lesen.

»Selbst für solche wie mich. Ich verdiene schon eine ganz schöne Summe, indem ich Pakete und Briefe befördere. Wenn ich genug zusammenhabe, werde ich Frachtanteile kaufen, Holz, Felle, Rum oder Tabak. Das Zeug wird dann in London verkauft und von dem Geld kaufe ich Stoff, Eisen, Werkzeuge, Töpfe und Pfannen und andere nützliche Dinge. Verkaufe sie und kaufe wieder. Und so geht das immer weiter.« Seine Augen blitzten, als er mit den Händen einen Kreis in die Luft zeichnete und seinen Handel beschrieb. »Und wenn ich dann genug habe, dann werde ich . . .«

Seine Stimme wurde nahezu übertönt von einem

plötzlich angestimmten Gesang unter unseren Füßen. Die Gemeinde sang einen Psalm, unbegleitet von einem Instrument, und es klang holperig, inbrünstig und laut.

Jack lachte. »Frommer Haufen, was?« Elias Cornwells Tenor war deutlich über den anderen Stimmen herauszuhören. »Der Kapitän hasst einen Pfaffen noch mehr als eine Hexe.« Er sah sich um und senkte die Stimme, als wolle er mir ein Geheimnis mitteilen. »Wir haben eine an Bord.«

»Woher willst du das wissen?«

»Merkwürdige Dinge sind geschehen.«

»Wie der Sturm, meinst du? Aber bestimmt gibt es immer Stürme auf See?«

»Das meine ich nicht, Mary.« Er schüttelte den Kopf. »Ich meine andere Dinge. Nach dem Sturm setzte sich ein großes Licht an den Mast.« Er warf einen Blick hinauf, wo der Mast über unseren Köpfen aufragte. »Er schimmerte wie eine große Kerze, aber die Flamme hatte keine Hitze.« Jack streckte den Arm aus. »Nicht einmal genug, um einen Ärmel anzusengen. Sankt-Elms-Feuer wird es genannt und es ist selten zu sehen. Manche nennen es auch Hexenfeuer und sagen, das sei ihr Geist. Und nicht nur das. Es heißt, dass es einen Hasen an Bord gibt oder ein Kaninchen . . .«

»Ein Hase! Wie sollte das gehen?« Ich lachte auf. »Wie sollte er an Bord gekommen sein, ohne dass ihn irgendjemand gesehen hat? Wo sollte er leben?«

»Im Ernst! Lach nicht! Ein Hase an Bord bringt großes Unglück!«

»Ich glaube es einfach nicht.« Ich schüttelte immer noch lachend den Kopf. »Es muss die Schiffskatze gewesen sein.«

Ich hatte diese Katze gesehen, wie sie Marthas Hühner beäugt hatte, eine große, böse aussehende getigerte Katze mit einer vernarbten Nase und eingerissenen Ohren.

»Vielleicht.« Jack war nicht überzeugt. »Aber manche sagen, es wäre eine Hexe in Verkleidung. Manche der Jungs hier sind aus Cornwall und sie glauben, dass da was an Bord ist, was nicht ganz geheuer ist.« Er runzelte die Stirn. »Sie erkennen eine Hexe schneller als ein Hexenfänger. Sie meinen, dass wir von Plymouth bis Land's End beobachtet wurden und noch weiter über die Scilly-Inseln hinweg.«

Der Sinn seiner Worte erreichte mich nur langsam. Nicht nur ich hatte das Gefühl gehabt, dass uns Augen von der Küste aus beobachteten, jedoch nur ich wusste, nach wem sie Ausschau hielten.

»Ich habe niemanden davon sprechen hören.«

Ich bemühte mich meine Stimme leicht und fröhlich zu halten, um unbeschwert zu klingen, obwohl der bloße Gedanke an ein solches Gerede mir Magenschmerzen verursachte. Ich hatte gehofft jeglichen Verdacht hinter mir lassen zu können, hatte nicht gedacht, dass er mir vielleicht selbst über das Meer hinweg folgen könnte.

»Da wirst du auch nichts hören. Von uns jedenfalls nicht. Seeleute haben ihren eigenen Aberglauben, anders als Landratten. Was uns komisch vorkommt, muss für euch nicht das Gleiche sein, wie ein Pfaffe an Bord oder eine pfeifende Frau. Ein Schiff ist ein seltsamer Ort. Es sind nicht nur Wind und Wetter, die Unruhe erzeugen. Der Kapitän würde jeden hart bestrafen, der Gerüchte in die Welt setzt. Er würde das Ende des Taus zu spüren bekommen. Außerdem« – er zuckte mit den Schultern – »geht im Moment ja alles an Bord gut.« Er fasste den Holzbalken über seinem Kopf und blickte hinaus in den schönen Tag; genau der richtige Wind im Hauptsegel, um das Schiff sanft über die Gischt gleiten zu lassen. »Erst wenn die Dinge nicht so gut gehen, dann suchen die Leute nach jemandem, dem sie die Schuld geben können.«

Ich hatte mich getäuscht. Die Gerüchte von merkwürdigen Dingen, die während des Sturms geschehen waren, hatten die große Kajüte erreicht, erzählte mir Martha später. Es hatte auch Gerede über eine wilde Kreatur an Bord gegeben. Aber was Jack gesagt hatte, stimmte. Ängste kommen auf und verebben, wie die Wellen unter uns. Als wir im Eis feststeckten, hatte Reverend Cornwell im Handumdrehen Visionen von Hexerei gehabt, und wer weiß, was gesagt worden wäre, wenn der Sturm länger angedauert hätte. Aber jetzt schien die Sonne und Land war in Sicht. Die Winde waren richtig, um uns sicher in den Hafen zu bringen. Gottes Auge ruht freundlich auf uns. Wir baden in Seiner Vorsehung. Ich kann wieder atmen. Ich bin in Sicherheit. Für den Augenblick.

Eintrag 24

Ich habe die Gabe, es gibt keinen Zweifel. Was immer ich gehofft haben mag, ich kann meinem Schicksal nicht entkommen. Was heute geschehen ist, hat es mir bewiesen.

Der Tag war schön und ich war an Deck, um mit Jack zu plaudern. Ich suche nicht seine Nähe (was immer Martha denken mag), aber ich meide seine Gesellschaft auch nicht. Er hatte nicht viel zu tun und wir unterhielten uns über dieses und jenes, als plötzlich ein Ruf von oben aus der Takelage erschallte. Jemand ist über Bord gegangen, dachte ich voller Entsetzen, denn von einer Seite des Schiffes kam ein lautes Platschen.

Jack nahm mich bei der Hand und lachte über meinen Schrecken. Er führte mich das Deck entlang, um mir etwas zu zeigen.

Zuerst konnte ich nichts sehen, nur eine große Unruhe im Wasser. Dann sah ich etwas Dunkles, kurz unterhalb der Meeresoberfläche. Es war so riesig, dass ich dachte, es müsste eine Insel sein. Der riesige Umriss schien sich vor mir zu heben und ich konnte auf der Vorderseite eine Anhäufung von etwas sehen, was aussah wie kleine weiße Muscheln. Ich erinnerte mich daran, was Jack von der trügerischen Küste erzählt hatte, und wollte von der Reling zurücktreten, da ich annahm, dass es ein Fels sei. Wenn wir auflie-fen, würden wir sonst sicher sofort über Bord gehen.

Plötzlich tauchte das, was ich für eine Insel gehalten hatte, aus dem Meer heraus auf, Wasser lief daran herab und ein merkwürdiges trompetendes, zischendes Geräusch war zu hören. Ein Nebel schoss in die Luft, so fein, dass ein Regenbogen darin erschien. Ein stark fischiger Geruch lag in der Luft und ich sah einen großen Mund, der zu einem tückischen Grinsen verzogen zu sein schien, dann war die Kreatur wieder verschwunden, so schnell und geheimnisvoll wie sie aufgetaucht war. Ein Leviatan. Ein großer Fisch, gleich dem, der Jonas verschluckt hatte. Er sah groß genug aus, um uns alle zu verschlucken, mitsamt dem Schiff. Ein anderes großes Wunder für das Buch, das Elias Cornwell führte.

»Er wird uns nichts tun.« Die große Schwanzflosse schlug auf das Wasser und Jack beugte sich über die Reling, um zuzusehen, wie das Tier in die smaragdgrünen Tiefen verschwand. »Du brauchst keine Angst zu haben. Sieh mal dort drüben. Dort sind noch mehr.«

Ich starrte hinaus auf die Stelle, auf die er deutete, und tatsächlich: Große Wasserfontänen sprudelten von weiteren dieser riesigen Kreaturen auf. Trotz ihrer unförmigen Gestalt konnten sie geradewegs aus dem Wasser springen und landeten mit einem großen Platschen und einem Schlag ihrer mächtigen gekurvten Schwanzflossen.

»Ich habe noch nie einen solchen Fisch gesehen.«

»Es sind keine Fische«, erklärte Jack. »Das sind Wale. Sie haben warmes Blut und keine Kiemen. Sie atmen wie du und ich durch die Löcher in ihren Köpfen.«

»Ich atme nicht durch ein Loch in meinem Kopf.«

»Was ist dann deine Nase? Und dein Mund?«

Ich lachte. So hatte ich das noch nie gesehen.

»Eines Tages werde ich sie jagen.« Er tat so, als würde er eine Harpune aufnehmen und sie über die Reling schleudern. »Ich werde mein eigenes Schiff haben und Männer anheuern, um sie zu jagen, denn es gibt sie hier reichlich und es liegt großer Reichtum in ihnen . . .«

Er beugte sich über die Schiffsreling und starrte hinaus auf die großen Wesen, die um uns herumschwammen. Vielleicht war es eine Spiegelung des Meeres, das unter ihm schimmerte, aber in seinen Augen schienen mit einem Mal Münzen zu glitzern.

Die Sonne stand heiß über uns und auf dem Schiff war es still, bis auf das Ächzen des Segeltuchs und das Rauschen der See. Auch ich starrte hinunter auf das Wasser und die schimmernde Oberfläche schien wie die Schüssel zu funktionieren, die meine Großmutter benutzt hatte, um die Zukunft vorherzusagen. Manchmal waren Leute zu ihr gekommen, um sie um Rat zu fragen, dann hatte sie eine Schüssel mit klarem Wasser vor sich gestellt. Sie starrte hinein und die Visionen kamen ganz von selbst, manche zeigten die Vergangenheit, manche zeigten die Zukunft. Ich hatte es nie versucht, obwohl sie der Meinung gewesen war, ich hätte die Gabe, zu sehen, und deshalb war mir so etwas auch nie vorher passiert. Während ich jetzt auf das Wasser starrte, sah ich etwas.

Bilder kamen schnell nacheinander, ungeordnet von der Zeit.

Erst ein Junge, fast noch ein kleines Kind. Er steht an der offenen Tür einer rauen Holzhütte. Sein Gesicht ist traurig. Sein blondes Haar ist schmutzig und ungekämmt und fällt in seine blauen Augen, die jeglicher Fröhlichkeit beraubt sind. Er bleibt einen Moment unsicher stehen. Er blickt zurück in die dunkle Hütte, dann streckt er seine Schultern und macht sich auf, einen staubigen roten Pfad entlang. Er läuft weiter, schaut weder rechts noch links, als er durch Felder voller merkwürdiger Pflanzen mit großen weichen Blättern marschiert. Die Pflanzen wachsen höher als er und sind in Reihen gesetzt. Obwohl ich sie nie vorher gesehen habe, weiß ich, dass es Tabak ist. Zwischen den Blättern hindurch ist ein Fluss zu sehen. Ein Ruderboot ist dort an einem kleinen Landesteg angepflockt. Es schaukelt wie ein Spielzeug, das Wasser glänzt matt wie ein Spiegel. Der Junge steigt in das Boot, macht das Seil los und der Fluss erfasst das Boot, wirbelt es herum wie einen Zweig in der Strömung.

Das Bild verschwindet und jetzt sehe ich einen erwachsenen jungen Mann. Er ist in einen dunklen Mantel gekleidet, zugeknöpft bis zum Hals, der Kragen mit Fell besetzt. Er trägt keine Mütze, sein blondes Haar schimmert im fahlen Wintersonnenlicht. Er steht an einem anderen Fluss. Das Wasser ist grau, langsam und träge. Dieser Strom fließt durch eine große Stadt. Gebäude reichen bis an sein Ufer und umgeben die Brücke, die zur gegenüberliegenden Seite führt. Der junge Mann lacht, seine weißen Zähne schimmern, sein Atem bildet Wölkchen in der Luft. In den Händen hält er eine Börse, die ausgebeult ist von Gold.

Ich sehe ihn nun älter, bärtig, und er trägt eine blaue Kapitänsjacke. Er steht im Bug eines langen, schmalen Bootes. Einige Männer rudern, andere beugen sich nach vorne, alle deuten in die gleiche Richtung. Sie halten Waffen mit scharfen Spitzen, Seile sind an den langen hölzernen Schäften befestigt. Hinter ihnen liegt ein Schiff vor Anker, die Segel eingeholt, überall um sie herum pflügen andere Boote durch die aufgewühlte See und jagen den Wal.

Das Wasser schäumt und sprudelt. Ein riesiger Kopf bricht hindurch, der schmale Mund ist geöffnet und mit Zähnen bewaffnet. Harpunen baumeln wie Nadeln von der grauen Seite der Kreatur. Über alle Maßen gequält, dreht der Wal sich mit einem Schlag seiner riesigen Schwanzflosse und greift die an, die ihn so jagen. Er schwimmt mit mächtigen Schlägen, macht Wellen so groß wie ein Schiff in voller Fahrt. Dann beruhigt sich die See und die Mannschaft sieht sich um, fragt sich, wo ihre Beute hin verschwunden ist. Der Wal taucht geradewegs unter das Boot, als ob er sich die Stelle gemerkt hätte. Wal und Boot verschwinden in einem Strudel von blutgetränktem, schäumendem Wasser. Allmählich beruhigt sich das Meer. Holzstücke schwimmen auf der Oberfläche, aber von den Männern ist nichts mehr zu sehen.

»Was ist denn? Was ist los? Was plagt dich? Bist du krank?«

Ich war wieder zurück in der Gegenwart und Jacks

Hand lag auf meiner Schulter, schwielig und voller Risse, jedoch immer noch eine Jungenhand, braun gebrannt und biegsam. Ich schüttelte den Kopf: »Nichts.« Ich habe seine Vergangenheit gesehen und ich habe seine Zukunft gesehen. Ich weiß, welcher Tod ihn ereilen wird, und ich empfinde das Wissen wie eine schwere Bürde. Großmutter sagte, man darf niemals jemandem seine Todesumstände enthüllen. Es gibt keine Hilfe und kein Vermeiden. Was geschehen wird, wird geschehen, aber es zu bald zu wissen wird dem anderen das Leben verdunkeln, ihm die Farbe und das Licht nehmen.

Jack sah mich an, seine blauen Augen wirkten verwirrt. Ich befürchtete, dass er weiter in mich dringen würde, denn er ist gewitzt und schlau, doch da rief der Kapitän: »He, du da unten! Jack! Ich bezahle dich nicht, damit du dir die Zeit mit Mädchen vertreibst! Beweg dich oder du wirst das Ende eines Seils auf deinem Rücken spüren!«

Jack fuhr herum und ließ mich allein und ich war froh darüber, denn ich hatte viel, über das ich nachdenken musste. Die Gabe war ungerufen zu mir gekommen. Ich spürte sie auf meinen Schultern wie einen schweren Umhang.

Eintrag 25

Jonah Morse hat eine Salbe hergestellt und die Risse in Jacks Händen heilen gut. Er war mit seinen Pflichten beschäftigt gewesen und so hatte ich anfänglich nicht mehr viel Gelegenheit gehabt, mit ihm zu sprechen, aber er weiß, wo ich bin. Er kommt zum Segelschrank, wo ich mich während des Tages zum Schreiben verstecke. Wir treffen uns dort und unterhalten uns, obwohl er Prügel riskiert, wenn er erwischt wird.

Ich erzähle nicht viel von mir, aber er macht das wett. Er redet für uns beide. Er erzählt mir von den Orten, an denen er schon war, und was er gesehen hat. Ich weiß nicht, wie viel davon ich glauben kann, Seeleute sind berühmt für ihre Geschichten. Er erzählt mir auch von seinen Plänen und Träumen. Er erzählt mir von Salem, dem Hafen, den unser Schiff anlaufen soll, und von den hübschen Häusern, die dort gebaut werden, und von den praktischen fahrbaren Plattformen für die Schiffe, um ihre Fracht abzuladen. Eines Tages wird er auch ein solches Haus bauen, sagt er, nur größer und feiner und aus Stein, nicht aus Holz.

»Du wirst schon sehen.«

Ich lache, denn ich bezweifle es nicht, und da beginnen wir dann immer unser Spiel. Wir stellen uns vor, dass er auf dem Meer unterwegs ist und sein Glück macht, während ich zu Hause auf ihn warte, und wenn er zurückkommt, wird er mich heiraten. Er wird ein schönes Haus für uns bauen und mir die herrlichsten Dinge mitbringen, um es auszustatten: Möbel aus London, Seide und Samt aus Paris, Tulpenzwiebeln aus Amsterdam. Ich lache und er auch, wir wissen, dass es ein Traum ist, aber manchmal ertappe ich mich nachts, wenn ich nicht einschlafen kann, dabei, wie ich daran denke und mir vorstelle, wie ich die Zimmer in dem Haus einrichten werde, den Garten bepflanze. Selbst die Kinder, die wir haben werden, stelle ich mir vor.

Doch dann höre ich wieder auf. Ich habe Jacks Zukunft gesehen und ich habe mich selbst nicht darin gesehen. Selbst wenn wir füreinander bestimmt wären, ich weiß, ich würde mein ganzes Leben auf den Tag warten, an dem er zur See fahren würde und nie mehr zu mir zurückkäme. Die Gabe, in die Zukunft zu sehen, ist ein Fluch, kein Segen. Ich wünschte, ich hätte niemals irgendetwas gesehen.

»Wohin verschwindest du denn?«, fragte Martha heute, während sie ein Stück Faden abschnitt.

»Nur an Deck.«

»Nicht vielleicht, um den Schiffsjungen zu treffen, den mit den Rissen in den Händen? Sicher sind seine Wunden inzwischen verheilt?«

»Nein, nein«, antwortete ich, doch sie wusste, dass ich log.

»Reverend Elias hat nach dir gefragt«, sagte sie und blickte wieder auf ihre Näharbeit.

»Was will er denn?«

»Du hast eine gute Hand, sagt er und er möchte, dass du wieder für ihn schreibst. Nimm dich in Acht,

Mary«, fügte sie hinzu und faltete den Stoff über ihre abgearbeiteten Finger. »Es gibt schnell Gerede.«

»Wem gäbe ich denn etwas zu reden?«

»Du bist ein allein stehendes Mädchen, das bald eine Frau sein wird. Du musst aufpassen, wie du dich mit diesem Schiffsjungen zeigst ...«

»Wir sind nur Freunde! Warum ...«

»Und nicht nur mit ihm.« Martha biss den Faden mit den Zähnen ab, bevor sie mit dem nächsten Saum begann. »Auch dem Reverend Elias.«

»Was?«

»Er fragt immer nach dir.«

»Ich schreibe doch nur für ihn. Ganz bestimmt würde doch niemand ... niemand könnte denken ...« Ich hielt schockiert inne und begann plötzlich zu lachen.

»Scht!« Martha warf mir einen warnenden Blick zu und sah dann viel sagend auf die überfüllte Kajüte. Selbst das Bettzeug hat hier Ohren. »Manche würden ihn für eine gute Partie halten, eine sehr gute Partie sogar, für ein Mädchen in deiner Lage.«

»Sollen sie meinetwegen, aber ich nicht!« Ich merkte, wie Wut in mir aufstieg. »Ich ... ich finde es ... also er ist ... er ist ...« Ich schauderte und schüttelte den Kopf. »Er würde mich niemals in Betracht ziehen. Ich stehe viel zu tief unter ihm. Du musst dich täuschen.«

»Vielleicht.« Martha zuckte mit den Schultern. »Aber ich weiß, wie ein Mann ein Mädchen ansieht. Hier«, sagte sie und nahm ein Stück Stoff aus ihrem Handarbeitsbeutel, »du kannst damit weitermachen.«

»Was machst du da eigentlich?«

»Stoff für einen Quilt säumen.« Martha hatte sich einen Teil ihres Lebensunterhalts als Kurzwarenhändlerin und Schneiderin verdient. Alles, was von ihren Vorräten übrig war, hatte sie mitgenommen. »Die Winter dort draußen sind bitterkalt, heißt es, und es gibt nichts Besseres als einen Quilt, um die Kälte abzuhalten. Diese Stofflängen sind für nichts anderes gut.« Sie breitete das Stück für mich aus. Dunkle Wolle und Leinen in Erdbraun und Schwarz, Waldgrün und Indigo. »Du kannst sie zusammennähen. Du bist eine gute Näherin, Mary, und es wird dich von Missgeschick fern halten.« Sie betrachtete kritisch meine tintengeschwärzten Finger. »Es ist eine passendere Beschäftigung für eine Frau, als zu schreiben.« Sie schüttelte den Stoff, an dem sie arbeitete, energisch aus. »Und so, wie die Dinge liegen, sollten wir vielleicht schon einmal mit deiner Brautaussteuer beginnen.«

Sie zwinkerte mir dabei zu, aber ich zwinkerte nicht zurück. Ich weiß, sie sagte das halb im Scherz, aber Heirat! Ich hatte noch nie einen Gedanken daran verschwendet. Ich will auch jetzt nicht daran denken. Doch Martha ist meine einzige Beschützerin, also wäre es nicht gut, sie zu verärgern. Und so beuge ich den Kopf und verbringe meine Nachmittage nähend und schnipselnd wie eine Hausfrau.

Eintrag 26

Wir nähern uns dem Ende unserer langen Reise. Wir sind in eine große Bucht eingelaufen mit vielen kleinen Inseln. Westlich von uns liegt eine Reihe von hohen Hügeln. Jack erklärt mir die verschiedenen Berge entlang der Küste: Mount Desert, die Campden Hills, Agamenticus. Cape Porpoise, Pascataquac. Manche sind nur mit ihren indianischen Namen bekannt, andere wurden von den Seeleuten benannt. Der Wind weht vom Land her mit einem Duft nach Bäumen und Erde und Wachstum. Ich blicke auf das Meer, das sich gegen hohe Klippen wirft, die aus dunklem grünem Wald herausragen. Die Küste sieht aus, als wolle sie ihre Geheimnisse nicht preisgeben. Unbewohnt und feindlich.

Eintrag 27 (Mitte Juni? 1659)

Letzte Nacht lagen wir zwischen Cape St. Ann und einer Sandbank und warteten auf den richtigen Wind, der uns in den Hafen bringen würde. Wir wachten auf und sahen Marblehead vor uns am westlichen Horizont aufragen, doch dann kam Nebel auf, der alles einhüllte und unsere Ankunft in Salem verzögerte. Die Matrosen maßen alle paar Minuten die Tiefe neben dem Schiff und riefen die Fadenlänge zurück zum Kapitän. Der Hauptschifffahrtskanal führt zwischen zwei Inseln hindurch und die Einfahrt in den Hafen ist schmal und gefährlich.

Der Nebel lichtete sich nach Mittag und erlaubte uns den ersten Blick auf eine menschliche Siedlung, seit zum ersten Mal das neue Land gesichtet worden war. Die Leute scharten sich an Deck, um die Schiffe zu sehen, die wie Insekten um den Kai zu hängen schienen.

An Deck und in den Kajüten ist es laut vor Aufregung, aber ich teile die allgemeine Freude nicht. Ich weiß schließlich nicht, was an diesem Ort auf mich wartet. Dieses Schiff ist mir mittlerweile vertraut; es war mein Zuhause. Ich würde lieber an Bord bleiben.

Ich sah vom Bug des Schiffes aufs Land hinaus, als Jack sich von der Takelage schwang, leichtfüßig wie eine Katze.

»Hier, Mary, das ist für dich.«

Es war die Münze, die er bekommen hatte, nachdem er als Erster Land gesehen hatte. Sie war in der Mitte entzweigebrochen.

»Die Hälfte für mich, die Hälfte für dich. Behalt sie, damit du mich nicht vergisst.«

»Du bist gekommen, um dich zu verabschieden?« Das machte mich noch trauriger, als ich bereits gewesen war.

»Ich denk schon. Für den Augenblick zumindest.« Er sah zu der näher rückenden Küste. »Wir werden bald im Hafen eingelaufen sein und dann muss ich mich nützlich machen.«

»Aber ich seh dich in der Stadt!«

Er schüttelte den Kopf. »Glaube ich nicht. Wir segeln schon mit der Morgenflut nach Boston. Deswegen dachte ich, ich sag dir besser gleich Lebewohl. Später ist vielleicht keine Zeit mehr.«

Ich wusste nicht, was ich sagen sollte. Ich hatte mir nicht vorgestellt, dass wir uns jetzt schon trennen würden, hatte nicht erwartet, dass es so plötzlich käme. Jack war wie der Bruder, den ich nie gehabt hatte, und noch mehr als das. Ich drehte mich verwirrt weg.

»Sei nicht traurig. Ich komme zurück und finde dich. Das« – er hielt seine Hälfte der Münze hoch – »wird unser Zeichen sein. Eines Tages werden die beiden Hälften wieder vereint sein. Du hast mein Wort darauf. Ich werde dich nie vergessen, Mary, und ich breche nie mein Wort.«

Er beugte sich zu mir, als ob er mich küssen wollte, aber da ertönte eine Stimme.

»Du da unten, Jack! Mach bloß, dass du in den Ausguck kommst!«

Er sah aus, als ob er gehen wolle, aber dann machte er einen Satz zurück, um mich trotzdem zu küssen. Ich dachte, ich hätte gesehen, wie der Kapitän grinste, und dann war Jack schon wieder oben, in der Takelage. Ich sah, wie er in den Ausguck des Großmastes kletterte, so winzig wie ein Kinderspielzeug. Mein Mund brannte und meine Faust schloss sich um meine Hälfte des Schillings. Ich wusste, sobald ich einmal das Schiff verlassen hatte, würde ich Jack nie mehr wiedersehen.

Die Neue Welt

Eintrag 28 (Ende Juni 1659)

Wir liefen mit der frühen Abendflut in den Hafen ein und es schien, als sei die ganze Stadt auf den Beinen, um uns zu begrüßen. Männer, Frauen und Kinder drängten nach vorne, Stimmen erhoben sich, riefen Begrüßungen und fragten nach Neuigkeiten. Manche Passagiere gingen nach unten, um ihre Sachen zusammenzupacken, aber die meisten blieben an Deck, um den Augenblick unserer Ankunft mitzuerleben. Sie säumten die Reling und betrachteten nacheinander die Gesichter in der Menge. Ich merkte, wie die begeisterte Stimmung über unsere sichere Ankunft um mich herum langsam einer gewissen Besorgnis wich. Viele der Mitreisenden drehten sich mit einem leichten Kopfschütteln einander zu und dann suchten sie wieder die Gesichter ab. Ich fragte Martha, was los sei.

»Da fehlen welche. Die Brüder und Schwestern, die vor uns kamen – eigentlich müsste irgendjemand von ihnen hier sein, aber niemand ist da.«

Sie ging davon, um zu einer Familie neben uns zu treten. Ich konnte nicht verstehen, was sie besprachen, aber aus dem aufgeregten Heben und Senken ihrer Stimmen war deutlich die Besorgnis herauszuhören.

Es dauerte eine ganze Weile, bis wir mit all unseren Gütern das Schiff verlassen konnten. Die Ältesten und Reverend Cornwell waren die Ersten, die an Land gingen. Sie standen in Grüppchen zusammen und sprachen mit den Stadtobersten, überließen es anderen, sich um unsere Ausschiffung zu kümmern.

Schließlich standen wir alle am Kai. Dann kam das Vieh, das wir mitgebracht hatten, an die Reihe. Rinder und Schafe und magere Pferde kamen blinzelnd aus dem Schiffsbauch. Sie wurden mit baumelnden Beinen über einen Hebezug abgeladen. Eine ganze Anzahl war während der Überfahrt verendet. Das, was übrig war, stand mit zitternden Beinen wie Neugeborene und blökte oder wieherte voller Verwirrung. Marthas Federvieh saß zusammengekauert im Verschlag, so leblos wie ein Bündel Lumpen.

Ich wäre am liebsten zurück an Bord gegangen. Ich hatte jetzt schon Heimweh nach dem Schiff und fühlte mich an Land so verloren wie das abgeladene Vieh. Der feste Boden unter meinen Füßen fühlte sich höchst merkwürdig an. Das Licht war grell, die Luft heiß und ohne den leisesten Windhauch. Es war stickig, selbst am Kai, und es gefiel mir nicht, dass all die Leute mich anstarrten. Ich wollte zurück. Ich wollte Jack suchen. Aber das war unmöglich. Es gab kein Zurück mehr. Die letzten unserer Güter waren abgeladen worden und neue Fracht wurde bereits an Bord gehievt. Wir gehörten nicht mehr zum Schiff, sobald wir einen Fuß an Land gesetzt hatten.

Familien versammelten sich in Trauben zwischen den Fässern, Kisten, Truhen und Säcken. Sie standen am Kai, ihre persönliche Habe um sich herumgestapelt, und warteten auf Neuigkeiten. Die Besorgnis wuchs. Niemand wusste, was wir tun sollten.

Die Ältesten waren mit den Männern von Salem gegangen. Als sie zurückkamen, waren ihre Gesichter grimmig. Elias Cornwell kletterte auf ein Fass. Er breitete die Arme aus. Seine schwarz gekleidete Gestalt warf einen langen Schatten in der untergehenden Sonne.

Zuerst gebot er uns die Köpfe vor dem Herrn zu beugen, dann sprach er ein Dankgebet für unsere wohlbehaltene Ankunft.

»Wir überquerten das weite Meer, um uns unseren Brüdern und Schwestern im Herrn anzuschließen und ein neues Leben in einer neuen Welt zu finden, ein reines Leben, frei von äußerlichen Störungen. Wir sind angekommen, sicher und wohlbehalten, wofür wir Gott und Seiner Vorsehung danken.«

Diesen Worten folgte ein von vielen rasch gemurmeltes »Amen«, doch dann rief sogleich eine Stimme aus der Menge: »Was ist mit unseren Brüdern und Schwestern? Was gibt es Neues von ihnen?«

»Ja!« – »Was gibt's Neues?« – »Was ist los?« – Die Fragen machten die Runde, wurden von Mund zu Mund wiederholt. Elias Cornwell hob seine Arme höher, um die Unruhe zu ersticken.

»Reverend Johnson und seine Herde sind nicht länger hier.« Das Murren wuchs sich zu einem Getöse aus. Elias Cornwell musste die Stimme heben, um über dem Lärm gehört zu werden. »Hört mich, gute Leute, hört mich an! Die Stadtoberen erzählten mir, dass Pfarrer Johnson seine Herde in die Wüste geführt hat wie Moses.«

Die Unruhe in der Menge wuchs: »Was sollen wir tun? Was sollen wir jetzt tun?« Reverend Cornwells

Stimme nahm einen befehlenden Ton an. »Wir müssen um Gottes Führung bitten, bis unser eigener Weg klar ist. In der Zwischenzeit haben die guten Menschen von Salem ihre Häuser für uns geöffnet und bieten uns Unterkunft im Geist Christi. Dafür wollen wir ihnen danken. Morgen wird das Treffen unserer Gemeindevorsteher in der Kirche von Salem stattfinden. Bis dahin möchte ich, dass jeder Einzelne von euch seine Zeit mit Gebet und Einkehr verbringt.«

Er senkte die Arme wieder und beugte den Kopf, das Zeichen für ein schweigendes Gebet. Wir standen da, unsere Schatten wurden in den letzten Strahlen der Sonne immer länger, der Staub unter unseren Füßen nahm einen goldenen Schein an. Wir befanden uns auf festem Boden, doch ich merkte, wie ich schwankte, mein Körper bewegte sich immer noch zu dem gewohnten Rhythmus des Schiffes. Wir waren angekommen, aber wir waren Fremde in einem fremden Land. Der Staub, der sich auf meine Schuhe setzte, sah genauso aus wie der Staub zu Hause, dennoch war er anders. Die ganze Zeit an Bord hatte ich nicht an Seekrankheit gelitten, doch plötzlich überkam mich eine entsetzliche Übelkeit.

Eintrag 29

Es ist der Abend nach unserem ersten vollen Tag hier und das Gefühl von Fremdartigkeit hält immer noch an. Rebekah und ich erkundeten in Gesellschaft von

Tobias die Stadt, aber nichts davon schien mir wirklich zu sein. Es war wie in einem Traum – oder wie in der Märchenwelt, wo alles eigentlich genauso aussieht wie sonst, bis zu dem Moment, in dem du ganz genau hinschaust.

Es ist heiß hier, heißer als im englischen Sommer, und die Luft ist viel feuchter. Die Hitze nimmt mit dem Untergehen der Sonne nicht ab, sie scheint sogar noch anzusteigen, bis ich das Gefühl habe, kaum mehr atmen zu können. Ich kann nicht schlafen. Deshalb schreibe ich jetzt mein Tagebuch. Ich schreibe am Fenster. Der Tisch, auf dem ich schreibe, ist eine Art Regal, das in einen großen Baum geschnitzt ist, der wiederum Teil des Gebälks des Hauses ist. Ich schreibe im Mondlicht. Die Nacht ist sehr klar. Der Mond hängt tief und ist riesig, wie eine silberne Laterne, und die Sterne strahlen am großen Himmelszelt. Ich erkenne verschiedene Sternbilder, aber selbst für mein ungeübtes Auge ist es deutlich, dass sie sich verändert haben. Es ist, als hätte eine große Hand die Himmelslichter durcheinander geworfen.

Auf dem Boden geben Glühwürmchen kleine Lichtpunkte ab und Grillen zirpen und Frösche quaken in die Nacht hinein. Der Duft von frisch geschlagenem Holz hängt überall in der Luft. Nichts hier ist alt, wenig ist aus Ziegel oder Stein gebaut. Die meisten Häuser haben Holzfachwerk und sind mit Brettern verschalt, ihre steilen Dächer sind mit Holzschindeln gedeckt. Alles erscheint neu. Selbst die älteren Gebäude hatten kaum Zeit gehabt, zu verwittern. Wenige Gebäude sind sehr groß oder sehr elegant. Die meisten sind klein bis mittelgroß. Schnell gebaut, um Schutz zu bieten und um das Wetter abzuhalten.

Die Menschen gleichen ihren Heimstätten darin, dass keiner sehr gering und keiner sehr großartig ist. Ich habe keine Bettler gesehen, Faulenzer oder so etwas, aber auch keine sehr reichen Leute. Kleidung ist kein Anhaltspunkt, denn jede Kleidung ist mehr oder weniger gleich, in traurigen und ernsten Farben gehalten. Schwarz, Braun, Grau, Rotbraun und Grün, schlicht und nur selten verziert mit Spitze oder Seide. Was getragen und nicht getragen werden darf, ist durch das Gesetz vorgeschrieben. Man ist sehr streng darin, und wie ich glaube, auch in vielem anderen. Es fällt schwer, nicht den Kerker zu bemerken, die Stöcke und die Schandsäule.

Die guten Menschen von Salem zeigen uns, wie das Leben sein wird. Dies ist kein Land von Milch und Honig. Ihre Gesichter erzählen eine Geschichte von Mühsal und Arbeit. Sie haben ihr Leben aus dem Nichts aufgebaut und ihr Heim aus dem Wald ausgestattet. Besitztümer, die von zu Hause mitgebracht wurden, gibt es wenige und sie stechen heraus unter der Ausstattung, die aus dem gemacht ist, was hier vorgefunden wurde. Zinn dient nur zur Zier. Selbst die Teller, Schüsseln und Löffel sind aus Holz gefertigt.

Die Menschen sind gastfreundlich, teilen ihre Häuser und ihr Essen mit uns, aber sie wirken verdrießlich. Auch die Art und Weise, wie sie sprechen, ist anders. Ein betontes Näseln zieht ihre Aussprache in die Länge. Sie geben uns Grütze zu essen und Fleisch, das mit Gemüse zusammen gekocht wurde. Das Essen ist frisch und jeder Mund voll schmeckt wie Manna nach dem schimmligen Brot und dem gepökelten Schwein, das halb verfault aus den Fässern auf dem Schiff kam. Ein Großteil des Essens ist das gleiche, wie wir es zu Hause kochen würden, bis auf die Grütze, die hellgelb ist. Sie ist aus dem Mais gemacht, der in den Feldern und Gärten, welche die Siedlung umgeben, hoch aufragt. Es gibt auch andere Pflanzen. Bohnen und etwas wie einen Eierkürbis, aber er wächst rund und orangefarben. Zumindest scheint das Land fruchtbar zu sein. Eines der ersten Dinge, die Martha getan hat, war sich niederzuknien und etwas Erde in die Hand zu nehmen.

»Gute fruchtbare Erde, ja, die haben wir hier«, stellte sie fest, während sie die Krümel zwischen ihren Fingern zerbröselte und sie Jonah zeigte. Er nickte ihr zustimmend zu und lächelte erfreut. Sie werden zusammen anpflanzen. Nicht nur Getreide zum Essen. Sie haben vor einen Apothekergarten anzulegen, damit sie die Kräuter ziehen können, die gebraucht werden, um Medizin herzustellen.

Jonah und Tobias sind mit uns zusammen untergebracht, genau wie Rebekah und ihre Familie. Wir haben alle Unterschlupf im Haus der Witwe Hesketh gefunden. Sie hat uns freundlich willkommen geheißen und uns zu essen gegeben, doch sie gehört zu dem Typ, der selten lächelt, und ihr hartes Leben zeigt sich in ihrem Gesicht. Sie ist keine Schönheit, so viel steht fest, hörte ich Jonah Tobias zuflüstern, als sie die Treppe hinaufstiegen, und ich fürchte, er hat Recht. Sie ist mager von Gestalt, jedoch hoch gewachsen und breit, mit roten Händen, so groß wie die eines Mannes. Sie lebt mit ihrem Sohn Ezra zusammen. Die beiden führen ein Gasthaus in der Stadt.

Ihr Mann starb kurz nach ihrer Ankunft. Sie erzählte uns die Geschichte, gleich nachdem wir von uns erzählt hatten.

»Er liegt dort drüben auf dem Friedhof«, sagte sie mit einem Kopfnicken. »Zusammen mit einigen anderen. Gab ja nichts hier, als wir ankamen, und unser Schiff kam spät im Jahreslauf, zu spät, um etwas anzupflanzen.«

Es war nach dem Abendessen und wir saßen alle um das Feuer. Bei diesen Worten blickte John Rivers mit einem besorgten Blick hoch. Auch wir waren spät dran zum Pflanzen.

»Entsetzliche Überfahrt hatten wir«, fuhr die Witwe Hesketh fort. »Durch Stürme und Krankheiten an Bord aufgehalten. Als wir ankamen, hatten wir nur noch wenig zu essen übrig und viele unserer Gemeinde waren zu sehr geschwächt, um sich noch zu erholen. Der Winter hat sie dann geholt. Der Herr hat sie zu sich genommen, auch meinen Isaac.« Sie machte eine Pause und blickte auf das Taschentuch, das sie in den Händen drehte. »Uns ging es nicht so schlecht wie manchen anderen, aber wir hatten unsere Zeiten des Hungers, oh ja, die hatten wir. Die Stadt hat sich seither verändert, vergesst das nicht. Keiner geht jetzt mehr hungrig umher.« Sie beugte sich vor, um im Feuer zu stochern. »Keiner weiß genau, wie es weiter innen im Land ist. Wildnis. Was du nicht dabeihast, musst du eben entbehren. Überprüft gut eure Vorräte, das ist mein Rat. Kauft mehr davon, solange ihr noch könnt. Wenn ihr pflanzen wollt, braucht ihr genug Vorräte, um euch zu ernähren, damit ihr über den Winter kommt, bis die Ernte im nächsten Jahr eingebracht ist. Der Winter hier ist sehr rau.« Sie sah John Rivers unter ihren hängenden Augenlidern hervor an. »Sorgt für Eure Kinder und Eure Frau, sie werden einen Winter hier mit leeren Bäuchen nicht überstehen.«

Eintrag 30

John Rivers hat den Rat der Witwe Hesketh angenommen und ist mit Tobias und Jonah losgegangen, um die Güter zu begutachten, die sie aus England mitgebracht haben. Alles, was auf der Reise kaputtging, muss ersetzt werden, und alles, was wir vergessen haben könnten, und jegliche zusätzlichen Vorräte müssen erstanden werden, bevor wir die Stadt verlassen und in die Wildnis gehen.

Heute war Markttag und die Stadt war überfüllt mit Menschen, mit alteingesessenen Siedlern und jenen, die gerade aus England angekommen waren. Alle kamen, um nützliche Dinge zu kaufen. Martha blieb zu

Hause, um der Witwe Hesketh zu helfen, also gingen Rebekah und ich zusammen. Es schien, dass fast jeder vom Schiff dort war. Es lag eine fröhliche Stimmung in der Luft, ein Gefühl der Freude über die glückliche Ankunft. Erleichterung darüber, wieder an Land zu sein, eine Gelegenheit zum Bad und zum Ausruhen zu haben, um die schmutzige, auf dem Schiff getragene Kleidung zu waschen und die Kleidung auszulüften, die aufgehoben worden war, um sie bei der Ankunft zu tragen. Wir wurden praktisch jeden halben Meter angehalten von Leuten, die von Rebekah wissen wollten, wie es ihrer Mutter und dem kleinen Noah ging.

»Ihr geht es schon wieder besser, vielen Dank«, erwiderte Rebekah dann in ihrer ruhigen, stillen Art. »Dem Kleinen auch.«

Wenige sprachen mich an. Sie sahen in meine Richtung und dann schnell wieder weg. Selbst nach all den Wochen auf See akzeptieren sie mich immer noch nicht als eine der Gemeinschaft. Nicht dass es mir darauf ankäme. Martha, Jonah und Tobias sind alles an Familie, was ich brauche, und seit der Geburt von Noah kommen auch Rebekah und ich uns näher, wie Schwestern. Als wir uns zuerst trafen, hielt ich sie beinahe für unfreundlich, aber ich weiß es seitdem besser. Ihre Zurückhaltung kommt nicht von Feindseligkeit, sie kommt von ihrer Schüchternheit, einer Verlegenheit jenen gegenüber, die sie nicht gut kennt.

Sie ist nicht gerade eine Plaudertasche, aber so ist sie eben, sie spricht nur, wenn sie etwas zu sagen hat. Sie ist stets um die Gefühle der anderen besorgt. Sie bedrängt mich nicht ihr etwas über meine Vergangenheit zu erzählen und ich frage sie nicht nach ihrer. Das machen nicht nur wir so. Ich habe das Gefühl, dass es für viele hier gilt. Sie haben einen Ozean überquert, um ein neues Leben zu beginnen, und sind froh, wenn die Vergangenheit hinter ihnen schwinden und verblassen kann wie der letzte Anblick des eben verlassenen Landes.

Nicht alle Händler auf dem Markt waren Puritaner. Es gab auch Hausierer und alle Arten merkwürdiger, fahrender Händler. Deborah Vane, ihre Schwester Hannah und ihre Freundinnen, Elizabeth Denning und Sarah Garner, waren damit beschäftigt, die Waren eines solchen zu durchwühlen, in der Hoffnung, verbotenen Flitterkram zu finden, als eine von ihnen aufsah und uns entdeckte.

Ich kenne sie vom Sehen vom Schiff. Sie verbrachten die erste Hälfte der Reise stöhnend vor Seekrankheit. Als sie sich genug erholt hatten, um an Deck zu gehen, verbrachten sie den Rest der Zeit damit, mit den Seeleuten zu kokettieren, oder sie standen zusammengedrängt in ihrem Grüppchen, wo sie sich über Herzallerliebste und Heirat unterhielten. Sie wollten schon Ehefrauen sein, bevor sie noch ihre Mädchenzeit hinter sich hatten. Heute trugen sie ihre besten Kleider, um Eindruck zu machen. Ihre Kleidung war immer noch verknittert von der Reise und nicht richtig gelüftet, sodass sie einen leichten Geruch von Schimmel und Moder abgab. Ihre Mütter haben nicht Marthas

Angewohnheit, süß riechenden Lavendel zwischen die Kleiderstöße zu legen.

Deborah und Hannah Vane. Sie haben den richtigen Namen: Vane, was auch Eitelkeit bedeuten könnte. Zumindest für Deborah gilt das. Sie ist ihre Anführerin. Fast im gleichen Alter wie Rebekah ist sie auf eine gewisse plumpe Art hübsch, und heute hatte sie wohl ihre Wangen gekniffen, bis sie rosig waren, und auf ihre Lippen gebissen, bis sie kirschrot schimmerten. Ihren Kragen zierte ein Hauch von Spitze an der Kehle, ihr dunkles Leibchen war gerüscht und mit Seide gefüttert. Die Verzierungen sind bescheiden, vorsichtig gewählt, um gerade noch unterhalb des Missfallens zu bleiben. Ihr rostrotes Haar versuchte dem Halt ihrer weißen Haube zu entkommen und einzelne Strähnen sprangen in verdächtig perfekten Locken heraus, um ihr Gesicht zu umrahmen.

Ihre Schwester Hannah ist viel jünger und etwa einen Kopf kleiner, mit scharfen, wieselartigen Gesichtszügen. Die Röte in ihrem Haar ist gedämpft zu einem fast sandfarbenen Rotbraun. Auch ihr Haar schlüpft aus ihrer Haube, aber es springt in wellenartigen Spiralen auf wie ein aufgelöstes Seil. Ihre Augen sind braun wie die ihrer Schwester, jedoch dunkel und glänzend wie Kohlestücke. Jegliche Schönheit, die in der Familie zu vergeben war, ist Deborah zugefallen.

Die beiden Schwestern sind immer zusammen, Hannas Gesicht ist unaufhörlich breit gezogen. In hündchenartiger Bewunderung blickt sie hoch und hängt an jedem Wort, das Deborah von sich gibt. Elizabeth Denning und Sarah Garner ordnen sich ebenfalls Deborah unter. Sie regiert die Gruppe. Sie sind stets zusammen, kichern und flüstern. Ich mag sie nicht. An Bord sahen sie mich grundlos böse an und redeten hinter vorgehaltener Hand über mich. Heute ignorierten sie mich völlig. Es war Rebekah, auf die sie es abgesehen hatten, als sie uns herbeiwinkten, doch ihr Interesse galt nicht ihrer Mutter oder dem kleinen Bruder. Sie fragten nach Tobias.

»Wie geht es denn Master Morse?«, fragte Deborah. Sie verzog keine Miene, doch es lag ein Glitzern tief in ihren braunen Augen und ihre Frage löste bei den anderen regelrechte Kicheranfälle aus.

»Dem alten oder dem jungen?«, fragte Rebekah nach, obwohl sie genau wusste, welchen Deborah meinte.

»Dem jungen natürlich, du Gänschen!«, rief Hannah zwischen einem neuerlichen Kicheranfall aus, diesmal auf Rebekahs Kosten.

Rebekah schob ihr Kinn vor. Sie mochte es nicht, von jemandem beleidigt zu werden, der weniger Verstand als ein Huhn hatte.

»Es geht ihm recht gut.«

»Ist er heute gar nicht an deiner Seite?«

»Er hat Dinge zu erledigen. Mit meinem Vater.«

Dies rief neues Gelächter und Schnauben hervor.

»Auch mit seinem Vater. Sie müssen sich um unsere Zukunft kümmern . . .«

»Eine gemeinsame Zukunft?«, wollte Deborah mit

einem Lächeln wissen. Die anderen Mädchen konnten sich kaum mehr beherrschen. Rebekah versuchte gleichgültig zu wirken, doch ihre blasse Haut begann sich angesichts Deborahs Unverschämtheit zu röten.

Sie hat in der Angelegenheit noch nichts zu mir gesagt, aber zwischen ihr und Tobias entwickelt sich ein großes Verständnis. Nicht annähernd etwas wie Werbung, sie befinden sich immer noch im Stadium der Blicke und des Lächelns, aber in letzter Zeit waren sie oft zusammen gewesen. Das war Deborah und den anderen nicht entgangen. Deborahs Lächeln verschwand jetzt und ein Blick von ihr brachte die anderen zum Schweigen. Das Glitzern in ihren braunen Augen hatte sich in etwas anderes, Härteres verwandelt. Tobias würde für jedes Mädchen einen guten Ehemann abgeben. Er sieht gut aus, ist von ebenmäßiger Gestalt, ein starker junger Mann und noch dazu ein Zimmermann. Das ist ein Beruf, der in einer aus Holz gebauten Welt hoch geschätzt wird. Rebekah hat eine Rivalin.

Plötzlich kreischte Hannah auf und wich einen Schritt zurück, wobei sie Deborahs Arm noch fester umklammerte.

»Was ist denn?« Deborah versuchte ihre Schwester abzuschütteln, doch deren Griff wurde noch fester. »Was ist denn los?«

»Seht doch! Dort drüben!«

Hannah deutete mit zitterndem Finger in die Menge. Die anderen Mädchen folgten der Richtung ihres Blickes und auch ihre Augen wurden groß, die Pupillen weiteten sich, als ob etwas Wildes und Gefährliches aus dem Wald geradewegs vor ihnen stünde. Andere starrten ebenfalls, viele traten mit einem scharfen Einziehen der Luft einen Schritt zurück.

Die Menge teilte sich in der Mitte, als die beiden Indianer über den Markt liefen. Die älteren Siedler achteten nicht auf sie, als ob ihre Gegenwart eine alltägliche Angelegenheit sei, doch jene, die neu von den Schiffen kamen, starrten voller Scheu und Staunen.

»Wilde!«, kreischte Hannah. »Sie werden uns an Ort und Stelle umbringen!«

Deborah quiekte wie ein dummes Ferkel, ein Tier, dem sie nicht wenig gleicht, und schlug eine Hand vor den Mund. Elizabeth und Sarah klammerten sich angstvoll aneinander.

»Sie werden euch nichts tun!«, stieß Rebekah hervor, in ihren braunen Augen lag fast etwas wie Genugtuung. »Seid still! Sie hören euch ja!«

Wenn es so war, zeigten die beiden Männer es nicht. Man sah ihre nackte Brust und auch ihre nackten Beine, denn sie trugen weiche lederne Beinkleider, die an den Knien ausgefranst waren. Sie trugen keine Hosen, wie wir sie kannten, sondern kurze Lederschürzen, die vorne und hinten von einem schmalen, perlengeschmückten Gürtel hingen. Vielleicht war es das, was Deborah zum Quieken gebracht hatte. Auch ihre Schuhe waren aus weichem Leder, gebunden mit Lederschnüren, und jeder trug eine ärmellose offene Lederweste. Die des jungen war mit etwas verziert, was nach Federn aussah, gefärbt in kräftigen Farben, Rot und Blau, und in Zickzacklinien angebracht. Ihre Kleidung war spärlich, aber praktisch. Sie schwitzen nicht in der Hitze wie die Engländer.

Sie waren beide groß und gut gewachsen, mit glatten Wangen, gut aussehende Männer mit eindrucksvollen Gesichtszügen. Sie sahen einander ähnlich genug, um verwandt zu sein, obwohl einer sehr viel älter war als der andere, vielleicht waren es Enkel und Großvater. Sie hatten eine dunkle Hautfarbe, doch ihre Haut hatte keine Röte in sich, auch wenn die weißen Männer sie immer rot nennen. Sie hatte eher das tiefe Braun von gut poliertem Holz und sprach von einem Leben im Freien, wenig eingeschränkt durch Kleidung. Ihr Haar fiel lang über ihre Schultern; das des jungen Mannes schimmernd schwarz mit einem grünlich blauen Glanz. Er trug es offen und auf einer Seite rasiert. Das Haar des alten Mannes war leicht ergraut, mit einem deutlichen weißen Streifen, seitlich des spitz zulaufenden Haaransatzes. Er trug sein Haar ebenfalls lang, in einem dicken Zopf mit Federn und Perlen darin.

Als sie über den Marktplatz schritten, verfiel die Menge um sie herum in ein atemloses Schweigen. Sie liefen wie in einer Luftblase des Schweigens und es war schwierig, sie nicht anzustarren. Jonah hat mir einmal von der Sammlung von Raritäten erzählt, die er in London gesehen hat. Eigenartige und wertvolle Dinge, die von überall auf der Welt mitgebracht wurden, damit die Menschen sie ansehen und bewundern konnten. Es war, als ob etwas aus dieser Londoner

Ausstellung plötzlich zu Leben erwacht sei und herumliefe.

Ich quiekte nicht wie Deborah und hielt mich auch nicht an Rebekah fest, aber wie der Rest konnte ich nicht anders, als die beiden Männer anzustarren. Sie bewegten sich mit einer stillen Würde und Anmut, und als sie an uns vorübergingen, roch ich den deutlichen Duft von Tannennadeln und Holzfeuer, ganz anders als der widerliche Gestank säuerlichen Schweißes von Körpern, die zu lange in ungewaschenen Kleidern gesteckt hatten, der an den Mädchen in meiner Gesellschaft hing.

Der junge Mann sah unbeirrt geradeaus, blickte weder nach rechts noch nach links. Der alte Mann betrachtete die Menschen zu beiden Seiten, aber sein Blick war nicht neugierig, sondern eher als ob die Menschenmenge aus leblosen Dingen gemacht sei oder als seien es Kreaturen unter seiner Würde. Seine Augen lagen tief in den Höhlen, dunkel wie Damaszenerpflaumen in einem Gesicht, das von Fältchen durchzogen war, die sich besonders um Mund und Nase vertieften. Sein Blick verharrte plötzlich und mit einem Mal wirkten seine Augen aufmerksam, durchdringend und scharf. Sein Blick traf meinen für den Bruchteil einer Sekunde, dann wanderte er wieder weiter, über die Menge hinweg, abwesend und gleichgültig, als ob er geradewegs durch sie hindurchsehen könnte.

Eintrag 31

Rebekahs Vater ist besorgt. Wir befinden uns nun schon eine Woche in Salem und noch immer ist nichts beschlossen. Wir können nicht länger warten, nicht wenn wir Unterkünfte für den Winter bauen wollen. Zum Pflanzen ist es schon fast zu spät. Er geht heute Abend in die Kirche, um mit den anderen Ältesten zu sprechen. Er will ihnen seine Meinung in der Angelegenheit vortragen. Wenn wir weiterziehen, muss es sofort sein. Wir könnten auch hier bleiben, obwohl der Großteil des guten Landes bereits vergeben ist, doch Jonah ist der Meinung, dass die Stadtbewohner nur darauf warten, dass wir weiterziehen.

Die Witwe Hesketh sah Martha mit zusammengekniffenen Augen an. »Ihr seid eine Frau, die sich nützlich zu machen weiß, und ich schulde Euch etwas, denn Ihr wart mir eine große Hilfe.« Sie machte eine Pause. »Es geht mich natürlich nichts an und ich bin mir sicher, Ihr handelt nach bestem Wissen und Gewissen, aber Ihr sollt wissen, dass Ihr einen Platz bei mir habt. Das Mädchen auch.« Sie nickte in meine Richtung und blickte wieder zurück zu Martha. Ihre Augen unter den schweren Lidern waren dunkel und geheimnisvoll, ihr Blick schwer zu deuten wie bei dem alten Indianer. Ich merkte, wie eine Botschaft zwischen den beiden Frauen ausgetauscht wurde, ohne dass etwas direkt ausgesprochen worden war. »Mädchen in ihrem Alter können sich immer nützlich machen. Ihr sagt, sie sei eine gute Näherin?« Martha nickte. »Die Stadt wächst, die Leute brauchen Kleidung.« Sie lachte freudlos auf. »Manche gewinnen sogar ihren Geschmack für Putz und Eleganz zurück. Mit den einlaufenden Schiffen kommt genug Stoff. Ihr könntet Euch hier ein nettes kleines Geschäft aufbauen.«

»Das ist eine Überlegung wert, vielen Dank.« Martha sah hinunter auf den Stoff, den sie säumte. »Ein Leben, das bereits gesichert ist, im Gegensatz zu einem, das aus der Wildnis geschnitzt werden muss.«

Ich blickte überrascht zu Martha, denn sie hatte diese Meinung niemals vorher geäußert.

»Aber es sind meine Leute.« Martha biss den Faden mit den Zähnen ab und begann nun mit einer Stopfarbeit. »Und ich freue mich darauf, all meine Verwandten wiederzusehen. Wir sind so weit zusammen auf dem Pfad des Herren gekommen, jetzt ist nicht die Zeit für mich, vom Weg abzufallen.«

Die Witwe Hesketh nahm Marthas Entscheidung mit einem leichten Kopfnicken zur Kenntnis. »Dann möge Gott mit Euch sein. Es wird eine lange und eine harte Reise werden.« Sie erschauderte kurz, obwohl die Nacht heiß war und das Feuer vor uns flackerte. »Kein Weg, den ich wählen würde.«

»Warum denn nicht, Mistress Hesketh?« Ich hatte meinen Stuhl vorher auf die andere Seite von Martha gerückt, um der Hitze des Feuers zu entkommen, jetzt rückte ich ihn wieder näher heran.

»Es gibt nur wenige Straßen, meine Liebe, und diejenigen, die es gibt, führen nicht sehr weit in den Wald hinein. Es werden nicht mehr als Trampelpfade der Tiere sein, welchen ihr folgen werdet, und von Wilden gemachte Pfade. Der Wald ist kein Ort für einen gottesfürchtigen Menschen. Es heißt . . .«

»Was heißt es?«, fragte ich nach.

»Dass es Geister dort draußen gibt. Im Besonderen einen schwarzen Geist in der Gestalt eines Mannes. Die Indianer verehren ihn . . .« Sie schauderte wieder und zog ihren Schal um sich. »Unsinn, zweifellos, doch manche schwören, sie hätten ihn gesehen, und die Siedler gehen nicht gern in den Wald. Es gibt natürlich auch wilde Tiere und wilde Eingeborene, doch das ist es nicht, was sie schreckt, wenn die Sonne untergeht. Das ist es nicht, was sie so schnell nach Hause reiten lässt, so schnell ein Pferd galoppieren kann.« Sie beugte sich vor, um in dem Topf zu rühren, der über dem Feuer hing. »Es wird eine schwere Reise werden und ihr werdet wenig Hilfe von den Leuten aus Salem bekommen.«

»Weil sie Angst vor Schreckgespenstern haben?«

Sie lachte bellend auf. »Nicht ganz. Da ist noch ein anderer Grund. Reverend Johnson und seine Schar, sie sind hier nicht im Guten weggegangen. Es war nicht wegen des Mangels an Land, davon gab es damals genug.« Sie schüttelte den Kopf. »Nein, deshalb war es nicht.«

»Weswegen denn dann?«, fragte ich.

»Man legte ihnen nahe zu gehen, könnte man sagen. Reverend Johnson ist ein sehr schwieriger Mann. Fast sofort nachdem er ankam, begann er mit den anderen

Geistlichen zu streiten. Ein guter Prediger, aber streitbar, halsstarrig, stur und eingebildet, so hat man ihn genannt. Er neigt dazu, seinen Glauben über den aller anderen zu stellen, und das ist nicht die Art der Leute von Salem. Er schätzte sich selbst zu hoch, das haben sie gesagt, fast bis zur Blasphemie.«

»Wie meint Ihr das?«

»Es liegt ein Unterschied darin, die Worte der Propheten zu predigen oder zu denken, du seist selbst einer. Er benahm sich wie ein neuer Prophet und seine Gemeinde verehrte ihn geradezu. Das war zu viel für die anderen Geistlichen. Sie erklärten seinen Glauben für gefährlich, beschuldigten ihn in die Irre zu gehen und seine Leute mit sich zu führen. Er sollte umkehren und bereuen oder gehen, das haben sie gesagt. Also ist er gegangen und hat seine Herde in die Wildnis geführt, das Vieh vorneweg, genau wie die Israeliten.«

»Wohin sind sie gegangen?«

»Er wählte Pfade, die noch nicht ausgetreten waren, unbekannte Wege. Vertraute darauf, dass Gott sie dort hinführen würde, wo ihre Bestimmung lag.«

»Aber sie haben sich doch bestimmt irgendwo niedergelassen?«

»Sie haben eine Siedlung tief in der Wildnis gegründet und wir haben seither kaum von ihnen gehört. Sie kommen selten hierher. Und jetzt seid ihr angekommen, entschlossen euch ihnen anzuschließen.« Sie drehte sich mit besorgtem Blick zu Martha. »Offen und ehrlich, Mistress, ich warne Euch davor.«

Eintrag 32

Wir sind alle in die Kirche gerufen worden. Die ganze Gemeinde und jeder, der sich ihr vielleicht anschließen möchte wie Jonah und Tobias. Man wird uns ersuchen zu wählen, ob wir bleiben oder gehen wollen. Martha will gehen, die Rivers auch, aber bei Jonah und Tobias bin ich mir nicht so sicher. Jonah gefällt es hier. Er durchstreift die Stadt und den Hafen, tauscht Klatsch und Neuigkeiten mit den Städtern und Seeleuten aus, sammelt Informationen. Er macht sogar schon Geschäfte, verkauft seine Pillen und Salben. Ich habe gehört, wie er seinem Sohn gegenüber Zweifel äußerte.

»Was verstehst du schon von der Landwirtschaft? Oder ich? Du bist ein Zimmermann, ich ein Apotheker. Wir könnten gleich hier in Salem einen guten Lebensunterhalt verdienen. Oder unser Glück in einer anderen Stadt versuchen – Boston vielleicht. Ich habe gehört, dort . . .«

»Es sind gute Menschen.«

»Gute Menschen? Ja, schon. Mit gläubiger Inbrunst vor allem. Und was ist mit diesen anderen, zu denen sie hinwollen? Wir wissen nichts von ihnen. Wir sind Fremde. Sie werden uns vielleicht gar nicht willkommen heißen. Ist es weise, sich ihnen anzuschließen? Was sagst du? Sollen wir gehen? Oder sollen wir bleiben?«

Tobias antwortete nicht. Er streckte nur seine langen Beine aus und trank sein Bier.

Eintrag 33

Zwei Männer standen an der Tür als Stimmenzähler: Deborahs Vater, Jeremiah Vane, und ihr Onkel, Samuel Denning. Wir traten ein und suchten uns einen Platz, jeder nach seinem Stand. Elias Cornwell starrte von der Kanzel herunter. Es gab keine weitere Aussprache. Reverend Cornwell hielt nicht einmal eine Predigt. Er gebot uns nur unsere Köpfe zu senken und jeder für sich still zu beten, demütig vor dem Herrn zu sein und um Seine Führung zu bitten. Die Zeit sei gekommen, um sich zu entscheiden. Entweder hier zu bleiben, woanders hinzugehen und uns in einer der anderen Städte niederzulassen, die im Entstehen begriffen waren, oder Reverend Johnsons Führung in die Wildnis zu folgen. Die Ältesten hatten bereits entschieden. Sie saßen alle in einer Reihe ganz vorne, John Rivers unter ihnen.

Einer nach dem anderen war jedes Familienoberhaupt von seinem Platz aufgestanden, um sich zu ihnen zu gesellen. Dann trat Sarah, Rebekahs Mutter, an die Seite ihres Mannes, ihre Kinder führte sie an der Hand. Rebekah folgte ihr, den kleinen Noah auf dem Arm. Obwohl ich einige von Jonahs Zweifeln teilte – als Martha ging, ging ich mit ihr.

Die Familien stellten sich die Wände entlang auf, bald saßen nur noch die Außenseiter. Jonah senkte den Kopf tiefer und flüsterte Tobias etwas zu. Sein Sohn schüttelte den Kopf, als ob er sich von Fliegen befreien wollte, streckte die Schultern und machte einen Schritt nach vorn, um sich zu den anderen zu gesellen. Rebekah sah ihm nach. Auf der anderen Seite des Raumes grinste Hannah zu ihrer Schwester hinauf und Deborah runzelte die Stirn. Ich blickte hinüber zu Rebekah und lächelte. Wo sie auch hingeht, er wird ihr folgen.

Eintrag 34

Heute Abend nach dem Essen bat mich die Witwe Hesketh mich zu ihr zu setzen.

»Ich habe noch Flickzeug, das erledigt werden muss. Schauen wir mal, was für eine Näherin du bist.«

Sie saß auf ihrem üblichen Platz beim Feuer und ich auf einem Stuhl neben ihr, mit einem Beutel voller Strümpfe und Hemden, die zu flicken waren. Sie begutachtete meine Arbeit, prüfte die Stärke und Gleichmäßigkeit der Stiche. Als sie zufrieden war mit dem, was sie gesehen hatte, bat sie mich weiterzumachen, während sie ins Feuer starrte.

»Du könntest auch hier bei mir bleiben«, sagte sie nach einer Weile. »Das hier ist ein guter Platz für ein Mädchen, das sich nützlich machen kann.«

Ich blickte überrascht auf, denn das hatte ich nicht erwartet. Ich antwortete nicht sofort, sondern fuhr mit meiner Arbeit fort und konzentrierte mich ganz fest darauf, die Stiche ordentlich und gleichmäßig zu machen. Dann bedankte ich mich und lehnte ihr Angebot höflich ab. Ich mag manche von Jonahs Ängsten teilen, was unsere Zukunft betrifft, aber hier zu bleiben würde bedeuten kaum mehr als eine Dienstbotin zu sein und dieser Gedanke gefällt mir nicht.

»Denk darüber nach.« Ihre dunklen Augen blickten in die Tiefen des Feuers. »Ich kenne ein wenig von deiner Geschichte von Martha und den Rest kann ich erraten. Es könnte sein, dass du hier besser aufgehoben bist. Ich denke, du weißt, was ich meine.«

»Woher wisst Ihr das?«, fragte ich leise und sah mich vorsichtig um. Wir waren allein in dem großen vom Feuer erleuchteten Raum, nicht eine einzige Seele auch nur in der Nähe, aber von solchen Dingen zu sprechen konnte uns beide in Gefahr bringen. Wenn *sie* die Hexe in mir sah, dann konnten es andere vielleicht auch. Furcht erfüllte mich und ich bekam eine Gänsehaut. »Ist es denn so deutlich?«

»Gleich und gleich erkennt sich stets. Ob es eine Gabe ist oder ein Fluch, das kann ich nicht sagen, aber das liegt nicht bei uns.« Sie sah mich immer noch nicht an, aber ich erkannte aus ihren Worten, dass sie die Kunst praktizierte. »Deine Ankunft wurde mir vorhergesagt.«

»Von wem? Wie?«

»Das brauchst du nicht zu wissen.« Ihr Blick lag jetzt auf mir und in jeder der schwarzen Pupillen spiegelte sich das Feuer. »Aber du musst sehr vorsichtig sein, wo immer du auch hingehst. Ganz besonders hier.«

»Hier? Warum hier? Ich dachte, alle hätten die Freiheit, ein neues Leben zu beginnen. Ich dachte . . .«

Sie lachte ihr freudloses Lachen. »Gott befohlen,

meine Liebe. Hier ist es noch schlimmer! Die Leute bringen ihren Aberglauben mit sich über das Meer. Sobald sie hier sind, sehen sie sich von riesigen Wäldern umgeben. Niemand kann sagen, wie weit sie reichen, unsicher gemacht durch Eingeborene und wer weiß was. Der Glaube der Menschen ist wie ein Funken in einer endlosen Nacht. Ihre Ängste wachsen wie Unkraut und ersticken alles.«

»Ich bin vorsichtig. Ich kann auf mich aufpassen.«

Sie lachte kurz auf. »Das bezweifle ich. Aber ich spreche nicht nur von dir.« Sie beugte sich vor, um den Kessel über den verglühenden Scheiten zu schwenken. »Martha ist eine gute Frau und sie zeigt dir gegenüber große Freundlichkeit.«

Das leugnete ich nicht.

»Dann pass gut auf, mein kluges Mädchen. Du bist sehr gewitzt und vor allem hast du deinen ganz eigenen Kopf. Du musst deine Zunge unter Verschluss halten oder du bringst nicht nur dich selbst in Schwierigkeiten. Behalte deine Gedanken für dich und sieh dich vor!«

Eintrag 35

Unsere Abreise hat sich noch einmal verzögert. Die Männer in Salem sagen, wir müssen eingeborene Führer nehmen, aber Reverend Cornwell und die Ältesten wollen nichts davon hören. Sie wenden ein, dass diese Heiden seien, die Söhne des Satans, dass wir stattdessen in Gott vertrauen müssten, dass er uns durch die Wildnis führe, genau wie er es bei Moses mit seinen Leuten getan hätte. Nicht jeder ist dieser Meinung, selbst unter den Ältesten. John Rivers kam von dem Treffen ziemlich wütend zurück und murrte etwas darüber, dass Elias Cornwell Moses so oft zitieren könne, wie er wolle. Die Kinder Israels seien vierzig Jahre in der Wildnis gewesen, was eine lange Zeit sei, um herumzuwandern und heimatlos zu sein. Gott ließ sich Zeit, bevor er sie herausführte.

Die Männer von Salem wollen nicht ohne Indianer gehen. Sie sagen, dass wir in Gegenden kämen, die kaum bereist würden, und ohne das Wissen der Eingeborenen sei es so gut wie sicher, dass wir uns verirrten. John Rivers sagt, dass wir nicht ohne Hilfe aus Salem gehen können, was immer die Ältesten denken mögen. Wir haben nicht genug Karren oder Vieh, um all unsere Güter und Leute zu befördern. Die Männer von Salem denken praktisch und sind klug. Sie werden uns keine Wagen, Ochsen und Pferde leihen, wenn sie diese nicht ganz sicher wieder zurückbekommen.

Nach langem Hin und Her haben Rivers und jene, die seine Meinung teilen, sich durchgesetzt. Wir werden doch eingeborene Führer nehmen. Jetzt gibt es neues Murren. Das Leihen von Wagen und Ochsen wird teuer werden und niemand in Salem trennt sich gern von einem Pferd. Sie werden als zu wertvoll eingeschätzt, um in einer so gefährlichen Unternehmung aufs Spiel gesetzt zu werden.

Die Reise,
Teil 3:
Wildnis

Eintrag 36 (Juli 1659)

Wir verließen Salem an einem strahlenden Julitag, an einem Morgen so frisch und klar wie jene in England. Der Tag erinnerte mich an den Garten meiner Großmutter, mit dem süßen Duft von Levkojen und Rosen. Ich sah die Rosenstöcke vor mir, den Rittersporn und die Glockenblumen, strahlend leuchtend wie Juwelen im Sonnenschein. Tränen brannten in meinen Augen. Unsere kleine Hütte war wahrscheinlich längst zur Ruine verfallen, der kleine Garten überwuchert von Unkraut.

Wir versammelten uns, um anschließend durch die Stadt zu marschieren, manche auf einem Pferd oder Ochsen reitend, manche zu Fuß, andere auf Karren, die hoch mit Kisten und allen Habseligkeiten beladen waren. Die Stadtbewohner begleiteten uns hinaus und es war wie ein Fest, ein Umzug, wie früher zum Beispiel zum Erntedank, als Prozessionen durch jeden Ort und jedes Dorf hindurch abgehalten worden waren. Ich war zu klein gewesen, um mich daran zu erinnern, aber meine Großmutter hatte mir davon erzählt. Es machte mich traurig, dass ich diese Zeiten versäumt hatte, in denen die Arbeit bis zum Morgen aufgeschoben werden konnte und jeder fröhlich und glücklich sein durfte, zumindest für einen Tag.

Wir ließen die Stadt hinter uns und das Land dehnte sich um uns herum aus, grün unter einem wolkenlosen Himmel. Die Straße, die vor uns lag, war breit und gut ausgebaut, sie wand sich durch offenes, weites

Land mit hohen Bäumen, manche standen allein, andere fügten sich zu Wäldchen zusammen: Buchen, Eschen und Eichen.

Ich war nicht allein mit meinen Gedanken an zu Hause. Über viele Gesichter sah ich kurze Freude huschen, jedes Mal gefolgt von der gleichen beschattenden Traurigkeit. Als ob ein lieber lang Verblichener im Gesicht eines Fremden entdeckt worden sei. Der lang vermisste geliebte Mensch, den man nie mehr wiedersehen würde.

Wir kamen nur langsam voran, denn wir waren viele und müssen wirklich dem Stamm Israel bei seiner Flucht aus Ägypten geglichen haben; wir trieben unsere Rinder, Schafe und Ziegen vor uns her, marschierten hinter den rumpelnden Karren her und schwärmten über das Gras am Wegesrand aus.

Wir wurden nicht von Pharaos Armee verfolgt. Wir hatten sogar die Zeit, um stehen zu bleiben und Erdbeeren zu pflücken. Sie wuchsen reichlich, die Früchte riesig, so groß wie Pflaumen, süß und saftig. Wir füllten unsere Schürzen und aßen davon, bis unsere Münder rot gefärbt und unsere Hände klebrig waren.

So begann die Wanderung, wie ein Festtag, ein Feiertag, bis selbst die Zweifler unter uns lachten. Martha fuhr auf einem Karren mit ihren gackernden Hühnern. Sie hatten jetzt alle wieder ein glänzendes Federkleid und an Gewicht zugenommen, dank dem Korn und der Essensreste der Witwe Hesketh. Jonah lenkte den Ochsenkarren und beugte sich dabei immer wieder zurück, um mit ihr zu scherzen und sie aufzuziehen. Ich ging daneben einher, mit Rebekah und Tobias. Er trug den kleinsten ihrer Brüder auf seinen Schultern, während die anderen umhersprangen, froh der Enge der Stadt entkommen zu sein.

Den ganzen Tag sind wir so gereist, mittags hielten wir an, um uns zu erfrischen, setzten uns auf Decken und verzehrten das Essen, das wir mitgenommen hatten, während das Vieh graste. Wir marschierten bis Sonnenuntergang, bis es Zeit wurde, das Lager aufzuschlagen. Elias Cornwell hielt einen Dankgottesdienst (ich weiß nicht, warum, wir haben noch nicht einmal den Wald erreicht) und wir machten Feuer und kochten darauf wie eine herumziehende Bettlerschar. Manche schlafen unter dem Schutz von Zelten, andere unter den Karren oder unter dem offenen Himmel, denn die Nacht ist mild. Ich schreibe im Licht der Sterne.

Eintrag 37

Heute wurde die Straße schmaler. Die breite Straße, die uns aus Salem herausführte, hat sich auf eine Wagenspur verkleinert. Richtige Straßen gibt es in diesem Land nur wenige. Die meisten langen Reisen werden über das Meer oder den Fluss gemacht, aber wir haben uns dafür entschieden, über Land zu reisen. Um uns herum war das Land immer noch offen und erlaubte uns, mit bescheidener Leichtigkeit voranzukommen. Allerdings begannen dicke Bänder von dunklem Grün den Horizont zu säumen. Zu allen Seiten ragten große Wälder auf. Unser Fortkommen, selbst zu den besten Zeiten schleppend, verlangsamte sich noch weiter. Wir konnten nur so schnell reisen, wie die schwersten Karren und das schwerfällige Vieh es uns erlaubte. Für eine lange Weile blieben die Bäume verschwommen, rückten nicht näher. Wir erreichten den großen Wald erst nach und nach. Die einzelnen Bäume, die in der Landschaft aufragten, wurden zahlreicher und drängten sich enger zusammen, die Gruppen von Buchen, Eichen und Tannen wurden dichter, aber nichts hatte uns auf den Wald selbst vorbereitet.

Die Bäume ballten sich zu einer undurchdringlichen Masse. Der Weg, auf dem wir uns bewegten, wob sich zwischen ihnen hindurch und bald verlor er sich in den schattigen Tiefen, wo hoch aufragende Bäume den hellen Tag in Dämmerung verwandelten. Zedern breiteten ihre riesigen Äste aus. Tannen ragten auf, so hoch, dass ihre Spitzen nicht mehr auszumachen waren. Stämme mit rauer Rinde wuchsen in einer solchen Breite, dass vier Männer mit ineinander verschränkten Armen sie nicht umfassen konnten. Blätter und Gehölz von Jahrhunderten übersäte den Waldboden.

Durch die Bäume war nur Dunkelheit zu sehen. Unser Zug hielt an, selbst das Vieh zögerte den Wald zu betreten, es drehte um und ließ sich am Waldrand nieder. Die Pferde stampften und wieherten, nervös warfen sie ihre Köpfe. Die Kinder spielten nicht länger und rannten nicht mehr herum, sie kehrten zu ihren Müttern zurück und klammerten sich an ihre Röcke. Frauen drehten sich zu ihren Männern, die mit ebenso großen Augen in den Wald starrten wie ihre Kinder. Dies war der gefährliche *Große Wald*, größer als alles, wovon wir in den Geschichten am Feuer gehört hatten. Ihn zu betreten war wie in ein Reich von Geheimnissen einzudringen und wer wusste, welche Mächte seine dunklen Tiefen beherbergten?

Zwei Männer tauchten am Waldrand auf, so leise wie Geister. Sie schienen wirklich wie eine Art Erscheinung, denn sie waren innerhalb eines Augenzwinkerns da. Der Platz, den sie einnahmen, war eine Minute vorher noch leer gewesen und dann standen sie plötzlich da. Sie blieben vor uns stehen, erboten uns jedoch keinen Gruß. Dies waren Eingeborene. Rothäute, Indianer, die ersten, die viele der Gemeinschaft jemals gesehen hatten. Ihr unvermitteltes Auftauchen löste Schreckensrufe aus. Manche der Frauen begannen zu kreischen und einige unserer Männer griffen nach ihren Waffen. Die Männer von Salem mussten einschreiten. Die Indianer waren nicht gekommen, um uns anzugreifen. Sie standen still da, in Sichtweite, die Bögen über ihren Rücken geschlungen. Dies waren unsere Führer. Sie waren die ganze Zeit in unserer Nähe gewesen, wir hatten sie nur nicht gesehen. Sie waren erst jetzt herausgetreten, denn nun wurden sie gebraucht. Ohne sie würden wir die Siedlung, zu der wir wollten, niemals finden. Ohne sie würden wir selbst vielleicht nie mehr gesehen werden.

Unsere Führer sind die beiden, die ich auf dem Markt gesehen habe. Der junge Mann und sein Großvater. Sie waren den Männern von Salem bekannt und der junge Mann trat vor, um mit ihnen zu sprechen. Unsere Ältesten traten hinzu und alle standen da und berieten sich. Zur Überraschung von vielen sprach der junge Mann genauso gut Englisch wie jeder von uns. Sein Großvater nahm an diesen Verhandlungen nicht teil. Er stand still und ungerührt und beachtete die neugierigen Blicke nicht. Gelegentlich huschten seine dunklen Augen über uns hinweg, als wolle er seine Neugierde befriedigen. Wieder spürte ich, wie sein Blick meinen suchte und ihn fand, nur für eine Sekunde. Wieder erlebte ich dieses eigenartige Gefühl, als ob er in mich hineinsähe. Er fixierte mich, wie eine Schlange vielleicht ein Kaninchen im Bann hält. Dann wanderte sein Blick weiter und das merkwürdige Gefühl, das ich hatte, verschwand.

Als sie ihre Beratung beendet hatten, versank die Sonne bereits hinter dem Wald. Es war zu spät, um den Wald noch zu betreten. Wir mussten unser Lager für die Nacht aufschlagen.

Die Indianer haben sich zurückgezogen, ich weiß nicht, wohin. Ich schreibe im flackernden Licht des Feuers. Außerhalb seines Scheines ist alles schwarz.

Elias Cornwell sprach Gebete vor dem Essen. Er nahm einen Text aus dem Matthäus-Evangelium: *»Gehet ein durch die enge Pforte. Denn die Pforte ist weit und der Weg ist breit, der zur Verdammnis abführt; und ihrer sind viele, die darauf wandeln. Und die Pforte ist eng* *und der Weg ist schmal, der zum Leben führt; und wenige sind ihrer, die ihn finden.«*

Eintrag 38

Wir haben jetzt den Wald betreten. Manchmal ist der Weg hindurch so breit wie der eines Königs, andere Male verschwindet er völlig hinter undurchdringlichem Dickicht. Schösslinge und Dornen müssen entfernt werden, manchmal ganze Bäume, um die Karren hindurchfahren zu lassen. Wenn die Karren anhalten, schultern Tobias und einige der anderen Männer die Äxte und gehen nach vorne, bereit den Weg freizumachen. Im Wald ertönt das Echo von Metall auf Holz. Es geht jedoch sehr langsam voran. Unter dem Blätterdach ist es drückend heiß, kaum ein Windhauch erreicht uns und die vielen beißenden Insekten quälen uns.

Eintrag 39

Ich habe die Tage, die wir so verbracht haben, nicht mehr gezählt. Wir haben genug zu essen und im Wald ist auch noch mehr zu finden, aber die Indianer haben ihren Wert bereits bewiesen. Wenn sie nicht wären, wären wir verdurstet. Die Wälder, so dicht und üppig, sind für uns wie eine Wüste, sie aber kennen jeden verborgenen Fluss und jede Quelle im Land. Sie führen auch unsere Männer bei der Jagd, sodass Wildbret und Truthahn unsere einförmige Kost beleben. Sie verschaffen uns auch andere Nahrung: Nüsse, Obst und Kräuter.

Wir reisen jeden Tag, bis das Licht verblasst. Das weit gespannte Blätterdach der Bäume verbirgt die Sonne während des Tages, aber ganz unten sind die Stämme blank. Wenn die Sonne den Horizont erreicht hat, sieht sie aus wie dünne Finger von gelbem, orangefarbenem und rötlichem Licht. Schatten breiten sich aus und werden länger. Das ist das Zeichen, dass wir schnell das Nachtlager aufschlagen müssen. Wenn das letzte Licht verschwunden ist, ist die Dunkelheit vollkommen. Hier unten gibt es weder Mond noch Sterne.

Furcht breitet sich aus, wenn die Nacht uns umgibt. Furcht vor dem Unbekannten. Furcht vor der Dunkelheit.

Sie ist beängstigend genug, um den stärksten Glauben ins Wanken zu bringen. Elias Cornwell betet immer wieder um Schutz, um uns vor Schaden zu bewahren.

»*Und ob ich schon wanderte im finstern Tal . . .*«

Und selbst seine Stimme zittert.

Wir sind wirklich in der Wildnis. Kreischen und Heulen durchdringt die Nacht. Die Schreie von Kreaturen, die uns unbekannt sind, weil sie in England schon seit Urzeiten nicht mehr gehört wurden. Die Männer wechseln sich mit der Wache ab, die Flinten bereit, denn die Bedrohung ist ernst genug. Diese

Wälder sind die Heimat von Wölfen, Bären und Pumas.

Für die Puritaner ist der Wald auch das Reich Satans und gegen ihn und seine Kräfte bieten Gewehre keinen Schutz. »Nur Gebet ist eine Festung gegen ihn«, erinnert uns Elias Cornwell ständig, doch trotz seiner Predigten wachsen und kreisen Geschichten aller Art. Geschichten von Schwarzen Männern und Waldgeistern, die in Salem gehört wurden, und Geschichten, die von zu Hause mitgebracht wurden, von Elfen und Kobolden, von all den bösen Dingen, die außerhalb des schützenden Feuerscheins lauern.

Wir lagern in einem engen Kreis, die Rücken zum Wald, die Gesichter zum Feuer gewandt. Die Indianer lagern immer ein Stück weg von uns. Ihr kleines Feuer wirkt so winzig wie ein Funken in der großen Schwärze. Sie sind im Wald zu Hause. Wenn sie sich bedroht fühlen, dann zeigen sie es nicht. Sie schaffen sich anscheinend aus dem Nichts einen Schutz, beugen junge Schösslinge, um einen Rahmen für ein Zelt zu machen, bedecken ihn mit Laubwerk und machen sich ein Bett aus Farn und getrockneten Blättern vom Waldboden. Am Morgen, wenn sie ihr Lager auflösen, hinterlassen sie nicht die geringste Spur.

Eintrag 40

Ich wuchs am Waldrand auf und fürchte den Wald nicht so wie die anderen. Auch Jonah fürchtet ihn nicht. Er hat Russland und Böhmen bereist und versichert mir, dass die Wälder dort genauso mächtig sind wie dieser. Der Wald macht ihm keine Angst. Er findet ihn interessant. Nachts schlüpft er zum Lager der Indianer, nur sie können ihm etwas über die Pflanzen erzählen, die er auf dem Waldboden findet, Pflanzen, die er nie zuvor gesehen hat. Er will wissen, wie sie genannt werden und welcher Nutzen aus ihnen gezogen werden kann. Wenn er zurückkommt, schreibt er ihre Antworten in sein Buch und fügt kleine Zeichnungen ihrer Kleidung hinzu, ebenso wie von dem Lager, das sie machen.

In manchen Nächten ist selbst Jonah zu müde, um irgendetwas anderes zu tun, als zu schlafen. Die Reise ist anstrengend und schwierig. Jeder Tag bringt neue Probleme: Flüsse sind zu durchqueren, morastiger und sumpfiger Grund zu überwinden, Hügel zu besteigen oder Wege müssen erst noch geschlagen werden. Mehr und mehr von unserer Gemeinde haben wunde Füße oder sind zu schwach, um noch zu laufen, aber wenn viele auf den Karren sitzen, wird es noch schwieriger für die Pferde und Ochsen, also ist dies nur sehr wenigen vorbehalten. Trotzdem drängen wir weiter vorwärts, Meter um Meter, schlagen einen Weg durch die Wildnis mit einer Entschlossenheit, die selbst die Indianer beeindruckt.

Eintrag 41

Gestern, als der Abend hereinbrach, erreichten wir eine Lichtung auf einem Hügel im Wald, ein guter Ort, um für die Nacht zu lagern. Rundherum breiteten sich die Bäume in alle Richtungen aus, so weit wie der Ozean, den wir überquert hatten, um hierher zu kommen. Während wir Ausschau hielten, teilten sich die Wolken und ein Lichtstrahl kam von Westen. Die letzten Strahlen der untergehenden Sonne schienen rot und golden und berührten einen Hügel in der Ferne.

»Seht! Seht doch dort drüben!«

Ein Ruf erschallte, dann ein weiterer. Alle rannten hinüber, um zu sehen, was los war.

Rauch stieg in der Ferne auf, dünne Rauchfahnen kräuselten sich in der Luft. Die ersten Zeichen, die wir von einer menschlichen Siedlung sahen. Einige dachten, es wäre vielleicht eine Siedlung der Indianer, aber die Indianer schüttelten die Köpfe.

»Das Feuer des weißen Mannes«, sagte der jüngere und alle drehten sich zu ihm und starrten ihn an. »Ihr nennt es Beulah. Es ist der Ort, den ihr sucht.«

Stimmen erschallten, um den Herrn zu preisen, und viele schrien und weinten und klammerten sich aneinander. Manche sanken auf die Knie, die Hände gefaltet. Obwohl solches Benehmen bei Gebeten mit Stirnrunzeln betrachtet wird, sterben alte Gewohnheiten nur schwer. Elias Cornwell schimpfte nicht, wie er es zu anderen Zeiten getan hätte. Er sprach mit verzücktem Gesicht Dankgebete, Tränen liefen ihm über die Wangen.

»Wir haben unsere Bestimmung erreicht. Vor uns erhebt sich die Stadt auf dem Hügel. Beulah, Braut Gottes.«

Eintrag 42

Der Hügel ist weiter weg, als es aussah. Der erste Anblick ließ ihn so nah erscheinen, als könnten wir die Hand ausstrecken und ihn berühren, aber das eigenartige Licht, zusammen mit Hoffnung und Erwartung, verkürzte die Entfernung. Eine Reihe weiterer Hügel liegt zwischen uns und Beulah. Noch viele Meilen schwieriger Reise sind hinter uns zu bringen, bevor wir unser Ziel erreichen.

Eintrag 43

Sobald wir den Hügel wieder verließen, verschwand unser Ziel völlig aus unseren Augen, verschlungen von den endlosen Weiten des Waldes. Gerade als ich schon fürchtete, dass es vielleicht nur eine Täuschung gewesen sei, begann der Wald sich zu lichten. Der Weg wurde jetzt wieder breiter, seine Ränder zeigten Zeichen des Zurückschneidens. Die Oberfläche war begradigt, indem die schlimmsten Löcher gefüllt worden waren. Frische Hufspuren waren zu sehen, sie stammten allerdings von den Reitern, die wir vorausgeschickt hatten, um unsere Ankunft anzukündigen. Die Straße schien wenig benutzt, denn Gras und Unkraut wuchsen reichlich darauf.

Um uns herum waren die Bäume abgestorben oder kurz davor. Das war eigenartig: Warum sollten alle Bäume auf einmal absterben? Jonah deutete auf die Baumrinden, aus denen dicke Bänder herausgeschnitten worden waren. Wenn man die Bäume so beschneidet, führt das dazu, dass der Baum abstirbt, sodass er leichter gefällt werden kann. Ein Trick, der von den Indianern abgeschaut worden war, um mehr Land für Felder zu gewinnen. Wir näherten uns der Siedlung.

Auf unserem weiteren Weg fehlten die kleinen Geräusche, die uns so lange begleitet hatten: plötzliche Vogelrufe, das Rascheln von Tieren im Gebüsch. Stille erfüllte diese Wälder. Nur das Hämmern von Spechten schallte durch die ächzenden Bäume. Der Effekt war nicht wenig unheimlich, als ob wir auf einer Straße reisten, die nur von Geistern benutzt wurde.

Endlich erhob sich der Hügel vor uns. Die Siedlung erstreckte sich von seiner Kuppe bis nach unten zu seinem Fuße. Kleine Häuser bekränzten den Hügelrand, Rauch stieg aus den Schornsteinen auf. Darum herum war der Wald gerodet und das Land in Felder verwandelt worden. Männer und Frauen gingen ihren verschiedenen Geschäften nach: Ein Mann auf einem Dach hämmerte Schindeln an, eine Frau hängte Wäsche auf, andere jäteten und hackten, schritten die gepflanzten Reihen ab und sahen nach, wie hoch das

Korn wuchs. Der Sonnenschein lag golden auf ihnen und sie hatten uns noch nicht bemerkt. Einen Augenblick lang standen wir da wie Zuschauer, als ob uns nach all diesen Wochen der Anreise etwas zurückhielte.

Dann blickte jemand auf und stieß einen lauten Ruf aus. Der Ruf wurde weitergegeben und Gestalten rannten den Hügel hinauf, um die Neuigkeiten zu verbreiten. Unser Zug löste sich auf. Säuglinge und Kleinkinder wurden aufgenommen und jeder rannte los, Jung und Alt, geschwächte Beine hatten neue Kraft. Das Wiedersehen fand zwischen Dorf und Wald statt: alte Freunde, Nachbarn, Verwandte fielen sich um den Hals, um zusammen in Tränen auszubrechen und Gott zu preisen.

Ich blieb bei Tobias und Jonah. Wir traten zurück und sahen zu. Es gab niemanden, der uns begrüßen würde, niemanden, der uns willkommen hieß. Der Indianerjunge und sein Großvater hielten sich ebenfalls zurück. Sie blickten zum Dorf und der alte Mann murrte etwas in seiner Sprache. Es klang wie ein Gebet, aber es konnte auch ein Fluch gewesen sein. Ich konnte es nicht erraten. Er nickte Jonah kurz zu, dann drehten sie sich um und verschwanden wieder im Wald, so leise und unauffällig, wie sie gekommen waren.

Die Siedlung

Eintrag 44 (August 1659)

Nicht alles ist Freude, nicht alles Frohlocken. Martha musste erfahren, dass eine ihrer Schwestern auf dem Friedhof liegt und die andere sich sehr verändert hat. Die kleine Annie war Mistress Anne Francis geworden, verheiratet mit einem der Dorfoberen. Zu Hause war Ezekiel Francis, nach dem, was Martha erzählte, nicht mehr als ein Dienstmann gewesen, aber hier besitzt er ein großes Stück Land. Er ist einer der führenden Männer der Siedlung und es ist deutlich, dass Mistress Anne erwartet, dass ihre Schwester sich bei ihr als eine Art Magd nützlich macht, wobei ich noch eine zusätzliche Last darstelle.

»Dafür bin ich nicht über das Meer gekommen«, sagte Martha zu mir. »Du auch nicht. Ich dachte, hier wären wir alle frei.«

Jonah sagte, wir könnten bei ihm und Tobias bleiben. Martha könnte das Haus führen, doch sie bekäme den gleichen Anteil. Was sehr gerecht klingt. Keiner von uns will als Dienstbote enden. Marthas Schwester ist nicht erfreut, aber sie kann ja nichts dagegen tun.

Auch andere mussten Enttäuschungen hinnehmen. John Rivers hatte gehofft seine Brüder hier zu finden, doch er musste erfahren, dass sie weitergezogen sind. Als er fragte, wohin, wussten es die Dörfler nicht. Als er fragte, warum, zuckten sie nur mit den Schultern und antworteten: »Das hier ist nicht für jeden der richtige Ort.«

Sarah hat Verwandte hier gefunden, ihre Schwester und ihr Schwager sind im Dorf hoch angesehen, doch es schien für eine Weile, als ob die Rivers weiterzögen. Schließlich entschieden sie sich zu bleiben. Sarah erklärte, dass sie nicht ewig durch die Kolonie wandern könnten, um nach Johns Brüdern zu suchen. Sie sei des Reisens überdrüssig und die Kinder bräuchten ein Zuhause. Rebekah erzählte mir, dass ihr Vater dennoch nicht ganz glücklich sei. John Rivers ist ein sehr nachdenklicher Mann, der gern Antworten bekommt. Seine Brüder wussten, dass er käme. Es macht ihm Sorgen, dass sie, ohne zu warten, ohne zumindest eine Nachricht zu hinterlassen, gegangen sein sollen. Aber das Jahr ist schon weit fortgeschritten, und wo immer sie hingegangen sind, niemand scheint es zu wissen. Seine Frau und Rebekah überredeten ihn zu bleiben.

Ich bin froh darüber. Rebekah ist die einzige wahre Freundin, die ich jemals hatte, und ich würde sie vermissen. Tobias spricht wenig, aber ich weiß, er würde sie auch vermissen.

Eintrag 45 (September 1659)

Die Vanes und viele andere haben Familien, die ihnen beim Hausbau für den Winter helfen. Die Vanes wohnen in einem Teil der Siedlung, der praktisch ein Dorf für sich ist, regiert von Jethro Vane, der ein wichtiger Mann im Dorf und Anführer der Sippe ist. Er ist ein gieriger Mann und streitsüchtig. Er hat uns bereits einiges von dem Land streitig gemacht, das uns zugeteilt wurde. Sein Anspruch ist auf keiner Karte verzeichnet, also kann er auch nicht aufrechterhalten werden, aber das hindert ihn nicht daran, sich zu beschweren. Er besitzt eine große Herde bösartiger Schweine, die herumlaufen, wo sie wollen. Ich denke, er lässt sie absichtlich frei laufen, denn sie zertrampeln den Boden, den Martha als Garten vorgesehen hat. Tobias hat versprochen, einen Zaun zu bauen, um sie fern zu halten, doch bis dahin gehört es zu meinen Pflichten, sie zu vertreiben.

Nachdem wir keine Verwandten haben, die uns helfen, müssen wir für uns selbst sorgen und es gibt viel Arbeit. Wir haben nur wenig Zeit, um ein Haus zu bauen. Einen Monat, höchstens zwei, bevor der Winter kommt. Das Land, das wir zugeteilt bekamen, ist groß, aber es muss zum Teil noch von Bäumen befreit, gerodet oder umgepflügt werden.

Es gibt viel zu tun, aber niemand darf am Sonntag arbeiten.

Der Sabbat wird strikt eingehalten.

Sechs Tage sollst du arbeiten und all deine Dinge beschicken; aber am siebenten Tage ist der Sabbat des Herrn, deines Gottes; da sollst du kein Werk tun.

Und der Tag des Herrn wird hier streng eingehalten. An Sonntagen darf niemand arbeiten, es darf kein Feuer angezündet und nicht gekocht werden, sogar das Vieh muss für sich selbst sorgen. Viel Zeit des Tages wird in der Kirche oben auf der Kuppe des Hügels verbracht. Alle Straßen führen darauf zu wie die Speichen eines Rades. Es ist das eindrucksvollste Gebäude in der Stadt. Es ist nach Süden ausgerichtet, viereckig gebaut, mit einem vierseitigen Dach und einem Turm in der Mitte. Es ist auf ein Fundament von Steinplatten gesetzt, die massiv und wetterverwittert sind. Stufen, die in diese Platten hineingetrieben wurden, führen hinauf zur Tür.

Die Wände sind aus rohen ungestrichenen Holzbrettern und an eine Seite sind die riesigen Köpfe von Wölfen genagelt. Sie sind in einer Reihe angebracht und ihr Blut färbt das Holz mit rostroten und karmesinroten Flecken. Sie sollen uns an die Gefahren erinnern, die draußen im Wald lauern, und sie sollen den Wölfen zeigen, wer hier herrscht. Aus irgendeinem Grund faszinieren sie mich. Ich habe noch nie vorher einen Wolf gesehen, weder tot noch lebendig. Diese hier sind sehr tot. Manche sind zu verfilzten Klumpen verfault, verwittert und madenzerfressen bis zur Unkenntlichkeit. Andere sind fast frisch und besitzen immer noch etwas von ihrer Ehrfurcht gebietenden Wildheit. Ihr Fell ist trocken und struppig, ihre Augen sind stumpf und bläulich getrübt, doch die blutigen Zähne sind immer noch herausfordernd gebleckt.

»Den hier hab ich erwischt.« Ein alter Mann deutete stolz auf das letzte Exemplar und dann auf sich selbst, als er mich aufblicken sah. »Der alte Tom Carter. Hab ihn in die Falle gekriegt.«

Ich kenne ihn. Er wohnt am Waldrand. Er ist fast zahnlos und riecht stark nach schalem Branntwein.

Ich hatte seine Hütte für einen Heustadel gehalten, als ich sie zuerst sah. Es ist nicht mehr als ein Verschlag aus Lehm und Stroh.

»Bis' du neu?«

Ich nickte.

»Hab ich dich nich' schon im Wald gesehen?«

Ich nickte wieder. Ich hatte mich ein paar Mal hineingewagt, nur um mich umzusehen.

»Dann pass bloß gut auf, Mädel.« Er nickte zum Wolfsschädel. »Sieht nicht viel größer als 'n Hund aus, was? Lass dich nicht täuschen! Was ihnen an Größe fehlt, machen sie durch Wildheit wett. Werfen dich um und reißen dir die Kehle aus dem Leib, bevor du noch 'n Laut machen kannst.«

Die Tür der Kirche ist bedeckt mit Bekanntmachungen, manche sind neu, andere alt, das Papier schon vergilbt, die Schrift kaum lesbar. Heiratsaufgebote, Anordnungen und Verbote, von welchen es viele gibt.

Du sollst nicht ...

Die Stadt wird streng nach den Geboten Gottes regiert. Jeder, der sie bricht, wird in die Stöcke gesperrt, ausgepeitscht oder muss sich einen anderen Ort zum Leben suchen.

Der sonntägliche Gottesdienst wird von jedem besucht, es gibt keine Ausnahmen. Die Strafe für Nichterscheinen ist Ausschluss. Nicht nur aus der Kirche, sondern aus der ganzen Gemeinschaft. Die Predigten dauern stundenlang.

Jetzt gerade hat Elias Cornwell nach Reverend Johnsons Predigt über Moses angefangen über Aaron zu predigen. Sie predigen oft nacheinander. Wir sitzen dabei in Reihen auf Holzbänken, Frauen und Kinder auf einer Seite, die Männer auf der anderen. Wir müssen kerzengerade sitzen. Jeder, der zusammensackt, jeder, der einnickt, erntet einen Stoß in den Rücken oder einen scharfen Schlag auf den Kopf von einem Kirchenaufseher.

Reverend Johnson wird fast wie ein Prophet verehrt. Die Leute, die gleich zu Anfang hierher kamen, beten ihn geradezu an. Sie lechzen nach jedem Wort, das er sagt. Sein Wort ist Gottes Wort und Gottes Wort ist Gesetz. Sie schreiben sogar oft seine Predigten auf, damit sie sie später wieder lesen können. Ich sitze mit gesenktem Kopf und schreibe auch, aber ich schreibe etwas anderes. Die Kanzel ist mit einem großen Auge bemalt. Gott bewacht uns die ganze Zeit. Ich führe mein Tagebuch unter Seinem Blick.

Reverend Johnson sieht sogar ein bisschen wie ein Prophet aus, denn er trägt sein Haar lang und hat einen langen Bart. Ansonsten ist er breit und schwer gebaut und wirkt eher wie ein Schmied als wie ein Prediger. Die Hand, mit der er auf die Kanzel schlägt, ist kräftig wie ein Hammer und so haarig wie ein Schweinerücken.

Ich mag ihn nicht. Ich mag seine Augen nicht. Sie sind sehr dunkel und wirken wie Löcher unter seinen buschigen Brauen, so kalt und leer. Ich versuche seinen Blick zu meiden, wenn er in meine Richtung schaut. Ich will nicht von ihm bemerkt werden.

Ich sitze neben Martha. Als Neuankömmlinge sind

uns die Plätze ganz hinten rechts zugewiesen worden, bei den großen Flügeltüren. Das wird im Winter zwar zugig sein, doch der Platz ist mir ganz recht. Er ist gerade so nahe an der Kanzel, wie ich sein möchte.

Reverend Johnsons Frau und seine Kinder sitzen in der ersten Reihe.

Goody Johnson ist so dünn wie ihr Mann breit. Wenn sie steht, streicht sie sich mit einer Hand über den Rücken und ihr Gesicht ist so blass, dass es fast schon grau ist. Ihr Mund ist zusammengekniffen, als lutsche sie Zitronen oder kämpfe gegen eine Übelkeit. Martha flüstert, dass sie wahrscheinlich guter Hoffnung sei, und im gleichen Atemzug, dass sie es nicht hoffe. Die Kinder, die in der Bank neben Goody Johnson sitzen, reichen von einem etwa vierzehnjährigen Mädchen bis zu Kleinkindern, die noch kaum laufen können.

»Nicht bei der großen Schar, die sie bereits hat. Und auf dem Friedhof liegen noch zwei andere, arme kleine Würmer.«

Marthas Flüstern ist kaum mehr als ein Murmeln, aber einer der Aufseher sieht mit gerunzelter Stirn in unsere Richtung. Marthas Schwester sitzt in der zweiten Reihe, zusammen mit den Frauen der anderen Gemeindevorsteher. Sie ist sehr stolz darauf, und wenn wir kommen, dreht sie sich immer um und grinst geziert.

Die Rivers, Sarah und Rebekah und die Kinder, sitzen vor uns. John sitzt auf der gegenüberliegenden Seite, aber näher vorne. Obwohl er zu neu ist, um hier bereits eine Stimme zu haben, war John Rivers ein Ältester in seiner eigenen alten Kirchengemeinde und hoch respektiert.

Elias Cornwell tritt jetzt von der Kanzel herab. Reverend Johnson erhebt sich für seine Predigt.

»*Gedenket an diesen Tag, an dem ihr aus Ägypten gezogen seid ...* Wir sind Gottes Auserwählte, genau wie die Israeliten. Haben wir nicht in der Wildnis gelitten? Wurden wir nicht auf unserem Pfad geleitet? Sahen wir nicht einen Sonnenstrahl auf uns herunterscheinen wie ein Fingerzeig Gottes? Einen Strahl, der uns diesen Ort gewiesen hat? Wir fanden einen Hügel, der bereits für uns gerichtet war, wo wir unsere Stadt bauen konnten. Wir kamen hungernd und wir wurden gefüttert. Wir taten kaum mehr, als in der Erde zu kratzen, und Nahrung wurde uns im Überfluss geschenkt, sodass wir den ganzen Winter überlebten. Wir fanden Wiesen hier, gute Weiden und frisches Wasser, auf dass Mensch und Vieh gedeihe. All das sind Zeichen von Gottes Vorsehung, von seiner Hand über uns. Wir nannten diesen Ort Beulah, Braut Gottes. Wir warten auf die Ankunft des Herrn und ich sage euch, es wird nicht mehr lange dauern. Denn Satan ist in sein Königreich gekommen. Er regiert überall. Seine Kräfte lauern überall, selbst hier in Neuengland.« Er wendet seinen struppigen Kopf und sieht unter seinen schwarzen Brauen zu uns, den Neuankömmlingen. »Wir heißen euch willkommen, unsere Brüder und Schwestern im Herrn, und freuen uns, dass ihr wohlbehalten angekommen seid, aber wenn ihr dachtet den Teufel zu Hause zu lassen, dann täuscht ihr euch. Wenn wir auf Erlösung hoffen, müssen wir stets wachsam sein. Wisst ihr nicht, dass der eine Böse unglaublich stark und verschlagen ist? Wisst ihr nicht, dass die Indianer mit ihm im Bunde sind, ihn in ihren Tipis anbeten? Seine Mächte lauern im Wald, warten im Hinterhalt in Farn und Dickicht. Sie sind selbst hier unter uns, gleiten wie Schlangen herum, hinterhältig und unsichtbar, verbergen sich überall wie niedrige kriechende Dinger . . .«

Endlich konnten wir wieder hinaus, zurück zu unserem halb fertigen Haus. Wir dürfen nicht arbeiten, aber ich sah, wie Tobias sich nach Beil und Säge sehnte. John Rivers genauso. Jonah würde am liebsten in seinem Garten arbeiten, aber nachdem er auch das nicht tun darf, standen sie zusammen herum, die Hände in den Hosentaschen, und betrachteten das halb fertige Gebäude und das halb umgegrabene Stück Land.

Wir bauen unsere Häuser zusammen, Seite an Seite. Als Neuankömmlinge bekamen wir Land außerhalb des Zentrums, in der Nähe des Waldrandes. Unser nächster Nachbar ist der alte Mann, Tom Carter. Wir bauen nicht wie er. Wir bauen mit Holz. Wir bauen etwas, das hält.

Tobias und John erledigen die schwere Arbeit, fällen, schleppen das Holz heran und sägen. Joseph, Johns ältester Sohn, ist jetzt dreizehn und arbeitet neben seinem Vater wie ein Mann. Manchmal helfen andere mit. Alle müssen vor dem Winter ein Dach über dem Kopf haben. Das ist wichtig für die Siedlung. Jonah gibt Ratschläge für den Hausbau. Man muss dicke, zurechtgeschlagene Stämme nehmen und die Hohlräume mit Moos ausfüllen. Er hat gesehen, dass man das in Böhmen so macht. Das hält die Häuser im Winter warm.

Seit der Sommer sich in Herbst verwandelt hat, zählen wir die Wochen bis zum Winter, denn die Winter hier sind hart. Bis dahin muss das Haus gebaut sein oder wir werden zu Tode frieren und unser Vieh auch. John sagt, dass der Stall für das Vieh nah am Haus gebaut werden soll, damit auch die Tiere Wärme und Schutz haben. Das Vieh würde zu Grunde gehen, wenn es draußen auf dem Feld oder im Wald bleiben müsste, und so wird es leichter zu versorgen sein, wenn der Schnee erst so hoch liegt, dass selbst ein Schritt vor die Tür eine Prüfung sein wird.

Außer Marthas Hühnern, die prächtig gedeihen, haben wir jetzt noch eine Kuh und Schweine. Tobias hat einige seiner überzähligen Werkzeuge eingetauscht und Jonah ist Apotheker. Da es hier keinen Doktor gibt, kommen die Leute zu ihm, um sich behandeln zu lassen, und sie entlohnen ihn gut.

Eintrag 46

Wir haben ohne Unterlass gearbeitet und es gibt immer noch zu tun, aber zumindest das Haus der Rivers ist fertig gestellt. Wir wohnen alle dicht gedrängt darin, bis das andere fertig ist.

Ich habe angefangen in den Wald zu gehen, um Moos für den Hausbau und Pflanzen für Jonah zu sammeln. Er und Martha legen einen Apothekergarten an. Er ist jetzt fest eingezäunt, um die Schweine fern zu halten, und sie bereiten Beete vor, um die Saat und die Ableger einzupflanzen, die sie von zu Hause mitgebracht haben. Salbei, Thymian und Rosmarin sind bereits in der Erde; Frauenminze, Brunelle, Sauerampfer, Gänsefingerkraut, Pfingstrosen und Mohnblumen werden im Frühling gesät werden. Jonahs eigenes Wissen ist sehr umfangreich, aber er fragt auch Martha aus und schreibt die Dinge auf, die sie ihm erzählt und die er nicht wusste.

»Was kann ich Euch sagen, mein Guter? Ich bin nur eine einfache Bauersfrau«, hörte ich Martha sagen und sie täuschte Ungeduld vor.

»Ihr wisst viel.« Jonahs dunkle Augen funkelten. »Mehr als viele der Londoner Doktoren.«

Martha widersprach und wurde rot, sagte ihm, er solle lieber zusehen, dass er sich an seine Arbeit mache, aber ich merkte, dass sie von seinem Lob geschmeichelt war. Sie hilft ihm gern und hat große Kenntnisse in der Kräuterkunde, von ihrer Mutter und deren Mutter gelernt, aber niemand hat das jemals aufgeschrieben.

Jonah hat vor ein Buch zu schreiben: *Jonah Morses vollständige Kräuterkunde und Geschichte der Pflanzen der Alten und der Neuen Welt.* Im Augenblick ist es nur ein großes Durcheinander von Papieren, die zwischen Buchdeckeln aufbewahrt werden. Sein ganzes Leben lang hat er schon Pflanzen gesammelt, sie gezeichnet und beschrieben, ihre Eigenschaften aufgeführt. Er hat das in jedem Land getan, das er besucht hat, und er will es auch hier tun.

Er durchforscht den Wald und ich begleite ihn. Wir gehen geradewegs unserer Nase nach und pflücken alles, was interessant sein könnte. Manche Pflanzen kennen wir bereits, sie unterscheiden sich nur leicht von jenen, die zu Hause wuchsen. Andere kennt er aus den Erzählungen der Indianer oder es sind Pflanzen, über die er bereits gelesen hat. Für viele haben wir jedoch keine Anhaltspunkte, kennen ihren Namen nicht, geschweige denn ihre Eigenschaften. Das sind diejenigen, die ihn am meisten interessieren. Er will der Erste sein, der sie aufzeichnet. Er will, dass sein Buch das erste ist, das ihren Nutzen und ihre Anwendung beschreibt.

»Das ist einer der Gründe, weshalb ich hierher kam, Mary. Es ist mein Lebenswerk, verstehst du.«

Eintrag 47

Ich gehe nicht immer mit Jonah in den Wald. Manchmal gehe ich auch alleine. Das Jahr hat sich nun ganz zum Herbst gewandelt. Die Tage sind immer noch heiß, aber die Nächte werden kälter. Jonah wird beim Hausbau gebraucht, der abgeschlossen sein soll, bevor der Winter kommt. Im Wald duftet es reich und schwer. Ich wandere hindurch, auf der Suche nach

Früchten, Nüssen, Pilzen und allem, was unseren Nahrungsvorrat aufbessert.

Aber ich muss etwas Schreckliches beichten: Ich habe ein großes Geheimnis. Wenn es jemand entdeckt, werde ich ernstlich bestraft werden.

Ich habe mir angewöhnt Jungenkleidung zu tragen, wenn ich allein im Wald unterwegs bin.

Die Pfade sind eng und schmal. Dornen und Hecken reißen an meinen langen Röcken, ziehen mir meine Haube ab und zerren an meinem Leibchen, also stahl ich ein Paar von Josephs Hosen, die Sarah zum Stopfen gelegt hat, zusammen mit einer Mütze, die Tobias gehört, und einem festen Lederwams von Jonah. Ich verstecke immer alles zusammen, eingewickelt in Segeltuch, in der Mitte eines hohlen Baumes.

Eintrag 48

Heute war ein klarer und warmer Tag und ich ging weit – weiter, als ich jemals vorher gewesen war. Ich wanderte lang über die Mittagszeit hinaus. Es war sehr heiß und stickig unter den Bäumen und mein Sack wurde immer schwerer. Ich dachte daran, umzukehren oder zumindest Rast zu machen, als ich an einen großen Teich kam, der so versteckt hinter Bäumen lag, dass ich fast hineingefallen wäre.

Es sah kühl aus dort am Wasser und ich kletterte hinunter, wo ein großer glatter Stein herausragte wie eine sonnenbeschienene Plattform. Ich streckte die

Hand aus, um einen Schluck zu trinken. Das Wasser war frisch, aber nicht eiskalt und es fühlte sich weich an. Mir war heiß und ich schwitzte in meinen schweren Kleidern, wie schon den ganzen Sommer hindurch. Die Tage sind heiß und wir arbeiten hart. Wie oft habe ich mich nach einem Bad gesehnt! Aber es gibt so wenige Möglichkeiten zum Rückzug, dass es fast unmöglich ist, mehr als Hände und Gesicht zu waschen.

Ich sah mich um. Den ganzen Morgen hatte ich niemanden gesehen und ich war Meilen von der Siedlung entfernt. Schnell zog ich meine Kleider aus und stieg in das Wasser. Es fühlte sich glatt an und umschloss meinen Körper wie dunkelgrüne Seide. Ich hatte keine Seife, doch ich schrubbte mich ab, so gut ich konnte, wusch mein Haar und drückte es aus. Dann schwamm ich zur Mitte des Teiches und ließ mich treiben, blickte hinauf in die Blätter, durch die das Sonnenlicht fiel. Als ich langsam eine Gänsehaut bekam, kletterte ich heraus und legte mich auf den sonnengetränkten Fels.

Ich musste eingeschlafen sein, denn als ich zu mir kam, war die Sonne am Himmel gewandert. Ich erinnerte mich daran, wo ich war, und griff nach meinen Kleidern. Als ich sie aufhob, fiel etwas herunter. Ein kleiner Bund von Blättern. Die Blätter fühlten sich seifig an, fast wächsern. Ich hielt sie fest in meiner Hand. Sie waren nicht da gewesen, als ich ins Wasser gestiegen war. Dessen war ich sicher. Ich hatte sie nie vorher gesehen. Woher kamen sie?

Ich blickte mich um. Es war auch nicht das kleinste Anzeichen von irgendjemand zu sehen. Alles war still, der See lag ruhig wie ein Spiegel. Ein plötzlicher Schrei ließ mich zusammenzucken. Es war ein Eichelhäher, das war alles. Die Eichelhäher hier sind strahlend blau, ihr Ruf ist weicher, als der jener bei uns zu Hause. Ich sah mich nach den Farben des Vogels um, doch ich sah nichts, hörte nur noch einmal den Ruf. Es klang wie ein Lachen, als es durch die Stille des Waldes schallte.

Ich nahm das kleine Blätterbündel und steckte es in meinen Sack.

Den ganzen Weg zurück hatte ich das Gefühl, beobachtet zu werden. Ich spürte ein Prickeln auf meiner Haut, und das ist ein sicheres Zeichen dafür, aber ich sah nichts und niemanden. Zuerst dachte ich, es wäre jemand aus der Siedlung. Ich eilte zu meinem hohlen Baum und fürchtete, ich sei entdeckt worden, aber wenn die Männer in den Wald eindringen, um zu jagen oder Holz zu schneiden oder zu fällen, dann machen sie so viel Lärm, dass sie meilenweit zu hören sind. Ich begann fast an Geister zu glauben.

Jonah war äußerst interessiert an meiner neuen Pflanze. Er wendete die Blätter in seinen Händen und untersuchte sie unter seinem Glas. Schließlich erklärte er, es sei eine Art Seifenkraut. Er war der Meinung, es könnte nützlich sein, wenn echte Seife nicht vorhanden sei. Er fragte mich, wo ich es gefunden hätte.

»Bei einem See«, sagte ich und wurde rot.

»Hm, hm. Gut, gut.«

Jonah bemerkte mein Erröten nicht. Er legte vorsichtig einen Zweig vor sich und begann ihn in sein Kräuterbuch zu übertragen, nachdem ich ihm versprechen musste ihm zu zeigen, wo sie wachsen. Ich nickte zustimmend und fragte mich, was ich ihm zeigen sollte, weil ich doch gar nicht wusste, wo es wuchs.

Eintrag 49

Das nächste Mal, als ich in den Wald ging, spürte ich wieder meine Haut prickeln. Ich hielt an, um zu lauschen und mich umzusehen, konnte aber niemanden sehen und nichts Außergewöhnliches hören. Ich ging weiter und tat unbefangen, aber all meine Sinne waren angespannt. Trotzdem wurde ich durch nichts vorgewarnt.

Er tauchte so unvermittelt auf, dass ich wirklich dachte, er sei ein Geist, und ich schrak unwillkürlich zurück.

Es war der junge Indianer, den ich in Salem gesehen hatte, der uns auch hierher geführt hatte. Er trug in einer Hand einen kurzen Bogen und einen Köcher mit Pfeilen über seinen Rücken geschlungen. Die andere Hand hielt er mit geöffneter Handfläche nach oben in meine Richtung, wahrscheinlich dachte er, dass ich vor ihm weglaufen würde wie ein erschrecktes Tier, so wie Deborah oder Sarah es tun würden oder jedes der anderen Mädchen aus der Siedlung. Aber sie würden auch niemals so weit in den Wald kommen. Sie kauern am Rand, spähen zwischen den Bäumen hindurch wie verängstigte Kinder. Ich bin nicht wie sie. Sobald ich mich wieder gefasst hatte, sah ich ihm in die Augen.

»Ich habe keine Angst. Was willst du?«

Er zuckte mit den Schultern und blickte zu Boden. Er hat lange Wimpern, lang und dicht wie die eines Mädchens. Sie berühren die schwarz gemalten Linien auf seinen Wangen. Dann blickte er mich wieder an und in seinen Augen stand Mutwillen.

»Ich habe dich schon oft gesehen. Ich dachte zuerst, du seist ein Junge, aber dann . . .«

Wenn *er* das Seifenkraut am See zurückgelassen hatte, dann musste er mich gesehen haben, wie ich . . .

Ich starrte ihn entsetzt mit aufgerissenen Augen an, weit mehr erschrocken als ich von seinem Messer, Bogen oder seiner bedrohlichen Erscheinung hätte sein können. Sein Lachen erschallte und irgendwo aus den Wäldern antwortete erst ein Eichelhäher, dann ein anderer. Er lachte noch mehr, als mir bei der Erinnerung das Blut heftig ins Gesicht stieg. Jetzt drehte ich mich um und wollte weglaufen, doch er war zu schnell für mich.

»Bleib!« Er fasste meinen Arm. »Unsere Leute, die Mädchen und Frauen gehen oft nackt – das bedeutet gar nichts.«

»Für mich schon.« Ich schüttelte ihn ab und rannte so schnell ich konnte.

»Warte! Halt!«, rief er mir nach. »Du und der alte Mann – ich will wissen, was ihr macht!«

Ich drehte mich nicht um, um ihm zu antworten. Ich rannte einfach weiter, bis ich zurück bei meinem hohlen Baum war.

Eintrag 50

Jonah hat einen Unfall gehabt. Er half Tobias und John in der Sägegrube, als ein Stamm auf seinen Knöchel fiel. Der Fuß ist böse verdreht und Martha fürchtet, dass vielleicht ein Knochen gebrochen ist, aber man kann es nicht sagen, weil das Gelenk unförmig angeschwollen ist. Sie gibt ihm Mohn, um den Schmerz zu lindern, aber sie klagt, dass sie weder Johanniskraut, Zaunrüben, Beinwell, Dill noch Skabiose hätte, um eine Salbe zu machen. Nichts davon wächst hier. Ich weiß nicht, was ich tun soll.

Eintrag 51

Martha hat mit ihrem Vorrat an Medizin getan, was sie konnte, aber Jonahs Fuß verfärbt sich dunkel und er hat Fieber. Es gibt keinen Arzt in der Siedlung. Es gibt überhaupt nur wenige in der Kolonie und niemand weiß, wo wir einen finden könnten, der bereit wäre zu kommen. Nicht jeder sieht den Bedarf für einen Arzt, trotz Jonahs schlimmem Zustand. Reverend Johnson sagt, die Sache läge in Gottes Hand.

Tobias bereitet sich auf den Ritt zur nächsten Siedlung vor. Wir haben kein Pferd, aber John Rivers hat seines angeboten. Es ist jedoch schon Mittag vorbei und John denkt, es wäre besser, erst morgen loszureiten. Es ist noch nichts beschlossen, doch wir wissen, dass Jonah ohne Hilfe seinen Fuß verlieren und vielleicht sogar sterben wird. Martha beißt sich auf die Lippen. Sie denkt, dass es bereits zu spät ist. Ich kann es in ihren Augen sehen.

Ich kann nicht länger im Haus bleiben und warten.

Ich werde meinen Sack nehmen und in den Wald gehen. Jetzt ist Kräutersammeln nicht nur eine Frage von Neugierde oder wissenschaftlichen Entdeckens. Es ist eine Sache auf Leben und Tod.

Eintrag 52

Ich nahm Pfade, die noch nicht ausgetreten waren, und mir unbekannte Wege. Ich habe keine Angst, mich zu verlaufen. Ich wuchs am Waldrand auf, befreundet mit den Söhnen der Holzfäller und den Kindern des Köhlers. Ich markiere stets meinen Weg.

Ich sah den Indianerjungen nicht, aber das bedeutete nicht, dass er nicht da war. Ich lief, bis ich wieder spürte, wie meine Haut zu prickeln begann. Es ist ein Katz-und-Maus-Spiel, das wir vorher gespielt haben, doch jetzt muss es enden.

Ich rief ihn an, er solle herauskommen.

»Was willst du?«

»Ich brauche deine Hilfe.«

Ich erklärte unseren Kummer.

Er hörte genau zu. »Mein Großvater erinnert sich an Jonah. Er hält ihn für einen guten Mann. Nicht wie die anderen. Ein Medizinmann wie er selbst. Mein Großvater erriet, was er draußen im Wald tat, und schickte mich zu helfen. Ich hinterließ das Seifenkraut als ein Geschenk. Dann, als ich dich wieder traf, bist du vor mir weggerannt.«

»Wirst du uns jetzt helfen?«

»Ich werde meinen Großvater fragen. Er wird wissen, was am besten ist.«

»Bring mich zu ihm.«

»Nein. Das ist unmöglich. Ich werde zu dir kommen.«

»Wann?«

»Bald.«

Er war verschwunden, bevor ich ihm noch eine Frage stellen konnte.

Eintrag 53

Jonah ging es noch nicht besser. Sein Fieber stieg und sein Fuß wurde immer schwärzer. Er wurde vom Hause der Rivers in das Haus gebracht, das er mit Tobias baut. Das Haus ist nur eine nackte Schale, aber zumindest ist es dort still und er ist ungestört von Kindern. Martha pflegt ihn, wenn er sich auf seinem Lager herumwirft und stöhnt. Die ganze Nacht stieg das Fieber und am Morgen war er im Delirium.

Ich wollte wach bleiben und Martha helfen, aber ich musste eingenickt sein. Ich erwachte und sah, wie Tobias seine Stiefel anzog.

Die Dämmerung brach an und die Luft war erfüllt von Vogelzwitschern aus dem Wald.

»Ich wünschte, dieser Vogel würde mit seinem Geschrei aufhören.« Martha legte die Finger an ihre Schläfen. Über das allgemeine Vogelzwitschern hinweg kam der Ruf eines Eichelhähers, wieder und immer wieder.

Ich rannte zu Tür und riss sie auf. Auf einer Seite der Treppe stand ein großer Korb mit Kräutern. Fleischige Stängel und dicke schimmernde Blätter glitzerten von Tau, so frisch gepflückt, dass sie noch nicht zu welken begonnen hatten. Auf der anderen Seite der Treppenstufe stand ein kleinerer Korb, bedeckt mit einem Tuch. Dieser enthielt einen ausgehöhlten Kürbis, einen kleinen Tontopf und gefaltete Päckchen aus Rinde. Ich blickte hoch und sah mich um. Der Ruf des Eichelhähers war nahe, sehr nahe. Ich folgte ihm in den Wald.

Der junge Indianer wartete auf mich unter den Bäumen. Dort gab er mir die Anordnungen seines Großvaters weiter. Die Blätter in dem Korb mussten gekocht werden und die kühlende Masse war für den Fuß bestimmt. Das Pulver in der Birkenrinde musste mit Wasser gemischt und getrunken werden, um das Fieber zu lindern. Die Flüssigkeit in dem Tontopf diente zur Reinigung des Blutes von Giften. Der Inhalt des Kürbisses schließlich sollte auf die Haut gerieben werden, sobald der Knochen eingerichtet und die Schwellung zurückgegangen war, um die Heilung des Bruches zu unterstützen.

Ich wusste nicht, wie ich ihm danken sollte.

»Er ist noch nicht geheilt. Ich werde morgen wieder hier sein, um zu sehen, wie es ihm geht. Lausche auf mich.«

»Warte! Wie heißt du denn?«

»Jaybird – hast du das nicht erraten?«

Sein Lachen erschallte und Vögel überall im Wald antworteten. Jaybird, das bedeutet Eichelhäher.

Als ich zurück zum Haus lief, hatte Martha die Körbe bereits hineingeholt. Sie hatte den Zweck der Blätter erraten und kochte sie in einem Kessel. Der Geruch, den sie ausströmten, war sauber und frisch, verdrängte die Gerüche nach Krankheit, erfüllte den Raum mit dem Duft des Heilens.

Ich erzählte ihr, wie ich an diese Dinge gekommen war, und erklärte sorgfältig die Anweisungen. Martha war nicht glücklich über das Ausmaß meiner Waldwanderungen, noch weniger darüber, dass ich mich mit den Eingeborenen getroffen habe und wir ihre heidnischen Mittel anwandten. Der Nutzen der Mittel wird sich bei ihrer Anwendung zeigen. Sie weiß, wir haben keine andere Wahl.

Tobias muss keinen Doktor holen. Die Salbe hat die Schwellung gelindert und das Pulver hat das Fieber gesenkt. Die Hautfarbe verbessert sich auch. Jonahs Fuß ist nicht länger schwarz.

»Es ist ein Wunder«, sagte Martha, als sie den Verband abnahm. »Das ist es wirklich. Wir sind alle Gottes Kinder. Trotz ihrer heidnischen Art sind sie bessere Christen als manche, die ich benennen könnte.« Sie drehte sich zu mir. »Das heißt nicht, dass ich erfreut bin, wie du an diese Dinge kamst, denn solche Wanderungen könnten Aufmerksamkeit erregen. Wenn du gesehen worden wärst... noch dazu mit ihm...«

»Aber ich war ganz vorsichtig.«

»Aber wenn man dich gesehen hätte ...«

Sie sah mich an, ihr Gesicht ernsthaft besorgt, aber sie hörte auf zu schimpfen und ging, um sich um Jonah zu kümmern. Sein Leiden ist noch nicht zu Ende. Martha und ich bereiten uns darauf vor, den Knochen einzurichten. Wir werden Tobias brauchen, um Jonah festzuhalten.

Eintrag 54

Ich muss Marthas Sorgen berücksichtigen. Ich habe meine Ausflüge in den Wald eingeschränkt, aber ich gehe dennoch. Unsere einzigen Nachbarn sind die Rivers, wenn man den alten Tom Carter nicht mitzählt, und er hat entweder einen Rausch oder schläft ihn aus. Ich sehe niemals irgendjemand sonst, also, was wissen sie schon?

Außerdem denkt Jonah, dass Marthas Sorgen unbegründet sind. Er ermutigt mich mehr herauszufinden. Sumach, Sassafras, Wiesenknöterich, purpurfarbiger

Wasserdost, doldenblütiges Wintergrün, Schlangenwurz, Helmkraut. Die Liste wächst. Jaybird zeigt mir, wo ich die heilenden Pflanzen und Kräuter finden kann, nennt mir ihre Namen, andere als diejenigen, welche die Siedler ihnen gaben. Er erklärt die Eigenschaften der Pflanzen und welche Teile davon giftig sind, welche Heilkraft haben oder zur Schmerzbehandlung genutzt werden können. Ich höre aufmerksam zu, damit ich es Jonah erzählen kann.

»Wie geht es ihm?«

»Viel besser. Bald wird er mit einem Stock wieder laufen können. Inzwischen sitzt er mit hoch gelegtem Bein und schreibt an seinem Kräuterbuch.«

»Ich habe meinem Großvater davon erzählt. Er findet das sehr interessant. Er will dich treffen.«

»Du meinst Jonah. Aber er kann nicht laufen, das sagte ich bereits.«

»Nicht ihn. Dich.«

»Warum denn mich?«

»Das muss er dir selbst sagen.«

»Wann?«

»Nicht heute. Es wird schon spät. Ich werde dich wissen lassen, wann. Ich werde dich finden.«

Damit drehte er sich um und verschwand im Wald. Ich weiß, ich kann ihm nicht folgen. Ich kann nicht einmal sagen, welche Richtung er nimmt. Seine Füße machen keinen Laut, kein Rascheln von Blättern oder Knacken von Zweigen, und ich sehe ihn nicht in den bunt gefleckten Schatten der Bäume.

Eintrag 55

Ich weiß nie, ob Jaybird da sein wird. Er taucht einfach auf. Vorher sehe ich ihn nie. Er könnte eine Armeslänge entfernt sein und ich würde es nicht merken. Er bringt mir bei, wie man sich im Wald leise verhält. Leise genug, damit die Tiere herauskommen und keine Furcht zeigen. Und er lehrt mich Vogelrufe. Ich kann den Eichelhäher inzwischen fast so gut wie er. So weiß ich, wann er da ist. Ich rufe und er ruft zurück.

Manchmal hinterlässt er Geschenke vor unserer Tür. Kleine geflochtene Körbe aus Binsen oder Weiden, die Nüsse und Früchte enthalten, Pflaumen und Blaubeeren. Er weiß, dass Martha die am liebsten mag, sie sind wie Heidelbeeren, nur süßer und größer.

Er kommt nie in den Ort. Genauso wenig wie andere Indianer. Er ist der einzige, den ich gesehen habe, seit wir hier ankamen.

Eintrag 56 (? Oktober 1659)

Du willst wissen, weshalb die Wälder leer von meinen Leuten sind?«

Wir aßen Erdbeeren im Wald. Jaybird kennt Plätze, wo die Früchte wachsen, bis der erste Schnee kommt, was jetzt nicht mehr lange dauern wird. Wir sitzen einander gegenüber. Wie ein Junge gekleidet zu sein macht mich ihm gegenüber entspannter. Er behandelt mich wie einen Bruder.

»Nun gut. Ich will es dir erzählen. Als die ersten Siedler kamen, hieß mein Volk sie willkommen und ohne uns wären sie zu Grunde gegangen. Wir brachten ihnen bei, wie man in diesem Land überlebt, wann man anpflanzen und säen kann und wann man erntet. Wir dachten, das Land sei groß genug, dass wir alle zusammen hier leben könnten. Aber so sollte es nicht sein. Mehr und mehr Menschen kamen und wollten mehr und mehr Land. Sie nahmen sich das Land – Land, das wir gerodet hatten, denn es war einfacher für sie, sich dort niederzulassen. Aber das war es nicht, was mein Volk umbrachte.«

»Ihr wurdet angegriffen? Umgebracht?«

Er schüttelte den Kopf. »Nicht in der Weise, die du meinst, mit Waffen und Gewehren. Der weiße Mann brachte Krankheiten und Seuchen. Dies begann vor vielen Jahren, noch bevor die Pilger nach Plymouth kamen. Fischer aus Europa kamen, um in den Meeren im Norden zu fischen. Jeden Winter gingen sie zurück, aber ihre Fieberkrankheiten ließen sie hier. Dann kamen die Händler und wollten Felle und auch sie brachten Krankheit. Als die Engländer kamen, brachten sie das Fleckfieber. Unsere Medizinmänner waren machtlos gegen Krankheiten, die sie nie gesehen hatten, weil sie von der anderen Seite des Meeres kamen. Viele starben. Jene, die übrig blieben, waren zu schwach, um zu jagen, zu pflanzen oder ihre Ernte einzubringen. In unserem Stamm starben mein Vater und meine Mutter und viele, viele andere. Ein weißer Mann, ein guter Mann, hatte Mitleid mit uns. Er tat, was er konnte für die Kranken, was wenig genug war, und er nahm mich und einige andere auf. Er sorgte für uns, unterrichtete uns und behandelte uns wie seine eigenen Kinder.«

»Aber du hast ihn verlassen?«

»Die Wahl war nicht schwer. Ich wurde alt genug, um zu lernen, dass es mehr bedarf, um ein weißer Mann zu sein, als seine Sprache zu lernen und seine Kleidung zu tragen. Ich wollte nach Hause zu meinen Leuten. Nur dass ich herausfand, dass ich kein Zuhause und keine Leute mehr hatte. Mein Dorf war ein Ort des weißen Mannes geworden. Beulah.«

»Was ist geschehen? Wo sind sie hin?«

»Wir leben nicht nur an *einem* Ort, wie der weiße Mann es tut. Der Ort, den ihr Beulah nennt, war unser Platz für den Sommer. Im Winter gehen wir tiefer in den Wald, um zu jagen und Schutz vor den schlimmsten Unbillen des Winters zu suchen, und kommen dann im Frühling zurück, um zu pflanzen und zu fischen. So ist es immer gewesen. Eines Frühlings kam mein Volk – oder die, die von ihm übrig waren – zurück und fand den Ort besetzt. Ihre heiligen Stätten waren verwüstet. Die Gräber ihrer Vorfahren waren geschändet und es war darauf gebaut worden. Ihre Vorratskeller waren aufgebrochen worden, der Inhalt gestohlen. Sie hatten keine andere Wahl, als weiterzuziehen.«

»Also war niemand mehr da?«

»Nur mein Großvater. Er blieb. Er bewacht die Heilige Stätte. Die Steine sind immer noch dort . . .«

»Welche Steine?«

»Große Steine befanden sich oben auf dem Hügel. Sie waren dort seit Anbeginn der Zeit, kennzeichneten den Ort als heilig für unsere Leute und jetzt . . .«

»Sie liegen unter der Kirche.«

Ich erinnerte mich daran, wie ich ihre merkwürdige Form bemerkt hatte, nicht frisch geschnitten und geschliffen, sondern alt, von der Zeit, Wind und Regen gezeichnet.

»Wir haben auch solche Steine zu Hause.« Ich erzählte ihm von den Steinen, zu denen meine Großmutter immer gefahren war, und von den großen Steinen, die ich bei Salisbury gesehen hatte.

»Dann sollten eure Leute sie respektieren.«

Es war nun die Reihe an mir, den Kopf zu schütteln. »Sie halten sie für heidnisch.«

»Selbst ihre eigenen?«

»Selbst ihre eigenen. Warst du schon in der Siedlung?«

»Nur einmal.«

Er erklärte nichts weiter, doch von der Art und Weise, wie er es sagte, wusste ich, dass er nicht wieder hingehen würde.

Eintrag 57

Es gibt Gerede. Ich sagte dir, es würde Gerede geben.« Martha sah mich nachdrücklich an.

Unser Haus ist fertig. Nachdem wir gegessen hatten, setzten wir uns um das Feuer und die Dunkelheit breitete sich draußen aus. Martha hatte Besuch von ihrer Schwester gehabt, was sie immer beunruhigt.

»Gerede?« Ich blickte von meiner Näharbeit auf. »Worüber denn?«

»Über dich. Dass du im Wald herumwanderst. Und noch mehr.«

»Was ist das für Gerede, Martha?«, fragte Jonah, beunruhigt durch die Sorge in Marthas Stimme.

»Jethro Vane beschwert sich, dass seine Schweine krank sind. Er sagt, dass jemand sie mit dem bösen Blick belegt hat. Mary wurde bei ihnen gesehen. Und man hat gesehen, wie sie sie anstarrte und schrie, als ob sie fluche . . .«

»Ich habe nicht geflucht! Du hast mir gesagt, ich soll sie wegjagen, wenn sie in unseren Garten kommen! Ich habe geschrien, weil sie blöde Tiere sind, halb verwildert vom Leben im Wald und bösartig.«

»Wer hat das denn erzählt?«, fragte Jonah.

»Meine Schwester, Anne. Sie wollte mich davor warnen, was die Leute reden . . .«

»Euch beunruhigen, scheint mir wahrscheinlicher.« Jonahs Gesicht verdunkelte sich. »Sie kommt mir vor, als gehöre sie zu jenen, die sich immer in fremde Angelegenheiten mischen und nur allzu gern schlechte Nachrichten überbringen. Achtet nicht darauf.«

»Unserer Annie entgeht nicht viel. Sie hat ein Ohr für Klatsch, das kann ich Euch sagen, und überall ihre Finger mit drin.« Martha schüttelte den Kopf. »Aber das unterstreicht ihre Warnung nur. Ihr kennt diese Leute nicht so wie ich.«

»Das mag sein, aber es gibt immer eine vernünftige Erklärung.« Jonah seufzte. »Der böse Blick, ja? Was für ein Unsinn!« Er ist ein Mann der Wissenschaften und hat kein Verständnis für Aberglauben. »Wahrscheinlich haben Jethro Vanes Schweine die Krankheit von den Schweinen bekommen, die sein Bruder mitbrachte.« Er kehrte zu seinem Buch zurück. »Sie sehen mir ganz nach einer kranken Herde aus.«

»Noch wahrscheinlicher ist, dass sie die Krankheit von Jeremiah selbst haben«, bemerkte ich.

Tobias lachte. Jeremiah Vane hat die gleiche Gesichtsfarbe wie seine Tochter Deborah: Schweinchenrosa. Er hat einen roten Bart, kleine Augen, ein schmales Kinn und eine lange Nase und gleicht dadurch sehr einem Tamworth-Schwein.

»Darüber gibt es nichts zu lachen!« Uns traf ein warnender Blick aus Marthas funkelnden grünen Augen. »Solches Gerede ist gefährlich. Wir alle wissen, wozu solcher Klatsch führt. Wir wollen nicht, dass die Leute sich gegen uns wenden.« Sie drehte sich zu Tobias. »Ihr, Sir, könnt euch um den Zaun kümmern. Ich will seine Schweine nirgendwo in der Nähe unseres Anwesens sehen. Und du«, wandte sie sich an mich, »du passt auf, wo du hingehst! Keine Ausflüge in den Wald mehr. Kein Umherstreifen mehr! Damit sich nicht noch mehr Leute den Mund zerreißen.«

Eintrag 58

Sie leben im Wald in Nacktheit und Sünde und Schande. Sie machen nichts aus dem Land. Sie leben schlimmer als Bettler.«

Goodwife Francis stattete uns einen weiteren Besuch ab. Diesmal am Abend, damit sie zu uns allen sprechen kann. Sie lässt uns Neuankömmlinge an ihrer Weisheit und ihren überlegenen Erfahrungen teilhaben. Ihr Thema sind die Indianer.

Martha sitzt mit verschlossenem Gesicht da. Wenn die Indianer nicht gewesen wären, die ihre Schwester so verabscheut, läge Jonah jetzt in seinem Grab. Ihr Blick huscht zu uns und warnt uns, ermahnt uns nicht darauf zu antworten. Jonah zeichnet den Zweig auf dem Tisch vor sich. Tobias sitzt in der Ecke und schnitzt eine Puppe für Rebekahs Schwester. Ich möchte laut aufschreien, herausrufen, wie wenig sie versteht. Die Indianer gehen leicht in der Welt umher, das ist alles. Sie machen sich ihr Zuhause aus lebenden Bäumen, nehmen nur das, was sie brauchen, bevor sie weiterziehen, damit das Land sich wieder erholen kann. Aber ich halte meine Zunge im Zaum. Goody Francis ist eine dumme, beschränkte, einfältige und wichtigtuerische Frau, die ihre lange Nase in alles steckt und ihre eingefallenen Wangen aufbläst, um Vorurteile abzugeben, dann kneift sie ihren Mund zusammen wie einen straff gezogenen Bindfaden.

»Was schreibst du denn da, Kind? Kann ich mal sehen?«

Meine Finger zuckten zusammen und verbogen die Spitze der Schreibfeder, verwandelten das *g*, das ich gerade schrieb, in einen Fleck mit einem Häkchen.

»Mary hilft mir.« Jonah reichte mir ein Messer, um eine neue Spitze aus der Feder herauszuschneiden, was ich tat, obwohl meine Hand zitterte. »Sie hilft mir bei meinem ›Buch der Kräuter‹.«

»Kann ich mal sehen?«

Goody Francis streckte ihre Hand aus.

Jonah breitete mit großen Aufwand seine Papiere vor sich aus und sah sie durch, um das von mir beschriebene Papier zu verdecken. Sie hatte eindeutig gewollt, dass ich ihr das gab, was ich gerade schrieb, aber Jonah gab ihr stattdessen sein Buch. Sie nahm es entgegen und öffnete die Buchdeckel. Die Seiten raschelten und verbogen sich, als sie umblätterte. Sie studierte eindringlich und mit zusammengekniffenen Augenbrauen, was sie dort sah, als verstände sie, was sie betrachtete, aber ihr Mund bewegte sich, um die Worte zu formen, und sie fuhr mit dem Finger die Schrift entlang, was zeigte, dass sie im Lesen nicht sehr bewandert war.

»Was ist das denn?«

Sie hatte bei der Alraunwurzel angehalten. In der Zeichnung sieht die Wurzel fast aus wie ein kleines

Männchen. Am Ende des Stammes teilt sie sich wie eine Gabel in drei Teile. Goody Francis kreischte regelrecht entsetzt.

»Es sieht aus wie ein böse Puppe, eine Wachsfigur.« Sie schauderte. »Unrein!«

Jonahs Augen blitzten. »Nicht mehr als eine Karotte oder eine Pastinakwurzel.«

»Ich habe Geschichten über diese Wurzel gehört. Sie wächst nur unter Galgenbäumen und schreit wie ein menschliches Wesen, wenn sie aus dem Boden gezogen wird.«

»Alles falsch und unsinnig. Altweibergeschwätz. Dummes Gerede über verrückte Doktoren, die Handel mit Körperteilen betreiben. Die Wurzel hat vielerlei Nutzen. Sie erleichtert den Schlaf und lindert Schmerzen. Passt auf, was Ihr glaubt, Mistress.«

»Passt *Ihr* auf, was Ihr in Eurem Buch schreibt!« Sie klappte das Buch zu. »Solche Dinge besitzen Hexenmeister und solches Volk, das führt zu Teufelswerk.«

»Ich bin ein Apotheker.« Er nahm ihr das Buch wieder ab. »Es ist notwendig für mich, Aufzeichnungen über den Nutzen von Pflanzen, verschiedener Heilkräuter und Heilverfahren zu führen.«

Goody Francis faltete ihre Arme über ihrem schwarzen Leibchen und verzog den Mund zu einem sturen, schmalen Spalt.

»Solche Dinge riechen nach Zauberei.«

Jonah seufzte. »Nicht doch, Goody Francis, nicht doch. Ihr habt Euch nicht beschwert, als ich das Bein Eures Mannes behandelte, nachdem er sich mit der

Sense geschnitten hatte. Hier drin habe ich die Kräuter gefunden, um die Wunde zu heilen und den Schmerz zu lindern. Ich bin hier einem Doktor am nächsten. Ich werde dieses Buch mein ganzes Leben lang führen. Ich brauche es für meine Arbeit und werde ganz sicher nicht damit aufhören.«

Goody Francis sah nicht überzeugt aus, doch sie wusste, dass sie Jonah nichts anhaben konnte. Stattdessen wandte sie sich mir zu.

»Ihr mögt sagen, was Ihr wollt, Master Morse, aber Tintenfinger an einem Mädchen sind ganz und gar nicht normal. Ihr seid viel zu weit gegangen.« Sie sah erst zu ihrer Schwester, die mit Nähen beschäftigt war, und dann zu mir. »Du wärst besser dran, wenn du dich ordentlich benähmst und Martha helfen würdest. Lass dir das von mir gesagt sein.«

Sie machte eine Pause und setzte sich kerzengerade hin, holte tief Luft und blies dann ihre Wangen und ihre Brust auf. Sie bereitete sich so offensichtlich auf eine Erklärung vor, dass selbst Tobias aufblickte.

»Ich muss dir eines sagen, Schwester« – sie drehte sich zu Martha –, »dass nämlich dies hier, dieses Beisammensein« – sie wedelte mit einer Hand herum, um auf den Raum, auf unser Zuhause zu deuten –, »dieses Beisammensein in Frage gestellt wurde.«

»In Frage gestellt wurde?« Jonah blickte auf. »Wieso denn?«

»Manche denken, dass es nicht passend ist, dass ein junges Mädchen ein Haus mit Männern teilt, die nicht mit ihr verwandt sind.«

Sie blickte zu Jonah und auf die Seiten, die offen vor ihm lagen. Wenn er ihr vorher schon nicht ganz geheuer gewesen war, hatte ihn das Buch nur noch mehr verdächtig gemacht.

»Wer sagt das?« Marthas Stimme zitterte. »Wir leben wie eine Familie hier.«

»Eben das.« Goody Francis zeigte ihr kleines aufgeblasenes Lächeln. »Und das ist nicht richtig. Es wäre viel passender, wenn dieses Mädchen« – sie wedelte mit der Hand in meine Richtung – »bei den Rivers leben würde. Sie sind eine richtige Familie. Die Angelegenheit wurde schon Reverend Johnson vorgetragen.«

»Von wem, wenn ich fragen darf?« Marthas Hände zitterten, als sie ihre Näharbeit beiseite legte. Ich sah, dass ihr Unwillen stieg.

»Er wird mit den Gemeindevorstehern reden. Man wird euch wissen lassen, wie sie entscheiden.«

Mit diesen Worten erhob sie sich.

»Wartet, Mistress.« Jonahs Gesicht war in Besorgnis verzogen. »Haben wir denn nichts in der Sache zu sagen?«

»Neuankömmlinge dürfen noch nicht mitreden.«

»Was ist mit den Rivers, dürfen sie denn mitreden? Es ist schließlich ihr Haushalt, in den sie kommen soll.«

»Sie werden die Entscheidung befolgen. John Rivers ist ein gottesfürchtiger Mann. Wie sollte es anders sein?« Sie sprach mit langsamer Geduld, als ob sie mit einer Horde ungehorsamer Kinder spräche. »Mit Reverend Johnsons Kraft und unter seiner Führung kommt die Versammlung immer zu der richtigen Entscheidung. Gott spricht durch sie, wie sonst könnten wir von seinem Willen wissen? Der Wille der Versammlung ist der Wille von allen.«

Eintrag 59

Sobald ihre Schwester gegangen war, schalt Martha mich und Jonah wegen der Dinge, die wir in unserem Buch sammelten. Goody Francis kann nicht besser lesen als ein Kleinkind, sagte ich, und deshalb könne ich auch nicht einsehen, dass es darauf ankäme. Aber Martha schüttelte den Kopf und wies darauf hin, dass es hier auch genügend gebildete Leute gäbe und dass man bald schon jene zu uns senden könnte, die das Buch lesen können.

Stets die glückliche Überbringerin schlechter Nachrichten, ist Goody Francis zurückgekehrt, um uns zu sagen, dass ich tatsächlich meine Sachen zu packen und ins Haus nebenan zu ziehen hätte. Sie scheint ungeheuer erfreut darüber. Martha ist mehr als nur ein wenig unglücklich, doch sie denkt, dass es vielleicht am besten so ist. Sie will nicht, dass ich mit noch mehr Misstrauen beobachtet werde, und meint, dass es besser für mich ist, bei Rebekah und ihrer Familie zu wohnen. Für mich ist es keine Strafe. Rebekah ist wie eine Schwester, und wenn ich Martha fast als Mutter betrachte, dann ist Sarah Rivers meine Lieblingstante.

John Rivers ist ein guter Mann, weise und gerecht. Es ist keine Strafe, bei ihnen zu wohnen, aber wenn es um mein Zuhause geht, sollte ich selbst entscheiden dürfen. Ich mag es nicht, herumgeschoben zu werden wie eine Figur auf dem Schachbrett.

Eintrag 60 (Ende Oktober? 1659)

Obwohl es Spätherbst ist, bleiben die Tage klar, bei strahlend blauem Himmel. Die Wälder sind voller Farben. Zu Hause fallen die Blätter immer rasch ab, hier erstrahlen sie. Ich sehne mich danach, in den Wald zu entkommen, doch es gibt viel zu tun und ich habe Martha versprochen, dass ich die Grenzen der Siedlung nicht verlassen werde.

Unsere Häuser sind fertig gestellt, aber es gibt immer noch genug Arbeit, um sie für den bevorstehenden Winter wohnlich und gemütlich zu machen. Sie sind klein, zwei Zimmer unten und ein langes darüber, aber es können noch mehr Zimmer angebaut werden, wenn es nötig ist. Das Haus der Rivers ist etwas größer, was nur gut ist, denn jetzt müssen sie auch noch einen Platz für mich finden.

Wenn wir nicht am Haus arbeiten, helfen wir unseren Nachbarn bei der Ernte, und es muss Holz gehackt werden für den bevorstehenden Winter.

Eintrag 61

Die Tage werden immer kürzer. Die Vögel fliegen nach Süden. Die gezackten Umrisse großer Schwärme von Enten und Gänsen zeichnen sich am Himmel ab, von morgens bis abends, ihr heiseres Krächzen klingt wie der Schrei verlorener Seelen.

Ich lausche ihnen und denke nach. Ich habe Jaybird schon seit Wochen nicht gesehen. Vielleicht sind er und sein Großvater schon fort, vielleicht sind auch sie auf der Reise in den Süden.

Eintrag 62 (? November 1659)

Der Morgen dämmert immer noch blau und strahlend, aber Eis schimmert im Wasserfass und der Erdboden ist mit Reif bedeckt. Der Winter nähert sich und wir sind bereit. Die Ernte ist eingebracht, die Häuser sind fertig, Holz stapelt sich an beiden Seiten der Tür.

Das späte Herbstwetter ist launisch. Es könnte jeden Tag schneien, so hat man John Rivers gesagt. Nach dem Frühstück nahm ich meinen Sack und machte mich auf in den Wald. Es mochte meine letzte Gelegenheit sein, bevor der Schnee kommt. Ich weiß, was ich Martha versprochen habe, doch nachdem ich nicht länger bei ihr wohne, beruhigte ich mich damit, dass ihr Verbot nicht mehr galt. Nebel stieg aus den Tälern auf. Meine Beine verschwanden unter mir. Es war, als ob man durch Watte waten würde. Die Sonne stand tief, kaum über dem Horizont. Sie warf ein merkwürdiges Licht, fing sich in den roten Blättern, die schwer von den Zweigen hingen. Es sah aus, als ob Blut von den Bäumen tropfte.

Ich kennzeichnete meinen Pfad auf die Weise, wie ich es von den Holzfällern und Köhlern gelernt habe, mit kleinen Kerben in den Bäumen und indem ich Zweige brach. Der Wald war still heute Morgen. Unnatürlich still. Ich spürte meine Haut wieder prickeln. Lange Zeit stand ich still, betrachtete jeden Fleck, prägte mir meine Umgebung ein, suchte nach der leisesten Veränderung, so wie er es mich gelehrt hatte, doch als der heisere Ruf des Eichelhähers aus einem Busch fast unmittelbar vor mir aufstieg, zuckte ich dennoch zusammen.

Er kam lachend heraus und die Vögel kicherten zurück.

»Du musst in die Nähe schauen genau wie in die Ferne. Mein Großvater möchte dich sehen. Komm!«

Wir gingen ein langes Stück und nicht zu irgendeiner Art von Siedlung. Mittags machten wir Rast und teilten das Essen, das wir mit uns gebracht hatten. Ich hatte Brot und Käse, er hatte Nüsse und Streifen von getrocknetem Rehfleisch.

Wir gingen ein langes, schmales Tal entlang mit steilen Felsen auf jeder Seite, dazwischen lagen umgestürzte Bäume. Ein Fluss rauschte zu unseren Füßen, das Wasser eine einzige weiße Gischt über den Felsen. Wir kletterten auf eine Felsscharte zu. Hier verwandelte sich der Strom in einen Wasserfall, das Wasser fiel über vorspringende Felswände, so glatt und gleichmäßig wie ein gepflasterter Weg. Ich blickte zu Jaybird und fragte mich, was wir hier wollten. Er lächelte und deutete nach oben. Ich war mir nicht sicher, ob ich diesen Aufstieg bewältigen konnte: Von hier unten schien es praktisch senkrecht in die Höhe zu gehen. Es war jedoch nicht so schwierig, wie ich gedacht hatte, obwohl ich froh war Hosen zu tragen. In einem Rock wäre es unmöglich gewesen. Die Steinplatten erwiesen sich fast als eine Art schmale, jedoch sehr glitschige Treppe. Jaybird half mir über die schwierigsten Stellen und riet mir, mir Zeit zu lassen, immer einen Schritt nach dem anderen zu machen und nicht nach unten zu sehen, bis wir den Gipfel erreicht hätten. Nur einmal warf ich einen Blick nach unten und sah, dass die Felsblöcke auf die Größe von Kieselsteinen geschrumpft waren und der Fluss aussah wie eine Fadenschnur.

Mehr Sorgen machte ich mir über das, was über uns lag.

Über unseren Köpfen ragten Felsblöcke heraus, einer nach dem anderen, wie Bücher, die auf einen Stoß gestapelt sind, der umzufallen droht. Oben fiel das Wasser über einen weiten Überhang. Ich konnte mir nicht vorstellen, wie wir den erklettern sollten.

Jaybird trat zur Seite und bedeutete mir ihm auf eine Steinplatte zu folgen. Das Wasser fiel neben uns herab wie ein kristallklarer Vorhang. Wir befanden uns jetzt hinter dem Wasserfall. Die Luft war feucht, der Felsen nass und glitschig, aber der Weg war breit genug, um mühelos gehen zu können. Die Felswände waren mit Moos und Farnen bedeckt. Wir drückten uns daran entlang, bis wir zu einer tiefen Einbuchtung kamen. Jaybird machte einen Schritt in die Dunkelheit hinein. Wir waren in einer Höhle angelangt.

Das Innere war schwach erleuchtet. Licht fiel durch den Vorhang aus Wasser, spielte an den Wänden und schuf schimmernde Schatten. Es war, als seien wir in einer Höhle unter dem Meer. Jaybird ging zu einer kleinen Nische und holte eine Fackel heraus, einen Tannenast, dessen Spitze mit einer Kugel aus Harz versehen war. Er wetzte einen Feuerstein und gleich darauf erleuchtete die Fackel die Höhle. Sie sah aus wie eine Kammer, die sich verengte, und verschiedene Tunnel zweigten davon ab. Jaybird nahm meine Hand und führte mich in den rechten Tunnel. Ich hielt seine Hand ganz fest und folgte dem rauchigen Licht. Der Tunnel führte in Schlangenlinien weiter und ich kam mir vor wie in einem Irrgarten. Alleine würde ich den Weg hinaus niemals wiederfinden.

Wir liefen eine ganze Weile, bis die Fackel fast niedergebrannt war und bereits unruhig flackerte, dann begann sich die Dunkelheit vor uns nach und nach zu heben und die Höhle schien wieder breiter zu werden. Sie öffnete sich zu einer luftigen Kammer, in deren Mitte ein Feuer brannte.

Wir waren geradewegs durch den Berg gewandert. Es war so dunkel im Tunnel gewesen, dass ich fast geglaubt hatte, es sei Nacht. Jetzt trat ich in die nachmittägliche Sonne hinaus, die golden über einem weiten

Land schien, und die Bäume unter uns wirkten wie ein Teppich. Wir waren sehr hoch oben. Unter mir fiel der Berg in einem jähen Abgrund von steilen Klippen ab und das Land dehnte sich vor mir aus. Hier und da waren Hügel und spitze Felsen zu sehen, aber der Wald schien sich wie eine Decke um uns herum auszubreiten, so weit das Auge sehen konnte, und verschmolz mit dem lilafarbenen Nebel, der den Horizont umgab.

»Dieser Ort ist für mein Volk etwas Besonderes.«

Die Höhle erinnerte mich an eine Kathedrale. Die blassgrauen Wände waren wellenförmig wie fallende Vorhänge und zarte Säulen erhoben sich, die in nichts der menschlichen Baukunst nachstanden.

»Es bleibt hier immer gleich, Winter wie Sommer.« Er stocherte im Feuer. »Wir haben Schutz vor Wind und Schnee. Die Höhle öffnet sich nach Süden, sodass sie alles an Sonne bekommt, was möglich ist, und sie liegt so hoch oben, dass ein Feuer von unten nicht gesehen werden kann. Der Rauch steigt nach oben, entweicht durch die Kammer, wo niemand ihn sieht. Manchmal verirrt sich ein Bär herein, aber sobald er merkt, dass die Höhle schon besetzt ist, geht er wieder. Wir haben alles, was wir brauchen, um den ganzen Winter zu bleiben.«

Ich schaute mich um. Es gab Betten, aus federnden Tannenzweigen und weichem Moos gemacht, auf dem dicke Felle lagen. Körbe und Tontöpfe reihten sich an der Wand entlang. Aber es schien niemand sonst hier zu sein. Kein Anzeichen von seinem Großvater.

Als ob meine Gedanken ihn gerufen hätten, trat der alte Mann aus dem Schatten.

Er sagte etwas in seiner Sprache und Jaybird antwortete: »Ich habe sie gebracht.«

Der alte Mann erwiderte etwas. Es klang wie ein Name, aber nichts, was ich hätte zu Papier bringen können.

»Was hat er gesagt?«

»Es ist sein Name für dich: mahigan shkiizhig. So nennt er dich. Augen des Wolfes.«

»Warum nennt er mich so?«

»Warum? So wie mein Lachen dem des Eichelhähers gleicht und ich gerne strahlende Farben trage und mein Großvater Weißer Adler heißt wegen seiner weißen Haarsträhne und der Feder, die er trägt, genauso hast du die Augen eines Wolfes.«

Ich runzelte die Stirn und versuchte zu verstehen, was er meinte. Die einzigen Wölfe, die ich jemals gesehen hatte, waren die Köpfe, die an die Kirche gehämmert waren, und deren Augen waren glasig vom Tod.

»Ihr habt keine Wölfe in eurem alten Land?«

»Vielleicht im Norden, in Schottland, aber nicht in England – sie wurden alle getötet.«

Jaybird erklärte dies seinem Großvater, der den Kopf schüttelte. Jaybird drehte sich zurück zu mir.

»Er sagt, das ist schlimm.«

»Warum?«, fragte ich. »Sie töten die Schafe und Lämmer, manchmal sogar Kinder und sie können selbst einen Mann angreifen.«

Der alte Mann schüttelte den Kopf und erwiderte etwas.

Jaybird nickte. »Er sagt, alles auf der Welt hat seinen Platz, Wölfe wie Menschen.«

Der alte Mann sprach wieder.

»Du erinnerst ihn an eine junge Wölfin, die er einmal kannte. Sie war kräftig, stolz und tapfer, aber noch nicht ganz ausgewachsen. Sie lebte nur geduldet in der Nähe des Packs, von ihresgleichen abgelehnt, doch gezwungen in ihrer Nähe zu bleiben, denn sie war noch nicht alt genug, um ohne sie zu überleben. Er spürt den gleichen heftigen Stolz in dir. Du willst dich vor niemandem beugen, doch du bist jung und das Leben am Rande des Rudels ist nicht leicht.«

»Was geschah mit der jungen Wölfin?«

Der alte Mann antwortete, doch Jaybird schien zu zögern die Worte seines Großvaters zu übersetzen.

»Was hat er gesagt?«

»Er will etwas über den Hasen wissen.«

»Den Hasen? Welchen Hasen?«

Ich fragte mich, wovon er plötzlich sprach.

»Er hat einen Hasen im Wald in der Nähe deiner Siedlung gesehen. Er war vorher nicht da gewesen. Er tauchte plötzlich auf, als deine Leute kamen.«

»Habt ihr denn keine Hasen in diesem Land?«, fragte ich, genau wie er mich nach den Wölfen gefragt hatte.

»Aber natürlich haben wir die. Und der Große Hase ist sehr wichtig in den Geschichten unserer Leute, deshalb hat mein Großvater den fremden Hasen auch bemerkt. Er hielt es für ein Zeichen des Großen Hasen an ihn.«

Der alte Mann nickte. Er hatte die Unterhaltung verfolgt. Anscheinend verstand er zumindest einigermaßen Englisch, auch wenn er es nicht sprach.

»Dieser Hase«, fuhr Jaybird fort, »ist anders als die Hasen, die hier leben. Er ist kleiner und von einer anderen Farbe.«

Auf der gegenüberliegenden Seite des Feuers fing der alte Mann meinen Blick auf. Die Flammen spiegelten sich in den schwarzen Tiefen seiner Augen. Plötzlich kam mir meine Großmutter in den Sinn. Sie war bei mir, als ob sie in der Höhle neben mir säße. Ich erinnerte mich an die Geschichten über sie, in denen es hieß, dass sie sich in einen Hasen verwandeln könnte. Sie hatte niemals darüber gesprochen, niemals gesagt, ob es wahr sei oder nicht. Es gab viel, was sie mir nie erzählt hatte. Vielleicht hatte sie warten wollen, bis ich älter war, aber diese Zeit war nicht mehr gekommen. Ich erinnerte mich daran, wie sie im Bett neben mir gelegen hatte, die Augen geschlossen, doch sie schien nicht zu schlafen, sie hatte so still dagelegen, als sei sie tot. Wie sollte ich wissen, wohin sie gegangen war?

Und dann war da noch die Geschichte, die Jack mir erzählt hatte, von dem Hasen auf dem Schiff. Hasen oder Kaninchen. Ich hatte gelacht, aber die Seeleute hatten sich gefürchtet ...

Der alte Mann sagte etwas zu Jaybird.

»Er sagt, du weißt es.«

»Aber was macht meine Großmutter hier? Und warum hat sie einen Hasen gewählt?«

»Der Geist deiner Großmutter nimmt die Form eines Hasen an, weil es ihr Tier ist – genau wie deines der Wolf ist, seines der Adler und meines der blaue Eichelhäher.«

»Ist so etwas denn wirklich möglich?«

Der alte Mann sah mich an, als hätte ich die Existenz des Mondes oder des Sonnenaufgangs in Frage gestellt. Er erhob die Hände über den Kopf und bewegte sie wellenartig. Die Flammen sprangen hoch und ich sah, dass die Wände der Höhle mit Bildern von Tieren bedeckt waren: Hirsche mit großen, ausladenden Geweihen, Bären, Wölfe, Löwen und andere gehörnte und bucklige Wesen, die ich nicht benennen konnte. Es waren auch Männer in den Gemälden, auf der Jagd, auf der Pirsch, im Tanz, manche nackt, manche in Leder gekleidet. Einige der Bilder waren mit Kohle gezeichnet, andere in lebhaften Farben, andere in den Fels geritzt. Die verschlungenen Bewegungen des alten Mannes schienen sie zum Leben zu erwecken. Tiere und Männer tanzten zum Spiel seiner Hände im Flackern des Lichts. Sie liefen über die Wände, manchmal die Tiere, manchmal die Menschen, manchmal beide gleichzeitig.

»Dies ist der Ort unserer Vorfahren«, erklärte Jaybird. »Hier sind wir umgeben von ihrer Gegenwart.«

Wieder hatte ich das Gefühl, in einer großen Kirche zu sein, einem Ort, erfüllt mit einem großen Geist, wie die Tempel der Winde, die ich in England vor meiner Abreise gesehen hatte, erfüllt mit der Gegenwart jener, die von uns gegangen waren.

Ich erzählte ihnen von meiner Großmutter und was mit ihr geschehen war.

Der alte Mann sprach wieder.

»Was sagt er?«

»Ihr Geist ist ruhelos wegen des großen Unrechts, das man ihr angetan hat. Er ist dir über den Ozean gefolgt.«

»Warum? Weshalb denn?«

Der alte Mann starrte in das Feuer. Es dauerte eine Weile, bevor er wieder zu seinem Enkel sprach, aber als er sprach, war es eine längere Erklärung. Jaybird hörte sorgfältig zu und nickte, um zu zeigen, dass er sich alles gemerkt hatte und die Worte des alten Mannes genau übertragen würde.

»Um zu warnen, um aufzupassen, um Vergeltung zu fordern. Er weiß es nicht genau. Genau wie die körperliche Form des Hasen verschieden ist von den Wesen, die hier zu Hause sind, so ist dieser Geist ihm fremd, sodass er nicht sicher sein kann. Er sagt, wenn sie eine solche Reise unternommen hat, zeigt das große Liebe oder große Angst oder beides. Er denkt, sie ist hier, weil sie um dich fürchtet. Das, was ihr angetan wurde, könnte auch dir angetan werden.«

Das war das Ende der Audienz. Der alte Mann erhob sich in einer einzigen flüssigen Bewegung. Er entzündete eine Fackel am Feuer und ging zur gegenüberliegenden Wand. Dort zog er eine Art Vorhang zurück, fein gewebt und mit Streifen, Linien und verschlungenen Mustern verziert, und verschwand in eine Kammer, die in den Fels geschlagen war.

Jaybird führte mich zurück durch die Höhle, diesmal einen anderen Weg.

»Was hat er über die junge Wölfin gesagt? Hat er gesagt, was mit ihr passiert ist?«, fragte ich, als wir schließlich die Höhle wieder verließen.

»Er weiß es nicht. Eines Tages war sie nicht mehr da. Vielleicht hat das Pack sie vertrieben oder . . .«

»Oder was?«

». . . oder sie haben sich gegen sie gewandt und sie in Stücke gerissen.«

Eine nicht gerade Gutes verheißende Geschichte. Kein Wunder, dass er sie mir nicht hatte erzählen wollen. Vielleicht täuschte sich der alte Mann. Vielleicht war es alles nur seine Einbildung, ein Beispiel indianischen Aberglaubens.

»Wie ist dein Großvater denn zu seinem Namen gekommen?«

»Das ist eine Geschichte für eine andere Zeit.«

Wir waren noch ein ganzes Stück von der Siedlung entfernt, doch ich konnte das Bellen von Hunden hören und die Schritte von Männern, die durch die Wälder stapften.

»Jäger aus Beulah.«

»Woher weißt du das?«

»Es sind die einzigen weißen Männer meilenweit. Unsere Leute machen keine Geräusche. Ich werde dich jetzt verlassen müssen. Pass auf, dass sie dich nicht sehen, mit diesen Kleidern.«

Ich hatte vergessen, dass ich wie ein Junge angezogen war.

»Wann werde ich dich wieder sehen?«

»Im Frühling vielleicht. Oder im Sommer.«

»So lange nicht?«

»Bald wird die kalte Hand des Winters uns umfassen. Und Mohawks machen die Gegend unsicher von Westen bis Norden. Es herrscht Krieg und es geht das Gerücht von noch mehr Krieg. Mein Volk ist zerstreut. Mein Großvater reist zu seinen Brüdern, um herauszufinden, was mit ihnen geschieht.«

»Krieg? Das wurde in der Siedlung nicht erwähnt.«

»Warum sollte es auch? Es sind Indianer, die Indianer töten. Weißen Männern ist das egal.«

Eintrag 63 (Ende November? 1659)

Tobias geht ab und zu auf die Jagd. Er geht mit zwei jungen Männern etwa seines Alters. Josiah Compton, dem Sohn eines der früheren Siedler, und Ned Cardwell, einem jungen Mann, der bei Jethro Vane in Dienst steht. Vielleicht waren sie die Jäger, die wir gehört hatten. Allerdings wäre es ein Wunder, wenn jemand, der so viel Lärm machte, irgendetwas finge, und Tobias und seine Freunde scheinen sehr erfolgreich.

Ich traf sie heute, als sie aus dem Wald kamen und Truthähne und Gänse über ihren Schultern trugen. Ihre Hunde liefen an ihrer Seite, zwei Spaniel mit struppigem Fell und ein gescheckter Jagdhund. Die Hunde waren verfilzt, Schlamm bedeckte ihre Flanken und ließ nur einen einzigen schmalen sauberen Streifen auf ihrem Rücken frei. Tobias hat keinen eigenen

Hund. Hunde sind hier nicht so verbreitet, wie sie es zu Hause waren.

»Ihr habt Erfolg gehabt.«

Ich schloss mich ihnen auf dem Heimweg an, unsere Schritte wurden schneller, als wir uns den Häusern näherten. Obwohl es noch nicht spät war, brach die Nacht schnell herein. Rauch stieg aus den Schornsteinen in einen schweren und grauen Himmel und am Horizont schimmerte gelblich die einbrechende Dämmerung. Die Glocke läutet stets bei Dämmerung. Alle müssen dann zu Hause sein, denn wer dann noch unterwegs ist, wird als Nachtschwärmer angesehen, und das ist ein Vergehen. Eine weitere der Regeln, die in der Siedlung herrschen.

»Ja.« Tobias hielt seine Trophäen hoch. »Ein Truthahn für Martha und eine Gans für Sarah.«

»Gib ihr die Gans und du wirst zum Essen eingeladen werden!« Einer der jungen Männer zwinkerte ihm zu.

Tobias lächelte zurück. Alle wissen längst, dass er und Rebekah sich gut verstehen.

»Wir hätten jedoch noch mehr Glück haben können. Drüben auf der südlichen Wiese hatten wir einen Hasen aufgespürt. Hab noch keinen vorher hier gesehen. Er war schon alt, glaube ich. Hielt sich schief, den Kopf krumm, lief jedoch immer noch schnell genug.«

»Ihr habt ihn nicht erwischt?«

»Nein.« Josiah Crompton schüttelte den Kopf. »Ist dem alten Tom hier davongelaufen« – er deutete auf den Jagdhund, der an unserer Seite lief – »und im Wald entkommen.«

Ich beugte mich nach unten, um das Stück Fell auf dem Hundekopf, das nicht mit Schlamm bedeckt war, zu tätscheln.

»Vorsichtig, Kleine. Er mag keine Fremden«, warnte mich sein Besitzer, aber was dann geschah, überraschte selbst mich.

Sobald der Blick aus den bernsteinfarbenen Augen meinen Blick traf, verzog der Hund die Stirn und fing an zu jaulen. Er setzte sich, legte den Kopf auf die Pfoten, die Ohren zurückgelegt, schlängelte den Rumpf und wedelte mit dem Schwanz, dann drehte er sich, um mir seinen schlammverspritzten Bauch zu zeigen.

»Also, ich will verdammt sein!« Josiah Compton schob seine Kappe zurück, um sich am Kopf zu kratzen. »Das hat er ja noch nie gemacht. Im Allgemeinen ist er ein recht bissiger alter Bursche.«

»Hat ein Auge für ein hübsches Mädchen, so ist das!« Ned Cardwell grinste mich viel sagend an.

»Dummes Zeug!« Tobias legte brüderlich einen Arm um mich und führte mich von ihnen weg. »Komm jetzt, Mary! Martha wird sich Sorgen machen und Sarah wird sich fragen, wo du abgeblieben bist.«

Eintrag 64

Die Wölfe sind zurück. Letzte Nacht hörte ich sie, genau wie die Nacht zuvor.

Der Wind weht aus Norden.

»Da kommt Schnee nach.« Das sagte Jonah.

Es ist Zeit, dass das Vieh von den Feldern geholt wird. Jonah und Tobias sind mit John Rivers losgegangen, um es hereinzutreiben. Ich bin in Marthas Haus. Nebenan tummeln sich überall Kinder und ich brauche Ruhe, um mein Tagebuch zu schreiben. Ich schreibe beim Licht des Feuers, während sie backt. Es ist schwer zu erraten, welche Uhrzeit es ist. Das Licht hier drin ist schummerig, die Fenster sind mit eingefettetem Papier bedeckt. Wir könnten uns kein Glas leisten, selbst wenn es welches gäbe.

Es scheint dunkler, als es sein sollte. Dabei kann es noch nicht lange Mittag vorbei sein.

Ich ging zur Tür, und als ich sie öffnete, sah ich Schneeflocken fallen, so groß und zart wie daunenweiche Brustfedern. Zuerst waren es nur ganz wenige, langsam und anmutig. Ich rief Martha heraus, damit sie es sehen konnte. Sie wischte sich die Hände an der Schürze ab und eilte herüber, um zu sehen, weshalb ich solches Aufhebens machte.

Wir blickten zum Himmel und auf die Flocken, die auf uns zuwirbelten, schneller und immer schneller.

»Die alte Dame rupft wieder ihre Gänse«, sagte sie und schaute dann rasch über ihre Schulter, ein schneller und verstohlener Blick. Solcher Aberglauben wird hier nicht gern gehört und Martha war ängstlich, obwohl niemand da war, der es hätte hören können.

Bis zum Spätnachmittag hatte sich der Schnee zu einer wirbelnden wehenden Masse von Weiß auf Grau verdichtet und es wurde schwierig, mehr als einige Meter weit zu sehen. Der Schnee bedeckte jetzt schon völlig den Boden und trotzdem gab es noch kein Zeichen von John, Jonah oder Tobias. Rebekah kam, um zu fragen, ob wir sie gesehen hätten. Die Schneeflocken schneiten herein, wenn Martha immer wieder zur Tür ging, um nachzusehen, wie eine unruhige alte Henne. Sie blickte ständig besorgt hinaus, befürchtete, dass sie sich verlaufen haben oder in eine Schneewehe geraten seien oder sonst was. Ich habe sie darauf hingewiesen, dass es dafür noch nicht lange genug schneit, aber sie hat einfach keine Ruhe, bis sie ihr Männervolk wieder heil zu Hause hat.

Endlich kämpften sich Tobias und Jonah den Pfad herauf. Auf einer Seite völlig verschneit, hielten sie ihre Hüte auf dem Kopf fest und blinzelten unter dem Rand hervor, während der Schnee in ihre Gesichter geweht wurde. Das Vieh war gleichermaßen schneebedeckt. Schnee überzog die Tiere wie eine zweite Haut. Rebekah fragte, wo ihr Vater sei.

Tobias und Jonah überließen es uns, das Vieh in den Stall zu bringen. Sie mussten noch einmal zurück, um ihm zu helfen.

Eintrag 65

Schafe sind dumme Kreaturen. Ohne Hunde, die sie zusammentreiben, laufen sie überall in der Gegend herum. Sie hereinzuholen ist eine schwierige Aufgabe. Die meisten haben wir gesund und munter zurückholen können, aber zwei wurden erst am nächsten Morgen gefunden. Sie waren halb aufgefressen und ihr Blut zeichnete den frischen Schnee.

Eintrag 66

Es gibt keine Heizung in der Kirche. Die Atemluft strömt aus unseren Nasenlöchern, setzt sich an den Wänden ab und macht die frostige Luft neblig.

Reverend Johnson nahm die Schafe als Thema für seine Predigt, während unsere Glieder bereits sämtliches Gefühl vermissen ließen und Nasen und Wangen taub wurden.

»*Wir gingen alle in die Irre wie Schafe . . .*«

Von allen Kreaturen Gottes mag ich es am wenigsten, mit einem Schaf verglichen zu werden.

»*Sie liegen bei den Toten wie Schafe, der Tod weidet sie . . . Die Ältesten unter euch ermahne ich . . .*«

Er blickte zur vordersten Reihe, wo die Ältesten vor ihm saßen, schwarz gekleidet, still und bewegungslos, wie aus Kohle gemeißelt.

»*Weidet die Herde Gottes . . . So werdet ihr, wenn erscheinen wird der Erzhirte, die unverwelkliche Krone der Ehren empfangen. Desgleichen ihr Jüngeren, seid untertan den Ältesten . . .*«

Sein Blick wanderte zu den Reihen dahinter und zur Seite, wo die Kinder saßen, Jungen mit ihren Vätern, Mädchen mit ihren Müttern. Diese Kinder werden keine Probleme haben, die Worte aus der Bibel zu befolgen. Widerspenstiges oder störrisches Benehmen einem Elternteil gegenüber ist ein schlimmes Vergehen.

»Allesamt aber miteinander haltet fest an der Demut. Denn Gott widersteht den Hoffärtigen, aber den Demütigen gibt er Gnade.«

Sein Blick umfasste uns alle, ohne ein einziges Blinzeln.

»Seid nüchtern und wachet; denn euer Widersacher, der Teufel, geht umher wie ein brüllender Löwe und sucht, welchen er verschlinge.«

Das Auge, das jetzt auf uns schaut, ist genauso grimmig wie das, das auf die Kanzel gemalt ist.

Eintrag 67 (Dezember 1659)

Der Winter ähnelt langsam einer Belagerung. Der Schnee türmt sich hoch bis zur Dachrinne und jeder Tag ist noch rauer als der davor. Die Welt draußen besteht nur noch aus Grau, Schwarz und Weiß. Die meiste Zeit werden wir durch den Schnee im Haus festgehalten, bewegen uns nie sehr weit, gehen nur die wenigen Meter zwischen Marthas Haus und unserem.

Die Tage nähern sich Weihnachten, wenn es hier auch kein Weihnachten geben wird. Es wird ein weiterer Arbeitstag sein, der sich in keiner Weise von den anderen unterscheidet, außer er fällt auf den Sabbat.

Rebekah und ich überqueren den Hof häufig. Ich gehe Martha besuchen, doch Rebekah ist bei Tobias.

Sie setzen sich ein Stück entfernt in eine Ecke und sprechen leise miteinander. Außerhalb des Feuerscheins ist das Zimmer zwar eiskalt, aber sie frieren lieber und sind so ungestört, wie es ihnen in dem schummrigen Licht möglich ist. Martha soll die Anstandsdame spielen, doch sie ist großzügig den Liebenden gegenüber, die allein sein wollen. Rebekah begleitet Tobias oft, wenn er nach den Tieren im Stall neben dem Haus sieht.

Martha und ich machen einen Quilt für das zukünftige Ehebett Rebekahs. Wir suchen passende Stoffstücke aus Marthas Vorrat zusammen. Tobias hat einen Rahmen für sie gefertigt und Martha hat die Leute der Siedlung mit Schafen um mehr Wolle gebeten. Ich habe ihr beim Waschen und Kämmen der Wolle für die Auspolsterung geholfen. Was an Wolle fehlt, wird durch all jene alten Decken, Lumpen, Hemden und Strümpfe gefüllt, die so durchlöchert sind, dass sie nicht mehr geflickt werden können.

Die Rückseite des Quilts ist am Rahmen festgemacht, die Füllung ausgelegt, das Oberteil liegt obenauf. Martha markiert die Steppstiche und zeichnet das Muster mit Kreide auf: Rosen wie jene, die in ihrem Garten wuchsen, die Ahorn- und Eichenblätter der Wälder um die Siedlung, Herzen für die Hochzeit, Spiralen, die sich in nie endender Ewigkeit winden. Wir können von innen nach außen arbeiten und beenden es mit einem offenen Rebstock, der sich um die Ecken windet und nicht unterbrochen werden darf, denn er ist das Zeichen für ein langes Leben.

Rebekah darf nicht dabei helfen. Sie lacht und sagt, dass sie das Gleiche für mich tun wird, wenn sie erst eine alte verheiratete Frau ist. Sie neckt mich. In letzter Zeit hat sie sich sehr verändert, ist nicht länger schüchtern und zurückhaltend, sondern lächelt und lacht. Ihre Wangen sind gerötet und ihre Augen funkeln. Sie scheint wie ein anderes Mädchen.

Eintrag 68 (Januar 1660)

Es ist Januar und die Kälte wird immer noch schlimmer. Sie bringt grausames Leid mit sich. Zu Hause gab es auch Frostbeulen und Erfrierungen, doch hier wurden schon Füße und Finger so vom Frost zerbissen, dass das Fleisch verfaulte. Außer normalem Husten und Rheuma gibt es hier eine Lungenkrankheit, bei der man Blut spuckt. Jonah war so damit beschäftigt gewesen, die Kranken zu besuchen und sie mit Medizin zu versorgen, dass er selbst krank geworden ist.

Krankheiten haben die Gottesdienste zusammenschrumpfen lassen und diesen Sonntag gab es noch mehr leere Plätze. Elias Cornwell war auch nicht da und Reverend Johnson musste alleine predigen. Seine Frau, Goody Johnson, fehlte ebenfalls, zusammen mit der halben Reihe ihrer Kinder.

Nach dem Gottesdienst wurde Martha zum Reverend Johnson gerufen.

»Ihr müsst Euch um meine Frau kümmern.«

»Ist sie krank?« Martha sah erschrocken drein. Goody Johnson ist hochschwanger.

»Sie nicht. Einigen der Kinder geht es nicht gut.«

»Was plagt sie?«

Reverend Johnson sah sie hilflos an, als ob er sich nicht mit den Krankheiten der Kinder beschäftige.

»Das müsst Ihr herausfinden.«

»Ich meine, woran leiden sie denn? Haben sie Fieber? Haben sie Husten?«

»Husten. Ja. Sie husten so sehr, dass wir nicht schlafen können. Ich kann kaum denken. Ich möchte, dass ihr etwas dagegen unternehmt.«

»Ich werde tun, was ich kann. Mary . . .« Martha drehte sich zu mir, um mir zu sagen, dass ich ihren Korb holen solle.

»Du bist Mary?« Der Blick aus den durchdringenden Augen von Reverend Johnson lag auf mir.

»Ja, Sir.«

»Mary? Das Waisenmädchen, das bei John und Sarah Rivers wohnt?«

Ich nickte.

»Ich habe von dir gehört.«

»Was habt Ihr denn gehört, Sir? Nur Gutes, hoffe ich.«

»Nicht ganz.« Er strich sich über den Bart. »Ich habe gehört, dass du im Wald herumwanderst.«

»Nur, um Kräuter und Pflanzen für Jonah und Martha zu sammeln.«

»Ich habe auch gehört, dass du viel für dich selbst zu sagen hast. Sag mir, Mary, meidest du den Teufel und all sein Werk?«

»Das tu ich, Sir.«

»Glaubst du an Gott? Lebst du nach seinem Wort?«

»Ja. Ja, natürlich.« Ich nickte heftig. Was sollte das denn werden, Bibelstunde?

»Wollen wir hoffen, dass es so ist. Denn ich bin Sein Stellvertreter hier, in dieser Gemeinde. Vergiss das nicht. Es gibt nichts, nichts, was ich nicht weiß.« Er dachte einen Moment nach. »Bist du gehorsam?«

»Ja, Sir.« Ich hielt den Blick gesenkt und versuchte angemessen unterwürfig auszusehen.

»Vergiss es auch nicht. Denk daran: *Ungehorsam ist Sünde wie Zauberei,* so ist es geschrieben im Buch Samuel. Kümmert Euch um die Kinder, Martha! Ich will sie heute Nacht nicht wieder hören.«

Er verließ uns ohne einen weiteren Blick.

Eintrag 69

Das Haus von Reverend Johnson ist das größte in der Siedlung. Es ist so groß wie manche, die ich in Salem gesehen habe, mit einem Stockwerk obenauf, ausgebaut an den Seiten und mit einem richtigen Giebel. Goody Johnson hat uns gebeten jeden Tag zu kommen, bis es den Kindern besser geht.

Martha behandelt die Kinder von Reverend Johnson mit einer Mischung aus Huflattich und Süßholz gekocht in Honig mit einem Schuss Essig. Sie reibt ihnen die Brust mit Gänsefett ein, bindet ihnen Flanelltücher um und lässt sie Dampf aus einem Kessel einatmen, in welchen sie Blätter aus dem Wald gibt: Wintergrün, Pfefferminze und andere einheimische Minze.

Den Kindern geht es bereits besser. Der Hustenreiz lässt nach. Sie werden bald gesund sein. Goody Johnson selbst ist es, die Martha Sorgen macht. Abgesehen von dem dicken Bauch, der das Kind zeigt, das sie erwartet, ist sie sehr dünn. Martha befürchtet, dass die Schwangerschaft sie zu sehr auslaugt.

Eintrag 70

Der Winter beißt sich unerbittlich in unser aller Leben. Die Kälte ist unbarmherzig und es wird immer noch kälter und die Nahrung wird knapp, frische Nahrung am meisten. Jonah fürchtet, dass Skorbut ausbrechen könnte, wie es auf dem Schiff geschehen ist. Sein Vorrat an Zitronensaft ist fast erschöpft.

Die Männer gehen auf die Jagd, sobald das Wetter es zulässt, aber das Wild hat sich aus den hiesigen Wäldern zurückgezogen, und wenn sie es schaffen, mal etwas zu erlegen, besteht es nur aus Haut und Knochen.

Was wir erübrigen können, teilen wir. Goody Johnson hat mich zu sich gerufen. Martha bot an selbst zu gehen, aber Goody Johnson wollte, dass ich komme, sie wolle mich um einen Gefallen bitten.

Eintrag 71

Goody Johnson hat mich herzlich willkommen geheißen. Ihre Augen schienen riesig in ihrem Kopf, und als sie lächelte, konnte man die Knochen hindurchschimmern sehen, so angespannt und dünn war die Haut. Ich habe ihr von Martha ein Stärkungsmittel mitgebracht, aber ich fürchte, es wird ihr nicht viel helfen. Es ist, als ob das Kind, das sie erwartet, sie bis auf die Knochen auszehre.

Sie ist eine gute Frau und weiß, dass unsere Vorräte knapp sind. Die Kinder haben sich gut erholt und sie will ihre Dankbarkeit zeigen. Sie beschenkte mich mit Nahrungsmitteln. Getreide, Erbsen, Bohnen, Hafermehl, Brotlaibe, die sie gebacken hat, selbst einige wertvolle Äpfel, deren Haut zwar verschrumpelt ist, aber deren Geschmack umso süßer ist.

»Jetzt sag ich dir, worum es geht.« Sie nahm meine Hand; ihre Hände waren kalt und dünn, die Haut fast durchsichtig. »Der Neffe von Reverend Johnson, Elias, trägt sein Buch der Wunder zusammen, aber die Kälte verursacht schmerzhafte Schwellungen in seinen Fingergelenken, sodass er kaum mehr schreiben kann. Ich habe für ihn geschrieben, doch meine Kraft verlässt mich oft. Er hat mir erzählt, dass du lesen und schreiben kannst und auch eine ordentliche Handschrift hast und einen annehmbaren Ersatz darstellen würdest. Bist du dazu bereit? Wenn du kommst, kannst du natürlich hier essen und ich werde dafür sorgen, dass du etwas hast, was du mit nach Hause nehmen kannst.«

Wie hätte ich ablehnen können? Sie hatte mir genug Essen gegeben, um uns alle satt zu machen.

Eintrag 72

Ich sehe Reverend Johnson nicht oft, wenn ich dort bin, und ich bin froh darüber. Ich mag die Art und Weise, wie er mich ausfragt, nicht. Seine eindringlichen Befragungen machen mich nervös. Er isst nie mit seiner Familie und zieht sich stets in einen abgeschiedenen Teil des Hauses zurück, so weit weg vom Lärm der Kinder wie möglich. Wenn ich ihn sehe, beachtet er mich nicht, als sei ich unter seiner Würde.

Elias Cornwell hat sein eigenes Arbeitszimmer, ein winziger Raum, der ganz oben am Ende einer Wendeltreppe liegt. Er ist klein und dunkel mit einer Holzverschalung. Ein Feuer brennt im Kamin und gute Kerzen stehen auf einem Tisch, der mit Papieren übersät ist. Hier arbeitet er an seiner Abhandlung. Sie soll heißen:

Ein Buch der Wunder, Wunder der göttlichen
Vorhersehung und viele bemerkenswerte Dinge
(die wahrscheinlich geschehen werden)
von Elias Cornwell

Ich finde den Titel zu lang, aber es ist nicht meine Aufgabe, ihn darauf aufmerksam zu machen.

Er will im Frühling, wenn die Straßen frei sind, nach

Boston reisen und es dort einem Drucker geben, aber bis dahin ist noch ein langer Weg. Er hat eine große Anzahl von sehr merkwürdigen Geschichten angesammelt. Manche sind seine eigenen Erlebnisse wie unsere bemerkenswerte Überfahrt übers Meer und unsere Reise hierher unter göttlicher Führung. Er hat auch eine Geschichte der wundersamen Gründung der Stadt selbst, wie sie ihm von Reverend Johnson und den ersten Siedlern erzählt wurde. Der Rest ist eine bunt zusammengewürfelte Sammlung von Zeichen und Omen, Träumen und Wundern, die wer weiß woher kommen. Geschichten über eigenartige Lichter, brennende Kometen am Himmel, Häuser, die von Geistern heimgesucht werden, und Geräusche von unsichtbaren Trommlern, Frauen und Bestien, die entsetzliche Brut in sich tragen, Zauberbücher, die sich weigern zu brennen, und was sonst noch alles. Ich weiß nicht, was ihn umtreibt, aber er hat mehr Altweibergeschichten zusammengetragen, als jede alte Klatschbase in ihrem Leben erzählen könnte.

Während ich schreibe, geht Elias Cornwell im Zimmer auf und ab und lässt seine langen Finger knacken, um die Schwellungen zu lindern. Während er auf und ab läuft, redet er, und wenn er redet, schimmern seine blassen Augen mit einem kalten, fanatischen Feuer, genauso kalt wie die Wintersonne, die das Eis draußen bescheint.

»Der Griff des Winters wird härter. Die Schiffe frieren im Hafen von Boston ein. Die Wölfe werden noch dreister. Die Kinder erkranken. Das Vieh stirbt.«

»Aber das geschieht jedes Jahr«, wage ich einzuwenden.

»Dieses Jahr ist es schlimmer, das nächste wird es noch schlimmer sein und so weiter, bis es das ganze Jahr über schneit. Wir schreiben das Jahr 1660. Wir haben die letzten Tage erreicht, Mary. Wir haben nur noch wenige Jahre, bis 1666 das Jahr des Teufels eintreffen wird. Kannst du das verstehen? Satans Herrschaft droht uns. Wir müssen noch aufmerksamer sein, sonst werden wir mit dem Rest untergehen. Nur die Reinen, die Unverdorbenen, werden den kommenden Erlöser willkommen heißen dürfen.«

Manchmal kommt er nahe zu mir und beugt sich über mich, um zu sehen, was ich geschrieben habe. Ich rieche seinen fischigen Atem, fühle ihn auf meinen Wangen und im Nacken und kämpfe darum, nicht zu würgen und mich zu übergeben.

Er glaubt wirklich an Christus' Wiederkunft und dass Beulah der Mittelpunkt seines himmlischen Königreiches sein wird. Seine einzige Sorge ist, dass dies geschehen wird, bevor er sein Pamphlet gedruckt hat. Ich glaube, er ist mehr als nur ein bisschen verrückt.

Eintrag 73

Hunger plagt die Stadt und die Wölfe werden dreister, damit hat Elias Cornwell Recht. Es hat letzte Nacht frisch geschneit und heute Morgen zeigte Tobias mir eine Spur, die geradewegs durch die Hauptstraße führte. Breiter Vorderfuß, schmaler Hinterfuß.

»Vielleicht war es ein Hund.«

»Das war kein Hund.«

Sein Freund Ned spuckte aus. Es war so kalt, dass seine Spucke gefror, noch bevor sie auf den Schnee traf. Die Wolfsspur ging bis zur Kirche. Sie hielt an unter der Reihe von Köpfen, als ob das Tier gerochen hätte, dass seine eigene Art hier angenagelt war, dann führte sie weiter. An der Tür war der Schnee leicht angeschmolzen, gelb gefroren, wo das Tier sich erleichtert hatte.

»Zeigt, was das Vieh von uns hält.« Ned grinste, seine bereits gelblichen Zähne waren verfärbt und rot umrahmt von dem Blut, das aus seinem blutenden Zahnfleisch trat.

Eintrag 74

Goody Johnsons älteste Töchter sind jetzt krank geworden, also verbringe ich oft den Tag bei ihr und helfe ihr bei den kleineren Kindern, genau wie Rebekah Sarah hilft. Ich komme mir nicht wie eine Dienstbotin vor. Die Zeit ihrer Niederkunft ist nah und sie ist unbeholfen durch das Kind, also braucht sie all die Hilfe, die ich ihr geben kann. Außerdem war sie freundlich zu uns. Wenn sie nicht gewesen wäre, hätten wir verhungern oder unser Saatkorn als Nahrung nehmen müssen. Wenn wir das teilen, was sie uns gibt, schaffen wir es vielleicht gerade so über den Winter. Wenn die Arbeit erledigt ist und die Kinder in ihrer Ecke still sind, sitzen wir immer in der Küche und sie gibt mir warmes, gewürztes Bier mit einem Stück Gebäck, um es darin einzutauchen. Sie fragte mich nach meiner Vergangenheit. Ich habe ihr erzählt, was ich konnte, doch sie merkte, dass ich noch etwas zurückhielt.

Ein Schweigen breitete sich zwischen uns aus, schuf einige unangenehme, angespannte Momente, bis sie mich eines Tages fragte.

»Du hast mir nicht alles erzählt, nicht wahr, Mary?«

Ich konnte sie nicht anlügen. Sie ist so gut, so sanft, sie anzulügen wäre eine Sünde.

»Fragt mich nicht.«

Ich konnte nicht darüber sprechen, nicht in seinem Haus.

Ich höre seine Worte immer wieder in meinen Gedanken: »Ich bin Sein Stellvertreter.«

Die Zauberinnen sollst du nicht leben lassen. Das habe ich ihn von der Kanzel herunterrufen hören.

»Ich glaube, ich kann es erraten. Ich war nicht immer so, wie ich jetzt bin.« Ihre blassen Augen sehen tief in meine und scheinen ein dunkleres Blau und Violett anzunehmen. »Als ich in deinem Alter war, war ich wild und ungezähmt. Auch ich lebte bei meiner Großmutter. Meinen Vater kannte ich nicht, er war Soldat. Meine Mutter ging fort, um ihm zu folgen, und niemand sah sie jemals wieder. Als ich zur Frau wurde, stand das Land am Rande des Krieges. Viele Gegenden wurden gesetzlos und dies nutzten Männer aus, die vom Bösen gejagt wurden, bereit in Wasser zu fischen, das bereits schlammig und aufgewühlt war. Ich denke, du weißt, wovon ich spreche. Sie kamen in unser Dorf, um die Hexen auszutreiben, so sagten sie, aber ihr wirkliches Interesse galt dem Geld, zwanzig Schilling, um die Stadt von Hexen zu befreien. Meine Großmutter war inzwischen schon tot, Gott sei Dank wurde sie verschont, aber die Aufmerksamkeit richtete sich stattdessen auf mich.«

Während sie sprach, wurde ich von meinen eigenen Erinnerungen überrollt und mein Blut wurde gleichzeitig heiß und eiskalt, heiß vor Hass, kalt vor Furcht.

»Sie jagten mich wie ein Tier, banden mich und warfen mich in den Mühlenteich, um zu sehen, ob ich obenauf schwimmen würde. Ich sank. Ich war an Händen und Füßen gebunden und konnte nicht an die Oberfläche kommen. Ich ertrank. Ich lag auf dem Grund und sah zu ihnen hinauf. Ich kann immer noch ihre Gesichter im Kreis über mir durch das Wasser sehen, das Wellen schlug, während sie darauf warteten, was geschah. Dann plötzlich wurde die Oberfläche des Wassers mit einem großen Platschen durchbrochen. Jemand schwamm zu mir herunter. Starke Arme umfassten mich und zogen mich an die Oberfläche. Er war ein junger Prediger, auf seinem Weg zu seiner ersten Gemeinde. Er war dem Johlen und Schreien gefolgt, und als er sah, was sie taten, tauchte er hinab, um mich zu Gott zurückzubringen. Er klagte den Hexenfänger und seine Männer als Scharlatane an, die nur hinter dem Geld her seien und denen nicht an der Rettung von Seelen gelegen sei. Er trieb mir die Dämonen aus, genau dort und gleich auf der Stelle. Zusammen mit einem großen Teil Wasser aus meinem Inneren.« Sie lächelte bei der Erinnerung und dann zitterten ihre Lippen ein wenig, als ob das Leben ihr doch nicht die Hoffnung und die Freude geschenkt hätte, die dieser Moment versprochen hatte. »Er taufte mich an diesem Tag, dort im Mühlenteich, und ein paar andere noch dazu. Und als er ging, ging ich mit ihm.«

»Er hat Euch gerettet?«

»Ja, so ist es. Ich verdanke ihm mein Leben. Ich habe geschworen ihm eine gute Frau zu sein und ein frommes Leben zu führen. Und das habe ich getan. Ich habe meinen Kopf in Gehorsam und Demut gebeugt und ich habe seine Kinder geboren.« Sie umklammerte meine Hände. »Ich habe mich geändert. Du kannst das Gleiche tun!«

»Was ist, wenn ich es nicht kann?« Ich konnte die Worte nur flüstern.

Sie blickte von mir weg und zog ihre Hände zurück.

»Dann möge der Herr Erbarmen mit dir haben.«

»Ich werde es versuchen, Goody Johnson. Das will ich wirklich.«

Ich sagte, was sie hören wollte, denn sie war freundlich zu mir gewesen und ich wollte ihr eine Freude machen. Ich konnte nicht sagen, was ich wirklich dachte: Wenn ich hätte wählen müssen zwischen dem Leben, das sie geführt hatte und dem Tod durch Ertrinken, ich hätte das Letztere gewählt.

Eintrag 75

Ich habe die Wölfin gesehen. Ich war am Waldrand und suchte nach Nüssen, welche die Eichhörnchen vielleicht übersehen hatten. Manche haben ihren Saft verloren und schmecken nicht nach sehr viel, aber sie können zusammen mit Eicheln zu Mehl gemahlen werden, und die Walnüsse sind so gut wie immer. Ich schob den Schnee weg und kratzte herum, als ich merkte, wie meine Haut prickelte. Ich blickte auf und erwartete Jaybird zu sehen und fragte mich, was er hier tat, doch da war sie, keine zehn Meter von mir entfernt. Sie glich einem Hund, war aber viel größer, mit schwärzlich grauem Fell. Weiße Spitzen markierten den Nacken, wo sich das Fell zu einer zottigen Halskrause verdickte, und ein schwarzer Streifen lief über den Rücken. Sie stand auf breiten Vorderpfoten, kräftig um die Schultern und die Brust. Ihr Körper wurde nach hinten schmaler, mit schlanken Flanken, die sich mit ihren Atemzügen sichtbar nach innen und außen bewegten. Sie schnaufte schwer, ihr Atem blies kleine weiße Wölkchen in die Luft, ihre rote Zunge schaute zwischen ihren langen, weißen Zähnen heraus. Ihre Augen waren golden. Sie beobachtete mich und ich beobachtete sie.

Ich hatte keine Angst. Ich sagte ihr nur in Gedanken, dass sie fortgehen solle. Hunger nagte an ihr und ich wusste, dass am Waldrand Fallen für sie auslagen.

Wir standen beide ganz still, gefangen wie in einem Zeitloch, dann drehte sie sich um, als ob sie meine Botschaft bekommen hätte, und sprang davon. Ihr dunkler Umriss verlor sich in der Schwärze der Bäume.

Eintrag 76 (Februar 1660)

Goody Johnson ist tot. Sie starb letzte Woche im Kindbett.

»Sie hätte nie ein weiteres Kind empfangen dürfen. Dieses könnte sie umbringen.«

Martha hatte das immer wieder gesagt und sie sagte es auch, als wir zu ihr gingen, blickte sich jedoch dabei um, als hätte es jemand anders als ich mithören können. Ihre Worte könnten als böser Wunsch aufgefasst werden und eine Hebamme muss vorsichtig sein.

Martha und ich gingen zusammen zur Geburt. Goody Johnson lag lange in den Wehen, bis an den Rande der Erschöpfung und darüber hinaus. Die Wehen dauerten einen ganzen Tag, bis in den nächsten hinein. Goody Johnson war schmal, obwohl sie schon viele Kinder gehabt hatte, und hatte keine Kraft mehr, zu pressen. Das Kind war groß, und als es kam – es war ein Junge – hatte es die Nabelschnur um den Hals geschlungen. Ich musste es regelrecht herausziehen. Ich durchschnitt die Schnur und gab den Jungen Martha, die einen Blick auf ihn warf und ihn mit einem Tuch bedeckte.

Sie starrte auf die Mutter, die dalag wie tot, und drehte sich dann weg, ihr eigenes Gesicht grau und verschlossen.

»Ich fürchte, dass sie zusammen begraben werden.«

Martha versuchte alles, was sie konnte, aber sie konnte sie nicht retten. Goody Johnson hatte das letzte bisschen ihrer Kraft gegeben und dämmerte nur noch dahin. Sie wachte einmal auf und bat das Kind zu sehen, doch Martha antwortete darauf nur mit einem leichten Schütteln ihres Kopfes. Goody Johnson drehte das Gesicht zur Wand, schloss die Augen und ihre Lippen waren tiefviolett gegen ihre fahle Haut.

Sie sollte ihre Augen nicht wieder öffnen.

Martha rief nach Reverend Johnson. Er betrat nur unwillig das Zimmer, das so nach Blut und Geburt roch. Er hielt sich an die Bibelworte, die besagten, dass eine Frau nach der Geburt unsauber ist.

»Wenn Ihr sie in diesem Leben noch einmal sehen wollt, solltet Ihr lieber jetzt kommen«, sagte Martha zu ihm. »Und bringt Eure Kinder mit, damit sie sich von ihrer Mutter und ihrem Bruder verabschieden können.«

Goody Johnson lag so still da, als ob sie bereits ihre letzte und schwerste Reise angetreten hätte, doch der Klang der Stimmen ihrer Kinder und deren Tränen schienen sie wieder zurückzuholen. Ihre Lider zuckten und ihre dünne Hand bewegte sich auf der Bettdecke. Die Stimme des Reverend Johnson erhob sich in sonorem Lob des Herrn. Martha und ich zogen uns zurück, um die Familie in Ruhe Abschied nehmen zu lassen.

Draußen schneite es wieder. Wir begannen unseren Heimweg.

»Eine weitere gute Frau gegangen«, seufzte Martha, als wir durch den Schnee trotteten. Sie sah müde aus, niedergeschlagen. Jedes einzelne Lebensjahr zeigte sich in ihrem Gesicht. »Unser Beruf ist nicht leicht. Geburt und Tod kommen für meine Bedürfnisse zu oft zusammen. Hoffen wir, dass wir nicht die Schuld dafür bekommen.«

Sie sagte nicht mehr, aber ich wusste, was sie meinte. Eine Hebamme und Kräuterfrau zu sein birgt Gefahren. Wenn alles gut geht, sind alle dankbar, aber wenn etwas schief geht, wie es oft genug passiert, tja, dann ist es etwas anderes. Jene, die gesund machen, die können auch krank machen, das ist es, was geflüstert wird: Jene, die heilen, können auch töten.

Wir gingen an der Kirche vorbei. Ein weiterer Wolf wurde gefangen. Von seinem frisch abgeschlagenen Kopf tropfte Blut in das Schneetreiben. Die Zähne waren trotzig gebleckt und die Augen, glasig im Tod, leuchteten immer noch gelb. Ich hoffe, es ist nicht die Wölfin, die ich am Waldrand gesehen hatte, aber genau weiß ich es nicht.

Eintrag 77 (März 1660)

Der Boden ist hart wie Stein. Auch wenn der Kalender etwas anderes sagt, scheint der Winter seinen Griff nur zögerlich zu lösen. Goody Johnson hat vierzehn Tage aufgebahrt gelegen und ihr Grab ist immer noch nicht ausgehoben.

Sie und das Kind liegen in das gleiche Leichentuch gewickelt in einem Außengebäude, wo die Kälte sie vor Fäulnis bewahren wird, bis die Erde genug aufgetaut ist, um einen Spaten hineinzustechen.

Eintrag 78 (Anfang März 1660)

Goody Johnson wurde heute begraben. Elias Cornwell hielt die Grabrede. Reverend Johnson stand mit gebeugtem Kopf vor dem Grab, seine Kinder schluchzten um ihn herum.

»Der Mensch, vom Weibe geboren . . .«

Die Worte schallten über den schneebedeckten Hügel, als Goody Johnson ins Grab gesenkt wurde. Es war bitterkalt. Reverend Johnson wischte sich über Nase und Augen, aber niemand hätte sagen können, ob die Tränen vom beißenden Wind oder von seinem Schmerz kamen.

Eintrag 79 (Ende März 1660)

Diesen Sonntag nahm Reverend Johnson Paulus als Ausgangstext für seine Sonntagspredigt.

»Demnach, welcher seine Jungfrau verheiratet, der tut wohl . . .«

Wenige vor ihm verstanden die Bedeutung dieser Worte nicht. Reverend Johnson sucht nach einer neuen Frau, noch bevor das Gras auf dem Grab seiner verstorbenen Frau auch nur Fingerbreite erreicht hat. Er will jemanden, der sich um seine Kinderschar kümmert und sein Bett wärmt, er macht kein Geheimnis daraus. An Kandidatinnen mangelt es nicht. Viele Mädchen und ihre Mütter kratzen zusammen, was sie in den Vorratskammern haben, um Brot, Kuchen und Törtchen für ihn zu backen. Jeden Abend ist er in einem anderen Haus zum Essen eingeladen.

Deborah Vane zum Beispiel hat ein Auge auf ihn geworfen. Sie zappelt und gähnt nicht mehr während der Sonntagspredigt. Sie muss nicht länger angestupst werden, um wach zu bleiben. Jetzt sitzt sie stets aufrecht da, den Rücken kerzengerade, die Augen hellwach und wendet kaum mehr den Blick von Reverend Johnson, es sei denn, sie will etwas in einem kleinen Buch aufschreiben, das sie auf ihrem Schoß liegen hat. Nur wenn Elias Cornwell an der Reihe ist, zu predigen, dann kichert sie wieder mit ihrer Schwester, flüstert Bemerkungen über ihn hinter vorgehaltener Hand, wie sie es früher schon getan hat.

Auf der anderen Seite des Ganges sitzt Ned Cardwell mit rotem Hals und Ohren und studiert seine Stiefel. Er kam als Dienstbote, doch hier bekam er Land. Er wird bald in der Lage sein, eine Frau zu ernähren, und hat kein Geheimnis aus seiner Verehrung für Deborah gemacht. In der gleichen Reihe mit ihm sitzt Josiah Crompton, der ebenfalls gedrückter Stimmung ist. Auch er hatte sich Hoffnungen gemacht, hatte Tobias mir erzählt. Deborah ignoriert sie beide. Sie hat nur noch Augen für Reverend Johnson.

Eintrag 80 (März/April? 1660)

Reverend Johnson hat keine Augen für sie. Normalerweise wäre mir das nur recht, denn ich kann Deborah ungefähr so gut leiden wie sie mich, aber ich finde kein Vergnügen an Deborahs Demütigung. Ich wünschte, Reverend Johnson würde sie heiraten, so schnell wie möglich. Das wäre weit, weit besser als das, was jetzt geschieht.

Der Prediger hat sein Auge auf Rebekah geworfen. Obwohl er weiß, dass sie Tobias so gut wie versprochen ist, war er bei ihrem Vater und hat um ihre Hand gebeten.

Ich fand Rebekah weinend, was kaum überraschend ist. Ich würde auch weinen, und zwar bitterlich, wenn ich an ihrer Stelle wäre.

»Was, glaubst du, denkt deine Mutter?«

»Sie ist auf meiner Seite.«

»Hat dein Vater bereits seine Antwort gegeben?«

»Noch nicht.«

»Dann geh zu ihm! Flehe ihn an! Er wird sich nicht gegen dein Glück stellen.«

Ich zog sie am Arm, versuchte sie auf die Füße zu ziehen, aber sie ließ sich zurückfallen, den Kopf in den Armen vergraben, geschüttelt von neuen Schluchzern.

»Komm schon, Rebekah. So schlimm ist es doch nicht . . .«

»Es ist noch schlimmer.«

»Noch schlimmer?«

Ich verstand sie nicht. Was konnte schlimmer sein als Reverend Johnson heiraten zu müssen?

Sie sah ungeduldig auf, ihr normalerweise blasses Gesicht war rot und verquollen vom vielen Weinen.

»Verstehst du denn nicht? Muss ich es aussprechen? Ich bin guter Hoffnung!«

Ich ließ mich neben sie fallen.

»Guter Hoffnung?«

»Ja«, zischte sie. »Sprich leise und wiederhole nicht alles, was ich sage.«

»Wie das?«

»Was denkst du denn?«

»Tobias?«

»Natürlich er.« Sie drehte ihr durchnässtes Taschentuch. »Wir wollten doch im Frühling heiraten. Und jetzt das . . .« Ihre Lippen zitterten wieder.

»Was ist mit Martha? Sie würde wissen, wie . . .«

Sie packte mich und grub ihre Finger in meinen Arm.

»Du sagst keinen Ton zu ihr! Es wäre eine Todsünde und außerdem ist es Tobias' Kind!«

»Weiß er es?«

»Noch nicht.«

»Du musst es ihm sagen. Sofort. Er muss zu deinem Vater gehen und um seine Erlaubnis bitten, dich sofort zu heiraten.«

»Was ist, wenn mein Vater sie nicht gibt?«

»Dann musst du ihm den Grund dafür sagen.«

Ihre braunen Augen wurden groß. »Das kann ich nicht!«

»Du musst! So wie die Sache liegt, geht es nicht anders! Er wird seine Erlaubnis geben, die Scham wäre sonst zu groß. Er wird nicht wollen, dass du als unkeusch angesehen wirst . . .«

»Das möchte ich auch nicht!« Ihr Gesicht wurde noch röter. »Das bin ich auch nicht! Und ich möchte auch nicht, dass mein Vater so von mir denkt.«

»Dann geh zu deiner Mutter. Erzähle es ihr. Aber schnell, bevor dein Vater Zeit hat, sich für Reverend Johnson zu entscheiden.«

Eintrag 81 (April 1660)

Der Boden ist inzwischen weich genug, um den Pflug einzusetzen. John Rivers ist den ganzen Tag draußen und bearbeitet das Land, als wäre es ein Feind. Er treibt sein Ochsengespann an, als wolle er die ganze Siedlung umgraben. Bei Morgendämmerung beginnt er und kehrt erst am Abend zurück. Er spricht mit niemandem, seine schwarzen Brauen sind zusammengezogen, sein Kinn vorgeschoben und unbeweglich, als sei es aus Granit.

Martha brauchte nicht lange, um zu erraten, was los war, als Sarah sie fragte, ob Rebekah bei ihr gewesen sei, um sie um Rat zu fragen. Martha bot die Hilfe an, die sie geben konnte, aber dies wurde erneut zurückgewiesen.

Die beiden Frauen sitzen flüsternd zusammen am Feuer und ich bin nicht eingeladen mich zu ihnen zu setzen. Ich gehe zu Rebekah, die auf ihrem Zimmer bleibt, wo sie weint und jammert und auf die Entscheidung ihres Vaters wartet.

Tobias geht möglichst allen aus dem Weg. Wenn er einmal auftaucht, schütteln Jonah und Martha ihre Köpfe und er läuft herum wie auf rohen Eiern. Er verbringt die meiste Zeit bei den Tieren im Stall oder ist draußen im Wald.

Wir alle haben darauf gewartet, zu erfahren, was John Rivers tun wird. Seine Antwort hat nicht allzu lange gedauert. Er liebt seine Tochter und mochte auch Tobias, zumindest bis zu diesem Zwischenfall. Er ist kein Mann, der sich gegen seine Frau stellt, und nach vielen Bitten von ihr gab er sein Einverständnis.

Am Sonntag wird das Aufgebot für Rebekah und Tobias an der Kirchentür hängen und Ende des Monats werden sie verheiratet sein.

Eintrag 82

Reverend Johnson passte mich am Sonntag nach dem Gottesdienst ab, als ich die Aufgebote und Bekanntmachungen an der Kirchentür studierte.

»Ich wünsche mit dir zu sprechen«, sagte er.

»Mit mir, Sir? Worüber denn?«

Er antwortete nicht sofort, wahrscheinlich hielt er meine Frage für zu ungebührlich. Seine dunklen Augen bohrten sich in mich. Er fasste mich unter dem Kinn und drehte mein Gesicht zu sich.

»Das Böse verbirgt sich oft hinter einem schönen Gesicht, hast du das noch nicht gehört, Mary?«

Ich konnte nichts sagen, seine Frage hatte mich tief getroffen und machte mir Angst. Ich schüttelte den Kopf so heftig wie ich konnte, obwohl ich immer noch von seinen unnachgiebigen Fingern gehalten wurde.

Er schien keine Antwort zu erwarten.

»Ich habe es gehört. Ja, und auch gesehen.« Er ließ mein Kinn los. »Ich denke, du mischst dich in Dinge ein, die dich nichts angehen.«

»Ich? Mische mich ein? Ich verstehe Euch nicht.«

»Ich denke, du verstehst mich recht gut.«

Er sagte nichts weiter, stand nur da, die Hände ineinander verkrampft, und starrte auf das Heiratsaufgebot.

Mr Tobias Morse und Miss Rebekah Rivers . . .

Ich sah schnell weg, um nicht zu zeigen, dass ich ihn verstanden hatte.

»Wenn ich Euch in irgendeiner Weise zu nahe getreten sein sollte, Sir . . .«

»Suche nicht mich mit falscher Unterwürfigkeit zu täuschen.« Seine tiefe Stimme war leise, doch gleichzeitig drohend, genau wie das entfernte Rumpeln eines Donners einen Sturm vorhersagt. »Du hast etwas an dir, dem ich nicht traue. Elias hält dich für harmlos, aber ich könnte auch etwas anderes entdecken. Ich denke, er wird weniger von seinem Verstand als von seinem Körper gelenkt. Vielleicht hast du ihn mit einem Spruch belegt?«

»Aber nein, Sir, ich . . .«

»Du kommst in mein Haus«, fuhr er fort, als hätte ich nie etwas gesagt, als spräche er mit sich selbst, »und meine Frau stirbt, mein Kind mit ihr. Vielleicht hast du auch sie mit einem Spruch belegt?«

»Oh nein, Sir . . .«

Die Worte blieben mir im Halse stecken. Das Blut wich aus meinem Gesicht. Mein Atem kam schnell und in kurzen Stößen. Ich hatte das Gefühl, gleich in Ohnmacht zu fallen. Seine Anschuldigungen waren so ernst und lösten einen solchen Schock bei mir aus, dass ich überhaupt nicht mehr klar denken konnte und mir kein Wort mehr einfiel.

»Ich sehe mich nach einer neuen Frau um und meine Pläne werden gleichermaßen durchkreuzt. Wie viel Unglück kann ein Mann ertragen, bevor er nach einem Grund dafür sucht?«

»Grund, Sir?«

»Hexerei.« Er beugte sich zu mir und flüsterte das Wort in mein Ohr. So leise zischte er es, dass ich mich fragte, ob ich ihn richtig verstanden hatte. Ich spürte seine dunklen Augen auf mir, aber ich wagte nicht ihn anzusehen. Ich hielt meinen Blick fest auf den Boden gerichtet. Ich weiß nicht, wie die Sache ausgegangen wäre, wenn nicht einer der Kirchenältesten herausgetreten wäre, um mit ihm zu sprechen.

»Geh deiner Wege, Mary«, sagte der Reverend und entließ mich. »Aber ich warne dich. Nur noch ein Wort über dich und deine Tage hier sind gezählt.«

Ich ging und seine Warnung hallte in meinen Ohren. Ich kann mir denken, warum er so verärgert ist.

Er wollte unbedingt Rebekah und erriet, dass ich mich zwischen ihn und seine Hoffnung auf sie gestellt hatte. Er ist ein bösartiger Mann, aber sein Glauben an Sprüche und Hexerei verwandelt seine bloßen Vorurteile in etwas noch ganz anderes.

Unsere Unterhaltung hatte nur wenige Minuten gedauert. Manchmal denke ich, ich habe sie nur geträumt. Aber ich weiß, dass dies nicht so ist, dass sie wirklich stattgefunden hat. Wenn ich nur daran denke, wache ich nachts auf und beginne zu zittern.

Ich will es Martha nicht erzählen. Es würde sie in furchtbare Angst und Sorge versetzen. Ich werde so gut es geht versuchen ihm aus dem Weg zu gehen und nichts, wirklich nichts zu tun, um irgendwelche Aufmerksamkeit auf mich zu ziehen.

Eintrag 83

Der Winter hat endlich seinen Griff gelockert. Ein großer Regen ist gefallen und hat die letzten Reste des Schnees mit sich genommen. Die Sonne wärmt bereits und überall ist der Klang von plätscherndem Wasser zu hören. Es wird Zeit, zu pflügen und zu säen. Der unendliche Rhythmus des Lebens gilt selbst in dieser Neuen Welt mit ihren wilden Tieren und großen düsteren Wäldern und ihren Extremen zwischen Hitze und Kälte.

Jeden Tag fliegen große Schwärme von Gänsen und Enten über uns hinweg, die von Süden zurückkehren.

Ich denke an Jaybird und seinen Großvater. Wo sind sie wohl? Ich frage mich, ob sie wieder hierher zurückkommen, ob ich sie jemals wiedersehen werde.

Manche der Pflanzen, die sie für Jonah gefunden und benannt haben, schlagen schon neu aus und er hat große Hoffnungen für das Saatgut, das ich für ihn gesammelt habe. Der Apothekergarten löst großes Heimweh bei mir aus. Die kleinen befestigten Beete sind in strenger geometrischer Anordnung gepflanzt, gleich dem kunstvoll angelegten Garten eines Edelmannes, und die Stauden von Salbei und Thymian verströmen einen Duft, der mich so sehr an meine Großmutter und die Kräuter, die sie zog, erinnerte, dass ich unheimliche Sehnsucht bekam, sie wiederzusehen.

Den Hasen hatte ich fast vergessen. Ich hatte ihn den ganzen Winter nicht gesehen und auch niemand anders von ihm reden hören. Bis gestern Abend.

Ich war unten auf der Wiese. Sie liegt nicht weit vom Waldrand entfernt, und als es dämmerte, brachte ich die Kühe zum Melken herauf. Da tauchte plötzlich ein Hase auf, genau vor mir. Ich hatte keine Ahnung gehabt, dass er da war, aber Hasen sind schlaue Tiere, schwer zu entdecken, wenn sie sich verstecken. Sie sind auch sehr scheu und normalerweise fliehen sie vor den Menschen, aber dieser nicht. Er sah mich an und seine Augen waren rund und braun; fast menschliche Augen in seinem gelb-braunen Tiergesicht. Die breite Nase zuckte und die lange, gespaltene Oberlippe hob sich.

Ich weiß, dass sie es war, aber warum war sie gekommen? Um mich zu warnen, auf mich aufzupassen oder um Vergeltung zu suchen? Einen Augenblick schien es, als wolle sie zu mir sprechen, doch aus Richtung der Siedlung kam ein Hundegebell und der Hase sprang fort, in riesigen Sätzen lief er im Zickzack in den Wald.

Eintrag 84

Tobias und Rebekah sind nun verheiratet. Ich bin wieder zu Martha gezogen. Tobias ist in das Zimmer gezogen, das ich mit Rebekah teilte. Er hat sein eigenes Land und will ein Haus für sie dort bauen, doch bis dies fertig ist, werden sie bei Rebekahs Eltern in dem kleinen Zimmer am Ende des Hauses wohnen. Martha und ich halfen Sarah dabei, es für sie vorzubereiten. Der Quilt sieht wunderschön aus auf dem Ehebett.

Der Quilt wurde von den Leuten auf der Hochzeitsfeier so bewundert, dass einige davon Martha gebeten haben auch für sie einen Quilt zu nähen. Martha denkt, sie könnte davon ein Auskommen bestreiten, besonders wenn ich ihr helfe, aber sie hat nur noch wenig Stoff übrig und müsste ihn erst in Salem kaufen.

Die Siedlung meidet den Kontakt mit der Außenwelt und der Frühlingsregen hat die vorhandenen Straßen in Schlamm verwandelt. Sobald es möglich ist, zu reisen, hat Tobias vor einen Wagen zum Markt in Salem zu fahren. Er war den ganzen Winter fleißig, hat Tische, Stühle und Dauben für Fässer getischlert. Er will diese Dinge gegen Stoff, Nägel, Saatgut, Schlösser und Scharniere eintauschen, Dinge, die wir brauchen und nicht selbst herstellen können. Einen Teil davon will er dann wieder verkaufen. Er hat schon immer hart gearbeitet, aber jetzt arbeitet er noch härter. Er ist voller Pläne, um Geld zu verdienen, und entschlossen Rebekah und dem Kind ein gutes Leben zu bieten.

Eintrag 85 (Mai 1660)

Nicht jeder ist glücklich über die Heirat von Rebekah und Tobias. Reverend Johnson sieht mit gerunzelter Stirn von der Kanzel und seine Predigten sind düsterer als je zuvor. Deborah Vane teilt seinen Zorn. Ihr Tick steckte Hannah und ihre Freundinnen Sarah Garner und Elizabeth Denning an. Sie sehen uns in der Kirche stets aus zusammengekniffenen Augen an und flüstern miteinander, wann immer sie Rebekah und mich zusammen sehen. Ich hielt sie für lästig, aber harmlos, wie Mücken im Sommer, bis ich sie eines Morgens traf, als sie aus dem Wald kamen. Sie trugen mit Blumen gefüllte Körbe. Die Wälder sind jetzt grün und der Boden ist farbenprächtig bedeckt. Ihre Körbe quollen über von Frühlingsblumen und Blütenzweigen, Lobelien, Rosen, Orchideen und Lilien, doch darunter entdeckte ich andere Pflanzen: die lila Köpfe von Eisenhut und etwas, das aussah wie Schierling und eine Art wilde Drachenwurz, alles andere als Blumen.

»Wohin gehst du denn? In den Wald?«, fragte Deborah und spielte die Unwissende, während die anderen feixten.

»Ja.« Ich hatte meinen eigenen Korb und einen Pflanzenheber. »Ich treffe mich mit Jonah. Wir sammeln zusammen Pflanzen. Er sagt, der Garten braucht Farbe.«

Jetzt verwandelte sich ihr Feixen in lautes Lachen.

»Du gehst nicht in den Wald, um Blumen zu sammeln,« höhnte Sarah Garner.

»Und du gehst auch nicht mit Mr Morse«, fügte Elizabeth Denning hinzu.

»Ach nein? Was soll ich denn sonst dort?«

»Wir wissen es.« Deborah sah zu den anderen, die hinterhältig grinsten.

»Wir wissen es«, wiederholten sie im Chor.

»Ach. Und was wisst ihr?«

»Dass das nicht alles ist, was du tust.« Deborah beugte sich zu mir, flüsternd, die Hand vor dem Mund in einer Geste übertriebener Geheimnistuerei. »Wir wissen es!«

»Was wisst ihr?«

»Dass du mit den Tieren sprichst. Bäume nach deinem Willen beugst. Geister rufst. Dich mit den Indianern triffst. Nackt tanzt!« Sie zischte das Letzte, dann bog sie sich vor Lachen. »Seht ihr! Sie wird rot!«

Die anderen fielen in das Lachen ein und genossen ihre Schadenfreude auf meine Kosten.

»Wer würde dabei nicht rot!« Ich merkte, wie ich wütend wurde. »Eine solche Aussage ist unzüchtig!«

»Du errötest aus Schuld. Wir wissen, was du tust.« Deborah unterstrich jedes Wort, indem sie immer wieder mit dem Finger auf mich deutete. »Du belegst Leute mit Zaubersprüchen. Keine Sorge« – sie warf den anderen einen kurzen Blick zu –, »wir werden es niemandem erzählen. Nicht wenn du versprichst uns zu helfen.«

»Euch zu helfen? Wie denn?« Ich versuchte meine Stimme unter Kontrolle zu halten, doch der Schweiß brach mir am ganzen Körper aus. Alles, was sie sagten, erfüllte mich mit Angst.

»Tu nicht so unschuldig. Wir wissen, was du tun kannst. Heute ist der Abend des ersten Mai, eine sehr wichtige Nacht für Hexen, soviel ich weiß.« Ihr Blick wurde wieder hinterhältig. »Eine Nacht, in der man in die Zukunft sehen kann.«

»Zum Beispiel deinen zukünftigen Mann«, ergänzte Hanna. »Und du kannst ihn an dich binden, wenn du die Gabe hast!« Sie quiekte das Letztere richtiggehend und ihre wieselartigen Gesichtszüge verzogen sich voller Aufregung. »Dabei kannst du uns helfen.«

»Das kann ich nicht. Ich habe die Gabe nicht, von der ihr sprecht.«

»Wir wissen, dass du sie hast.« Deborah lächelte. »Du hast es für Rebekah getan, du kannst es auch für uns tun.«

»Was?«

»Rebekah und Tobias. Du hast einen Spruch gesprochen, um ihn an sie zu binden. Einen Liebesspruch.« Die anderen kicherten. »Das war dein Werk.«

Ich versuchte zu lachen. »Über den beiden liegt sicher der Zauber der Liebe. Aber das hat nichts mit mir zu tun.«

»Versuche nicht uns für dumm zu verkaufen. Du hast Tobias für sie gebunden. Er hätte sie sonst nicht gewählt, wieso sollte er? Sie ist hässlich. Du hast sogar Reverend Johnson zu ihr geführt und weg von mir!« Deborahs Augen wurden schmal. »Oder vielleicht willst du ihn für dich selbst!«

»Ich und Reverend Johnson?« Darüber musste ich lachen. »Jetzt weiß ich, dass ihr träumt!«

»Dann Elias Cornwell!«, brach es aus Sarah Garner heraus. »Jeder weiß, dass er kein Wort gegen dich hören will und dich allen anderen vorzieht!«

»Das mag sein, aber ich habe nichts getan, um ihn zu ermutigen.«

»Oh doch, das hast du!«, zischte Sarah Garner.

»Habe ich nicht!« Ich schüttelte den Kopf. »Ihr seid ja verrückt. Alle zusammen . . .«

So sieht es also aus. Sarah Garner will Elias Cornwell für sich. Sie ist groß und unauffällig mit einem langen schmalen Gesicht. Sie wäre eine gute Frau für ihn, aber ich werde ihr nicht helfen und auch nicht den anderen. Sie haben sich schon alles ausgedacht. Deborah will Reverend Johnson, Elizabeth Denning will Josiah Crompton. Und sie wollen, dass ich Sprüche spreche, um diese Männer als zukünftige Ehemänner an sie zu binden.

»Was ist mit dir?« Ich fasste Hannah unter ihrem spitzen kleinen Kinn. »Bist du nicht zu jung, um dir schon einen Herzallerliebsten zu wählen?«

Ich lächelte und versuchte immer noch das Ganze als Scherz hinzustellen. Sie kann ja noch nicht älter als zehn Jahre alt sein.

»Ich bin nicht zu jung«, lächelte sie zurück und zeigte ihre kleinen schmalen Zähne. »Ich will Tobias.« Sie lispelte bei dem *S* am Ende. »Ich will, dass du Rebekah mit einem Fluch belegst. Mach eine Wachsfigur und steck Nadeln hinein!«

»Rebekah ist meine Freundin.« Mein Griff um ihr Kinn wurde fester. »Und wenn du etwas, irgendetwas tust, um ihr oder ihrem Kind zu schaden . . .«

»Hör auf!« Sie machte sich von mir los. »Debbie, sie hat mir wehgetan!«

»Ich mach noch etwas ganz anderes, wenn du dich nicht vorsiehst.« Ich sah sie alle nacheinander an. »Ich werde euch nicht helfen. Und mein Rat an euch ist das Ganze zu vergessen und die Männer in Ruhe zu lassen.«

Ich ging zurück nach Hause und versuchte ihre Worte als Mädchenklatsch und Unsinn abzutun. Sie gingen weiter, ihre Körbe voller Blumen für Maigirlanden, aber solche Dinge sind hier verboten. Und die Kräuter, die unter den Blüten, ganz unten in den Körben lagen, das waren Kräuter für ein Hexengebräu. Ich kann mir denken, was sie vorhaben, und es macht mir Angst. Es verwandelt mein Blut in ein Eismeer und macht mein Herz so schwer wie einen Stein.

Eintrag 86 (Mai 1660)

Zeichen von Hexerei, von Ausübung abscheulicher Hexenkunst wurden im Wald gefunden!«

Die Stimme des Reverend Johnson donnerte von der Kanzel herunter. Während des Gottesdienstes war sowieso jedes Gespräch verboten, doch da ging ein Schreck durch die Versammlung, wie ein Windstoß, der durch einen Blätterhaufen fährt. Ich sah durch die Reihen. Deborah Vane war schneeweiß geworden, genau wie ihre Schwester neben ihr. Sarah Garner und Elizabeth Denning studierten ihre Schuhe. Schon die ganze Woche hatte es Gerüchte gegeben. Spuren eines Feuers waren in einer Waldlichtung gefunden worden. Asche auf dem Boden, Kerzenstummel und ein Rest eines bösen Gebräus, stinkende Kräuter und Frösche, die weiß gekocht waren.

»Satans Werk. Hier in Beulah. Gotteslästerung! Frevel! Ich warne euch, meine Brüder und Schwestern, wir müssen achtsam sein! Immer auf der Hut. Der böse Feind und seine Diener sind überall um uns – selbst in Beulah! Sie springen im Wald umher, kauderwelschen und vollführen ihre heidnischen Riten nicht eine Meile von Gottes Haus entfernt!«

Er sprach über die Indianer. Er redete weiter, erwärmte sich bei seinem Lieblingsthema, warnte, dass sie überall seien, im Wald lebten so gemein wie Flöhe in einem Hundefell. Dass wir sie nicht sähen, mache sie nur noch gefährlicher. Sie seien des Teufels Werkzeuge, im Bunde mit dem Bösen selbst, darauf bedacht, uns von unserem angestammten Platz in diesem Land zu vertreiben. Er befahl Patrouillen, um die Siedlung zu bewachen, Männer mit Gewehren, die durch den Wald gehen sollen.

Ich sah, wie die Mädchen wieder Luft holten. Sie lehnten sich zurück, die Augen in einem stillen Dankgebet geschlossen. Hannah grinste ihre Schwester an und begann mit einer Puppe auf ihrem Schoß zu spielen.

Eintrag 87

Ich habe auf Jaybird gelauscht, versucht seinen Ruf von den anderen zu unterscheiden, darauf gewartet, ihn über das sinnlose Lärmen der Vögel hinweg zu hören. Heute Abend dachte ich, ich hätte ihn gehört, gezielt und eindringlich, nahe am Haus.

Martha hat mir verboten in den Wald zu gehen, aber ich habe gewartet, bis sie nach nebenan zu Sarah gegangen ist. Ich muss zu ihm und ihn warnen. Ich kann ihn nicht blind in die Gefahr laufen lassen. Die Angst hier ist groß. Die Patrouillen werden fortgesetzt. Wenn er irgendwo in der Nähe entdeckt wird, er oder sein Großvater, wird man sie einfach erschießen.

Ich hatte gedacht, ich könnte mich zurückschleichen, ohne dass Martha es merkt, aber sie hat mich erwischt. Sie ist voller Sorge, ihr rosiges Gesicht weiß und voller Flecken. Jonah ist fort, er hilft Tobias bei dem Haus, das er für Rebekah baut. Wir sind allein.

»Was hast du denn draußen allein im Wald gemacht?«

»Nichts. Ich bin nur spazieren gegangen.«

»Du weißt, dass ich es dir verboten habe! Du kennst das Gerede, das es über dich gegeben hat! Besonders jetzt . . .«

»Ja, und ich habe dir gehorcht. Bis auf heute Abend. Ich hatte etwas zu erledigen.«

»Du gehst doch nicht Geister beschwören?« Es war niemand sonst hier, aber Martha sprach so leise, als ob selbst die Wände uns verraten könnten. Sie glaubt nicht, dass das, was im Wald gefunden wurde, etwas mit den Indianern zu tun hat.

»Martha! Das war nicht ich. Du weißt, dass ich niemals so etwas Dummes tun würde!«

»Ich dachte auch nicht, dass du es getan hättest. Und doch führst du das hier!«

Sie hielt mein Tagebuch hoch.

»Wo hast du das gefunden?«

»In deiner Truhe.«

Ich wollte es ihr wegnehmen, doch sie hielt es noch fester. Die erste Seite zerriss zwischen uns.

Ich hielt die Zeile in meiner Faust.

Ich bin Mary, ich bin

». . . eine Hexe!«, zischte Martha, weiß bis zu den Lippen. »Du bist verrückt, das zu schreiben! Wenn ich es finden kann, können sie es ebenso. Du könntest uns alle an den Galgen bringen!«

»Du wusstest, dass ich es führte.«

»Aber ich ahnte nie, was du schreibst! Ich habe nie vorher daran gedacht, zu spionieren, Mary. Das ist nicht meine Art. Ich dachte, du schriebst wie andere Mädchen auch, von alltäglichen Dingen, Freunden und Träumen. Ich hätte es wissen müssen!« Sie hielt die Seite fest und zerknüllte sie. »Du bist nicht wie andere Mädchen, nicht wahr?«

Sie machte einen Satz, um die Papiere ins Feuer zu werfen, doch ich war schneller. Ich hielt sie auf, bevor sie den Kamin erreichte.

»Nein, Martha. Das darfst du nicht tun.«

Worte haben Macht. Diese gehörten mir. Sie hatte kein Recht, sie zu zerstören. Der Wille verließ sie. Ihre Hände senkten sich.

»Dann tu du es.«

»Ich werde es tun. Ich verspreche es.«

»Dann tu es jetzt. Es wird nicht lange dauern, bis sich der Verdacht von den Indianern abwendet und auf die Frauen fällt. Dann werden sie Dinge suchen, die es gar nicht gibt. Sie werden nach Beweisen suchen, Puppen, Sprüche, Flüche, Tafeln. Wenn ich dies finden konnte, können sie es auch. Und wenn sie es erst gefunden haben, kann dich keine Macht der Welt retten.« Sie schwenkte das Papier, wedelte damit vor meinem Gesicht herum und warf es dann auf den Tisch vor mir. »Verbrenne es! Befreie dich davon!«

Damit drehte sie sich um und ließ mich allein. Ich ging

in mein kleines Zimmer auf der Rückseite des Hauses und zog meine Truhe unter dem Bett hervor. Obenauf liegt der Quilt, den Martha und ich machen. Darunter befindet sich mein Beutel. Ich nahm das Stück Papier, das ich immer noch zusammengeknüllt in der Hand hielt, und faltete es ganz schmal und klein, dann legte ich es hinein zu meinem kleinen Münzvorrat, der Locke, die meine Großmutter mir gegeben hatte, dem Ring meiner Mutter und der Hälfte eines Silberschillings, die Jacks Geschenk an mich gewesen war. Ich ging ins Wohnzimmer und wollte tun, was Martha verlangte.

Lange Zeit saß ich im Stuhl und sah zu, wie das rote Herz des Feuers zu Asche verglühte.

Von einem Geräusch über meinem Kopf wurde ich aufgeschreckt. Ich zuckte zusammen und dachte, Martha käme herunter und fände heraus, dass ich nicht getan hatte, was sie von mir erwartete. Es gab kein weiteres Geräusch, keine Schritte auf der Leiter, sie musste sich lediglich in ihrem Bett herumgeworfen haben. Ich entspannte mich, aber mein Blick blieb wie gebannt an der Zimmerdecke hängen, an dem Rahmen, der dort oben hing.

Ich weiß jetzt, was ich tun werde.

Eintrag 88

Ich begann noch in der gleichen Nacht, faltete die Papiere so dünn ich konnte und steckte sie in die Füllung zwischen der Vorder- und Rückseite des Quilts.

Jetzt können sie suchen so viel sie wollen, sie werden nichts finden.

Eintrag 89 (Juni 1660)

Je mehr wir uns Mittsommer nähern, desto länger werden die Tage, es bleibt hell bis spät in die Nacht. Wenn die Arbeit des Tages getan ist, packen sich Tobias und Jonah ein Abendbrot zusammen und machen sich auf den Weg zu Tobias' Bauplatz. Sie nutzen das Licht der Nächte, um das Land zu roden und an dem Haus zu arbeiten. Manchmal begleitet John Rivers sie. Sarah und Rebekah sitzen dann mit Martha und mir draußen, um an meinem Quilt zu nähen.

Er ist aus einem Stück halbwollenen Stoffs gemacht, den Tobias mir aus Salem mitgebracht hat. Die Farbe ist von einem tiefen Mitternachtsblau und ich sticke meine eigenen Muster darauf: Blumen für den Garten meiner Großmutter, Segel für die Schiffe, die uns herbrachten, Tannen und Eichenblätter für die Wälder, Federn für die Leute, die darin leben, kleine Häuser für uns.

Martha runzelt die Stirn und schnalzt missbilligend mit der Zunge, solche Muster sind nicht überliefert, doch es ist meine Decke und es ist mir egal, was sie denkt. Sie kann ihre Spiralen in die Ecke setzen und die Decke mit einer endlosen Weinrebe verzieren. Ich will meine Muster nicht ändern. Ich entwerfe das Muster großzügig, damit es zwischen den Steppstichen gute Taschen abgibt. Später arbeite ich wie Penelope, trenne die Stiche des Tages auf und verstecke weitere Seiten.

Eintrag 90 (Juni 1660)

Mittsommertag. Er war so heiß wie jeder andere, an den ich mich erinnerte, obwohl keine Sonne schien. Die Wolken hingen dicht und tief über der Siedlung, bereits vom frühen Morgen an. Es war bedrückend. Als ob man unter einer heißen feuchten Decke ersticke. Die Abenddämmerung kam früh zu einem lauten Chor von Grillen und Fröschen. Plötzlich verstummten alle Geräusche und die Nacht brach herein, so dunkel wie im Winter.

Es gab kaum mehr genug Licht, um zu arbeiten, und der Quilt fühlte sich feucht an, als sauge er die Feuchtigkeit aus der Luft. Martha schlug vor hineinzugehen und die Kerzen anzuzünden. Sie fürchtete, ein Sturm käme, und wie zur Bestätigung ihrer Worte zeigte sich entferntes Flackern am Horizont im Süden. Noch weit weg, doch es war Grund genug, den Quilt zusammenzupacken.

Rebekah ist jetzt im fünften Monat. Tobias war diesen Abend weg, rodete sein Land und arbeitete an ihrem Haus. Jonah war mit ihm gegangen und auch John Rivers und Joseph, der älteste Sohn der Rivers. Sie wollten dort bleiben, um keine Zeit zu verlieren und morgens gleich weiterarbeiten zu können. So waren wir Frauen allein zu Hause. Wir gingen zu Sarahs

Haus und Rebekah bat mich bei ihr zu bleiben und ihr Gesellschaft zu leisten. Gut, dass sie das tat. Martha blieb auch. Sie mag den Donner nicht und wollte im aufkommenden Sturm nicht alleine sein.

Wir gingen schlafen in der Erwartung des Sturms, aber wir erwachten mit dem Eindruck, dass die Welt tatsächlich vor ihrem Ende stünde. Ich habe keine Angst vor Stürmen, wie Martha sie hat, doch dieser war der heftigste, den ich je erlebt hatte. Rebekah und ich klammerten uns aneinander, während Furcht erregende Blitze den Raum bläulich weiß erhellten. Donner folgte in weniger als einem Herzschlag, jeder Schlag lauter und noch fürchterlicher als der vorherige. Regen strömte mit wütender Heftigkeit herunter, trommelte auf das Dach und an die Seiten des Hauses. Über uns weinten die kleinen Kinder. Die Leiter ächzte, als Sarah zu ihnen ging, und ihr Geschrei verwandelte sich in leises, furchtsames Jammern.

Plötzlich war durch die Wut des Sturmes hindurch, in all dem Getöse, eine menschliche Stimme in Angstgeschrei zu hören. Doch niemand war tapfer genug nachzusehen, wer es war, oder wollte sich völlig durchnässen lassen, um Beistand anzubieten.

Der nächste Morgen dämmerte klar und rein, der Regen hatte aufgehört, aber der Sturm hatte viel Schaden angerichtet. Straßen und Wege waren regelrecht fortgespült. Die Getreidehalme auf den Feldern waren flach gebügelt und all die Blätter von Marthas Blüten weggeschlagen.

Es dauerte nicht lange, bis wir herausfanden, wer

der nächtliche Schreihals gewesen war. Tom Carter. Der alte Mann, der in unserer Nähe am Waldrand wohnt. Er ist einer der wenigen allein stehenden Männer, die hier ein wenig Land zugeteilt bekamen. Ein armseliges Stück, alles voll Buckel und Baumstümpfen, und die Hütte, in der er wohnt, ist kaum mehr als ein Verschlag. Er baut nicht viel an, bestreitet seinen Lebensunterhalt mehr daraus, heimlich starken Schnaps aus dem zu brennen, was er im Wald findet.

In der Nacht des Sturmes ging er hinaus in den Wald, um sich zu erleichtern, so erzählt er es zumindest. Plötzlich verwandelte ein Blitzschlag die Schwärze um ihn zu hellem Tag und da sah er die weißen Umrisse von Geistern, die durch die Wälder huschten und von Baum zu Baum flohen.

Der Anblick hatte ihn durch die Siedlung rasen lassen, das Hemd halb draußen, während er seine Hose notdürftig mit der Hand hielt und kreischte, als wären alle Teufel der Hölle hinter ihm her.

Manche neigten dazu, darüber zu lachen, besonders jene, die ihn sahen und ihm hinter vorgehaltener Hand vorwerfen sein eigenes Gebräu zu trinken, doch manche sehen das anders.

Erscheinungen und heftige Stürme werden sehr ernst genommen. Tom Carter musste Reverend Johnson und Elias Cornwell seine Geschichte erzählen. Sie gingen mit dem immer noch verängstigten Tom zurück in den Wald, zusammem mit Jethro Vane, Nathaniel Clench und Ezelkiel Francis, die Gemeindevorsteher sind und zu der Wachmannschaft gehören.

Sie haben etwas gefunden. Die Gerüchte gehen durch die Siedlung, schneller als Feuer in einem Strohhaufen, doch niemand weiß, was genau es ist.

Eintrag 91

Sie haben keine Zeit verloren. Es hämmerte an der Tür. Martha öffnete und Jethro Vane, Nathaniel Clench und Ezekiel Francis standen davor.

»Ihr zwei sollt mit uns kommen.«

»Weshalb?« Martha blickte Francis in die Augen. »Schwager?«

»Anordnung des Reverends.« Ezekiel lief rot an wie ein Truthahn.

»Sind wir festgenommen?«

»Nein. Aber . . .«

Noch nicht, schien sein Blick zu sagen.

»Dann geh deiner Wege. Ich habe Arbeit zu erledigen. Hungrige Männer zu ernähren. Die haben nicht die Zeit, durch die Siedlung zu schwärmen und die Leute zu drangsalieren. Sie sind draußen auf dem Feld und ich erwarte sie jeden Augenblick zurück.«

»Es ist die Anordnung des Reverends.«

»Wenn Reverend Johnson etwas mit mir zu bereden hat, dann kann er zu mir kommen.«

Jethro Vane machte einen Schritt auf sie zu, als ob er sie gewaltsam mitnehmen wolle, doch die anderen beiden Männer hielten ihn zurück. Sie sahen einander an, ihr Dilemma spiegelte sich in ihren Gesichtern.

Diesen Widerstand hatten sie nicht erwartet. Sie wussten nicht, was sie tun sollten.

Schließlich sagte Ezekiel Francis: »Wir werden wiederkommen.«

Sie gingen und Martha war in großer Sorge. Sie brauchte einen Moment, um sich wieder zu erholen, dann sagte sie zu mir: »Geh und hole Sarah. Wenn sie zurückkommen, müssen wir alle zusammen sein. Wir können uns nicht auf die Männer verlassen. Sie werden nicht vor Abend zurück sein, auch wenn ich gerade etwas anderes erzählt habe.«

Sie kamen in einer ganzen Abordnung und verwandelten das Haus in einen Gerichtssaal.

»Wo wart ihr letzte Nacht, der Nacht des Sturmes?«, führte Reverend Johnson die Befragung an.

»Im Bett, ich habe geschlafen«, antwortete Martha.

»Nicht Ihr, Martha.« Er drehte sich zu mir. »Du.«

»Im Bett. Ich habe geschlafen, genau wie sie.«

»Du hast das Haus nicht verlassen?«

»Nein.«

Seine Augenbrauen hoben sich. Bevor er meine Worte anzweifeln konnte, sprach Sarah.

»Sie war bei uns. Unsere Männer waren nicht zu Hause, deshalb blieben wir zusammen. Mary schlief neben Rebekah.«

Diesen Einspruch hatte Johnson nicht erwartet. Er sah Sarah an und sein Gesicht verzog sich vor Verärgerung, wie das eines Raubtieres, das um seine Beute gebracht wurde.

»Wir waren alle zusammen«, wiederholte Sarah ruhig, aber bestimmt.

Rebekah und Martha nickten zur Bestätigung.

Er wandte sich an Rebekah.

»Und keine von Euch ist weggegangen? Alleine?« Er machte eine Pause, ein Lächeln formte sich. Seine Stimme wurde leiser, fast ein Schnurren. »Oder zusammen?«

Wir schüttelten die Köpfe.

»Warum befragt Ihr uns?«, wollte Sarah jetzt wissen. Sie richtete die Frage an Reverend Johnson, blickte dabei jedoch die anderen Männer aufgebracht an. Nathaniel Clench ist ihr Schwager. Er senkte den Blick und starrte betreten auf den Boden.

»Ich befrage nicht Euch«, antwortete Reverend Johnson. »Ich befrage sie. Es gab eine Zusammenkunft im Wald. Wir fanden Beweise.«

»Eine Zusammenkunft? Aus welchem Grund?«

»Um Geister anzurufen, Frau!« Ezekiel Francis ergriff jetzt das Wort. »Ihr müsst doch von Tom Carter gehört haben. Er ist ein Zeuge.«

»Ein Zeuge wofür?«, höhnte Sarah. »Für seine eigenen zweifelhaften Wahnvorstellungen?«

»Wir haben den Beweis für mehr als eine weibliche Gegenwart.« Reverend Johnson sah zu Rebekah und mir. »Erkennt ihr diese Dinge wieder?«

»Meine Tochter ist guter Hoffnung!« Sarah machte einen Schritt nach vorne, jetzt ernstlich erzürnt. »Glaubt Ihr, sie würde dieses ungeborene Leben aufs Spiel setzen, um nachts im Wald umherzuspringen?«

Sie schüttelte den Kopf. »Nein. Ihr müsst woanders suchen.«

»Vielleicht sind sie gegangen, ohne dass Ihr es bemerktet.« Ezekiels kleine Augen wurden noch kleiner, so sehr kniff er sie zusammen.

»Es ist nur eine Tür in unserem Haus, Mister. Sie hätten über mich drüberklettern müssen, um hinauszukommen. Oder wollt Ihr sagen, ich hätte sie begleitet?« Ihr Ton war eiskalt wie der Schnee des Winters. »Dazu führen solche Fragen ja, nicht wahr?«

Sie blickte die Männer einen nach dem anderen mit ihrem kühlen Blick an. Ihr Schwager, Nathaniel Clench, sah aus, als würde er sich furchtbar unwohl fühlen. Einige der anderen ebenfalls. Martha und ich waren leichte Beute, aber Sarah Rivers war etwas anderes. Sie hatte gute Beziehungen, sie und John waren hoch respektiert.

»Wir wollen nichts dergleichen andeuten.« Reverend Johnson bemerkte die Unruhe unter den Männern und bedeutete Francis zu schweigen. »Es bleibt nur die Tatsache bestehen, dass diese Dinge gefunden wurden und dass es weibliche Kleidungsstücke sind.«

Ich machte einen Schritt nach vorne, um mir die Sachen anzusehen. Eine Haube und ein gerüschter Unterrock. Beides verknittert, mit Walderde beschmutzt und immer noch feucht von der vergangenen Nacht.

»Diese Sachen würden keiner von uns beiden passen. Das Unterkleid ist zu groß für mich, aber zu klein für Rebekah. Die Haube ist zu klein für uns beide.«

Die Haube war so winzig, dass sie noch einem Kind gehören musste. Der Saum des Unterkleids war mit Stickerei verziert.

»Warum kommt Ihr zu uns? Ihr müsst ein Mädchen suchen, das kaum größer als ein Kind ist, und eines, das feine Wäsche unter seiner Kleidung trägt.«

Ich blickte zu Jethro Vane. Die Beschreibung traf auf seine Nichten zu, nicht auf uns, und er wusste es.

Eintrag 92

Sarah war höchst empört darüber, dass ein Verdacht auf uns gefallen sein konnte, aber Martha und ich schwiegen. Wir wussten, wie diese Dinge vor sich gehen. Sie hat mit John gesprochen, doch er hat zur Zurückhaltung geraten. Er denkt, dass es eine einfache Erklärung dafür gibt und die ganze Sache dann vorüber sein wird wie ein Sommersturm.

Eintrag 93 (? Juli 1660)

Auch Deborah Vane und Hannah wurden befragt und natürlich hatten sie eine passende Geschichte parat. Sie hatten genug Zeit dafür gehabt und waren lange genug vorgewarnt.

Ihre Geschichte geht so: Sie waren im Wald unterwegs gewesen, schon vor Tagen, und plötzlich war ihnen so heiß geworden, dass sie sich notgedrungen etwas von ihrer Kleidung befreien mussten, und ach ja, es seien ein Unterkleid und eine Haube gewesen. Sie wären so müde gewesen und deshalb hätten sie ganz vergessen die besagte Wäsche aus dem Wald mit heimzubringen.

Man glaubt ihnen. Natürlich. Sie sind die Nichten von Jethro Vane und er ist ein mächtiger Mann in der Siedlung.

Zeugnis

Eintrag 94 (Juli – August 1660)

Ich schreibe dies so schnell ich kann und verstecke es im Quilt. Nähen und schreiben, nähen und schreiben, bis spät in die Nacht.

Die Mädchen *waren* in Wirklichkeit in genau jener Nacht draußen und riefen die Geister an. Ich weiß es so sicher, als wäre ich mit ihnen dort gewesen. Der Sturm brach über sie herein und brachte sie dazu, mit dem Unsinn, welchen auch immer sie vollführten, aufzuhören und voller Angst davonzulaufen. Dabei hat Tom Carter sie gesehen.

Ich dachte, das würde sie dazu bringen, damit aufzuhören. Doch so war es nicht.

Sie wären fast ertappt worden, das hätte ihnen eigentlich eine Warnung sein sollen. Was in der Mittsommernacht geschehen war, hätte ihre Verrücktheiten beenden sollen. Stattdessen weideten sie sich noch daran. Jetzt glauben sie, sie hätten die Macht, Stürme entstehen zu lassen. Sie verlieren an Gewicht, ihre Augen brennen. Ich kenne den Hexenkalender. Jeden Monat, wenn der Mond seine volle Größe erreicht hat, wächst das merkwürdige Benehmen dieser Mädchen. Hannah musste zweimal vom Gottesdienst entfernt werden, weil sie laut sprach und dann unkontrolliert kicherte und lachte. Was sie tun, ist wie eine Krankheit, ein Fieber im Blut. Sie praktizieren nicht nur im Wald, sondern auch in Scheunen und bei sich zu Hause. Ich habe sie beobachtet. Ich habe das Flackern der Kerzen gesehen und die Schatten von tanzenden Gestalten an den Wänden.

Eintrag 95 (September 1660)

Die Wälder beginnen sich zu verfärben. Die Felder reifen dem Herbst entgegen, aber das sich wandelnde Jahr hat eine Menge Leid gebracht. Kühe werden grundlos tot aufgefunden, andere geben Milch, die verdickt und blutig im Melkeimer ist, dann gab es einen furchtbaren Hagelsturm, der das Korn zerschlagen hat. Es ist, als ob eine entsetzliche schwarze Wolke sich über die Siedlung gelegt hätte, ein Vorzeichen, als ob etwas Schlimmes geschehen würde.

Reverend Johnson hat einen Tag der Buße angeordnet, einen Tag des ernsten Gebetes und des Fastens, eine Zeit für uns, um Gottes Vergebung zu erflehen, denn wir haben ihn erzürnt.

Eintrag 96

Der Tag der Buße.

Er hatte kaum mit seiner Predigt begonnen, da gab es eine große Unruhe. Hannah Vane fiel ohnmächtig von ihrem Platz. Dann fiel auch Deborah zu Boden und ihre Base und andere mit ihr. Die Mädchen fielen von ihren Bänken wie erfrorene Spatzen. Reverend Johnson unterbrach seine Predigt und befahl sie hinauszubringen. Sie wurden hinausgetragen, manche steif und unbeweglich wie Balken, andere zuckend und schwer, sodass es zweier Männer bedurfte, sie zu tragen.

»Das Leid hat sich über die Siedlung gelegt, auf ihre Kinder. Es ist ein großes Unglück . . .«

Reverend Johnson sprach flüsternd, sein Gesicht drohend verzogen, seine Augen groß vor Furcht.

Eintrag 97

Den Mädchen geht es nicht besser. Manche liegen da wie tot, andere wüten und schreien, zerren an sich und ihrer Kleidung, fluchen und schreien jeden an, der sich ihnen nähert. Auf Drängen von Jethro Vane und anderen hat Reverend Johnson Elias Cornwell nach Salem geschickt, um einen Doktor zu Hilfe zu holen.

Inzwischen wachsen die Gerüchte. Teile von Geschichten werden von Mund zu Mund weitergereicht. Zusammengesetzt kommen sie der Wahrheit dessen, was geschehen ist, sehr nahe.

Das habe ich von Martha, die es von ihrer Schwester, Anne Francis, hat:

Deborah und Hannah Vane, Sarah Garner und Elizabeth Denning und andere, nicht namentlich Genannte, waren in einer Scheune entdeckt worden, wie sie nackt tanzten. Ein Bauer hörte sein Vieh muhen und aus diesem Lärm schloss er, dass die Tiere durch etwas gestört wurden. Er ging nachsehen, bewaffnet mit seinem Gewehr, weil er dachte, es seien vielleicht Indianer, die ihn bestehlen wollten. Als er die Tür öffnete, sah er die Mädchen, die versuchten sich in Heuballen zu verstecken.

Das ist von Jonah, der es von Tom Carter hat:

Es war nicht nur irgendein Bauer. Jeremiah Vane selbst. Bruder von Jethro, erster Gemeindevorsteher der Siedlung. Er erwischte seine eigenen Töchter und eine seiner Nichten. In großer Furcht gebot er ihnen sich anzukleiden und dann ließ er sie schwören dieses Geheimnis zu bewahren und es nie wieder zu tun. Niemand dürfte jemals davon erfahren. Nur . . .

Das ist von Rebekah, die es von Tobias hat, der es wiederum von Ned Cardwell erfuhr:

Ned war oben auf dem Heuboden und spionierte ihnen nach. Das hatte er vorher schon öfter getan. Diese Tanzerei war ihm zufolge eine regelmäßige Angewohnheit. Ned ist bei Jethro Vane im Dienste. Vane ist ein schlimmer Brotgeber und ein alter Geizkragen. Ned sah eine Möglichkeit, etwas aus ihm herauszuholen. Er ging zu Vane, verlangte seine Freiheit und Geld, um sich selbst etwas zu kaufen, und er wollte Debbie noch dazu, das sollte der alte Mann sich überlegen, oder Ned wollte zu Johnson gehen und ihm erzählen, dass eine von Vanes Töchtern und zwei seiner Nichten mit dem Satan tanzten. Vane sagte, er solle sich zum Teufel scheren. Cardwell sagte Debbie, ihr Onkel solle sich die Sache lieber überlegen oder er würde alles sagen, was er wisse.

Debbie erzählte es Hannah, die sowieso schon halb verrückt war, und sie suchte Zuflucht im Irrsinn. Die anderen Mädchen folgten ihrem Beispiel. Jetzt spielten sie alle verrückt.

Ich erklärte dies alles Rebekah, weil sie es nicht verstehen konnte.

Warum so tun, als wären sie besessen? Sie kann den Sinn darin nicht erkennen. Sie kann nicht sehen, wie es sie weniger schuldig macht.

»Oh doch, das tut es«, versuchte ich es ihr zu erklären. »Wenn sie vom Teufel oder irgendeinem anderen Geist besessen sind, dann sind sie nicht verantwortlich für das, was sie tun, der Geist ist es.«

Rebekah sah mich neugierig an. »Woher weißt du so viel darüber?«

Ich sah sie an. Sie ist älter als ich, aber sie scheint mir viel jünger, obwohl sie jetzt eine Frau ist und ein Kind in sich trägt. Sie hat an Gewicht zugenommen, ihre Wangen sind rosig. Sie ist glücklich mit Tobias, das Haus, das er für sie baut, ist fast fertig. Ich bete, dass diese Sache nicht ihr gemeinsames Leben vergiften wird.

»Besser, du weißt nichts davon.«

Ich drehte mich weg und versuchte meine Furcht zu verbergen. Die Last der Schuld wird nicht auf den Befallenen liegen. Man wird sich umsehen, auf der Suche, jemand anderen beschuldigen zu können, und ich fürchte, dass ich es sein werde. Diese Mädchen haben mich schon immer gehasst. Deborah ganz besonders und sie ist ihre Anführerin. Sie war stets eifersüchtig auf Rebekah und überzeugt, dass ich ständig ihre Pläne vereitelt hätte.

Eintrag 98

Ein Doktor kam aus Salem, von Elias Cornwell geholt. Er warf einen Blick auf die Mädchen und erklärte, dass kein Arzt diese Krankheit heilen könnte. Die Krankheit sei durch Hexerei verursacht. Er bestätigte, was Reverend Johnson schon immer vermutet hatte. Der Doktor wurde weggeschickt und Cornwell wurde wieder ausgesandt, um jemanden zu finden, der die Gegenwart von Hexenmächten ergründen kann. Er hat von einem gehört, neu in der Kolonie, der diese Art von Wissen besitzt.

Nach ihm werden Kolonialbeamte kommen und Richter. Das Gesetz ist klar und deutlich. Wenn irgendein Mann oder eine Frau Hexenkraft besitzt, werden sie hingerichtet werden.

Nach Exodus, 22.18: *Die Zauberinnen sollst du nicht leben lassen.*

Nach Leviticus 20.27: *Wenn ein Mann oder ein Weib ein Wahrsager oder Zeichendeuter sein wird, die sollen des Todes sterben.*

Gottes Gesetz regiert hier.

Eintrag 99 (? Oktober 1660)

Dies sind vielleicht die letzten Worte, die ich jemals schreiben werde. Sie zu schreiben nimmt mir kostbare Zeit und ich bin in großer Sorge um mein Leben, doch ich glaube, dass ich Zeugnis ablegen muss.

Der Mann, auf den sie warteten, ist gekommen.

Heute wurde ein weiterer Tag der Buße ausgerufen. Alle wurden zum Gottesdienst in die Kirche gerufen. Es gab keine Ausnahmen. Abwesenheit wäre als ein Schuldeingeständnis angesehen worden.

Die Kirche war voll. Die vom Wahn befallenen Mädchen befanden sich ganz vorne. Manche saßen zusammengekauert, andere lagen auf Bahren. Es hatte mit fünf Mädchen begonnen: Deborah, Hannah, ihrer Base Judith Vane, Sarah Garner und Elizabeth Denning. Jetzt waren es mehr. Sie hatten eine ganze Bank für sich.

Hannah Vane saß ganz am Ende, brabbelte vor sich hin und drehte eine Puppe in den Händen. Ihr sind solche Dinge gestattet, da sie noch ein Kind ist. Aber sie ist kein Kind. Als wir unsere Plätze einnahmen, packte sie die Puppe in der Mitte, presste sie und drückte in ihren Bauch. Neben mir krümmte sich Rebekah und hielt ihren Bauch. Sie flüsterte, dass die Wehen einsetzten und das Kind vorzeitig käme. Ich blickte zu Hannah, die ihren Kopf rollte und die Zunge heraushängen ließ. Ihre Augen funkelten böse und sie zeigte mir in einem schnellen Grinsen ihre scharfen kleinen Zähne, dann setzte sie ihr idiotisches dummes Getue fort.

Sarah und Martha halfen Rebekah beim Aufstehen. Ich ging mit ihnen, um sie hinauszubringen. Wir fanden unseren Weg versperrt. Zwei Kirchenaufseher standen vor der Tür.

»Niemand darf gehen. Befehl von Reverend Johnson.«

»Möchtet Ihr lieber, dass sie ihr Kind in der Kirche zur Welt bringt?« Sarahs Stimme klang laut genug, um unsere Männer aufzuschrecken. Tobias und Jonah standen von ihren Plätzen auf. John Rivers mit ihnen.

Die Aufseher sahen einander an. Keiner von ihnen wollte sich einem Befehl widersetzen.

Elias Cornwell tauchte aus dem Nichts auf.

»Sie können gehen.« Seine Stimme war weich vor gespieltem Mitleid. »Du nicht, Mary. Du musst bleiben«, flüsterte er mir mit seinem fischigen Atem ins Ohr. Seine dünne Hand zwang mich zurück an meinen Platz. Er nickte den Männern hinter mir zu und machte sich wieder auf den Weg nach vorne.

Alles war still. Selbst die Mädchen hörten mit ihrem Lallen auf, als Reverend Johnson eintrat.

Er war nicht allein. Er hatte jemand bei sich. Nicht Elias Cornwell, der hatte sich neben die Mädchen gesetzt. Nein, es war jemand, den niemand vorher gesehen hatte. Außer mir.

Wie im Traum meinte ich ein Bild aus meiner eigenen Vergangenheit zu sehen, als Obadiah Wilson auf die Kanzel stieg. Er bewegte sich langsam und hielt sich am Geländer fest. Schließlich stand er oben, die Knöchel weiß auf der abgerundeten Balustrade. Ich wusste, dass er es war, auch wenn sein Haar inzwischen dünner war. Sein blasses Gesicht war geschrumpft und Fieberflecken zeigten sich auf seinen eingefallenen Wangen. Und er kannte mich. Er blickte über die Köpfe von all jenen, die vor ihm versammelt waren, die wässrigen Augen fragend, bis er mich entdeckt hatte. Er setzte zum Sprechen an, doch plötzlich wurde er von einem Hustenanfall überwältigt. Er hielt ein Taschentuch vor seinen Mund. Als er es fortnahm, war das weiße Tuch hell befleckt von Blut und er begann wieder zu sprechen.

»Da ist eine unter euch . . .« Seine Stimme war leise und heiser, kaum mehr als ein Flüstern, wie Kornhalme, die aneinander reiben, doch sie tönte durch die Kirche wie ein Posaunenton. »Es ist eine unter euch, die als ein Wolf im Schafspelz kommt. Es ist eine unter euch, die das Zeichen des Satans trägt!«

Er stand mit ausgestrecktem Arm da, sein knochiger Finger deutete geradewegs auf mich.

Seine dünne Brust hob sich, als er Atem holte, um weiterzusprechen, aber Hannah hatte sich bereits von ihrem Platz erhoben. Sie hatte seit dem ersten Anfall keinen einzigen zusammenhängenden Satz mehr gesprochen. Jetzt schrie sie: »Mary! Es ist Mary! Sie kommt zu mir im Geiste!«

Stimmen wurden in der Kirche laut.

»Sie spricht! Sie spricht!«

»Der Bann ist gebrochen!«

»Gelobt sei der Herr!«

Jetzt erhoben sich plötzlich alle angeblich vom Wahn befallenen Mädchen und riefen mit einer Stimme: »Mary! Mary! Mary!« Sie drehten sich um und deuteten dorthin, wohin Obadiah Wilsons Finger zeigte. »Mary! Mary! Mary!«

»Hat sie noch jemanden bei sich?«, flüsterte Obadiah Wilsons Stimme drängend von der Kanzel.

»Sie hat den Teufel bei sich! Sie gebietet mir in sein Buch zu schreiben«, antwortete Hannah. Plötzlich schrie sie, als ob sie gestochen oder gestoßen würde. Ihr Gesicht verzog sich und ihre Hände fuhren über ihren Körper, zerrten an ihren Kleidern. »Sie quält mich! Sie wendet sich gegen mich! Tu das nicht, Mary! Tu das nicht!«

»Sie wendet sich gegen mich! Tu das nicht, Mary! Tu das nicht!« Alle Mädchen begannen zu zittern und zu zappeln wie Puppen, die aneinander gebunden sind. »Sie wirft ihren Schatten über mich! Ich friere! Ich friere!«

Reverend Cornwell trat nach vorne und berührte ein Mädchen nach dem anderen.

»Sie sind kalt!« Sein Ton war fast erstaunt. »Es ist wahr! Es ist wahr!«

»Jetzt ist sie ein Vogel!« Hannah wedelte mit den Händen zum Dach. »Seht, wie sie fliegt! Sie fliegt!«

Die Mädchen starrten eine wie die andere nach oben, die Hälse gereckt, die Köpfe schwankten vor und zurück, als folgten sie einer flatternden Bewegung, die nur sie sehen konnten.

Das war genug für Obadiah Wilson.

»Packt sie! Bringt sie zu mir!«

Mit rauer Stimme rief er den Befehl und Reverend Johnson gab den Kirchenaufsehern ein Zeichen. Sie machten einen Schritt nach vorne, um mich zu packen, aber die ganze Kirchengemeinde war in Aufruhr. Überall erhoben sich Leute und stießen einander an, um zu sehen, was geschah. Überall in der Kirche schrien Mädchen auf und rasten umher, stolperten und fielen in Ohnmacht. Ich duckte mich, gebrauchte meine Ellbogen und stieg über die Bank, um nach hinten zu gelangen. Tobias hatte mich gesehen. Er hatte seinen Platz auf der Bank der Männer verlassen und den Balken vor der Tür angehoben, ohne dass es jemand bemerkte. Ich schlüpfte blitzschnell unter seinem Arm hindurch und die Tür schloss sich hinter mir. Ich hörte, wie er den Balken wieder vorschob.

Ich habe Zuflucht in Rebekahs Geburtsraum gesucht. Rebekah ist ihrer Zeit nahe, sehr nahe. Martha sagt, sie werden es nicht wagen, hier hereinzukommen. Sarah hat mir gebracht, worum ich gebeten habe: Essen, Jungenkleidung und eine Decke. Ich habe den kleinen Lederbeutel aus meiner Truhe genommen und ihn um meinen Hals gehängt. Meine wenigen wertvollen Dinge. Alles, was ich habe, um mein bisher gelebtes Leben zu zeigen. Alles, was ich mit mir in die Wildnis nehmen muss. Dort muss ich meine Zukunft suchen. Wenn ich hier bleibe, werden sie mich hängen, das steht fest. Ich möchte so gerne bleiben. Ich möchte sehen, dass das Kind gesund zur Welt kommt. Rebekahs Wehen kommen jetzt in kürzeren Abständen, es wird nicht mehr lange dauern, aber ich kann nicht länger bleiben. Martha flattert umher wie ein ängstlicher Vogel und

Marys Tagebuch endet hier.

Bericht

Diese Seiten, geschrieben in einer anderen Handschrift, wurden in der Umrandung des Quilts gefunden.

Ich bin eine in der Schrift nicht sehr bewanderte Frau, doch ich fühle mich gedrängt Mary die Treue zu bewahren und ihre Geschichte oder das, was ich davon weiß, zu beenden.

Sie wollte bleiben, aber sie hatte keine andere Wahl als zu gehen. Sie kamen geradewegs aus der Kirche, errieten zu Recht, dass sie nach Hause laufen würde, um Schutz zu suchen wie ein Fuchs in seinem Bau. Wir taten für Mary, was wir konnten, was Essen und passende Kleidung anging, denn die Nächte wurden bitterkalt und sie wollte in die Wildnis.

Sie kamen mit einer richtigen Abordnung. Reverend Johnson und Elias Cornwell, zusammen mit der ganzen Wachmannschaft und vielen anderen. John Rivers und Tobias standen mit Gewehr und Degen bereit, aber Sarah verbot ihnen zu kämpfen.

Sie und John sagten ihnen, dass Mary da gewesen und wieder fortgegangen sei.

John und Sarah sind in der Gemeinde hoch respektiert. Sarah ist verwandt mit einigen der führenden Familien und nie gab es auch nur einen Flecken auf ihrem Namen. Das Gleiche gilt für John. Die Wachmänner standen unentschlossen da und sahen einander an. Nathaniel Clench ist ihr Anführer und er und Sarah sind verwandt. Unter seinem Befehl wären sie fortgegangen. Aber Reverend Johnson trat vor und befahl ihnen das Haus zu durchsuchen.

»Sucht, so lange Ihr wollt«, sagte Sarah zu Johnson. »Sie ist nicht hier.«

Sie suchten tatsächlich. In beiden Häusern vom Keller bis zum Dachboden. Überall, außer im Geburtszimmer. Sie fanden nichts. Also kamen sie zurück und forderten Eintritt dort, wo kein Mann sein darf.

»Hier kommt ihr nicht herein.« Ich trat nach vorne. »Und mit ihm schon gar nicht.« Sie hatten einen Fremden bei sich. Einen verschrumpelten Mann, der hustete und Blut in sein Taschentuch spuckte. Das Zeichen des Todes klebte an ihm. Er war nicht mehr lange für diese Welt. »Er hat den Bluthusten, wahrscheinlich gar die Schwindsucht. Wollt Ihr etwa, dass er ein neugeborenes Kind ansteckt? Geht Eurer Wege, Männer. Hier ist Arbeit zu tun. Arbeit von Frauen. Wenn das Kind geboren ist, könnt Ihr suchen, soviel Ihr wollt.«

Ich stand mit blutigen Händen vor ihnen. Hinter mir schrie Rebekah in ihren Wehen. Die Männer wichen zurück, und das war nur gut so. Tobias trat vor und John mit ihm. Sie standen vor der Tür, Schulter an Schulter. Um einzudringen, hätten die Männer durch sie hindurchgemusst.

Sie gingen fort mit der Drohung, am Morgen zurückzukommen.

Tobias stand Wache bis zum Morgen. Bis dahin war das Kind geboren und Mary war gegangen. John Rivers bot ihr sein Pferd an, doch sie lehnte ab und sagte, wohin sie ginge, wäre ein Pferd nutzlos. Er tat, was er konnte, um sie sicher aus der Siedlung und in den Wald zu bringen. Von da an ging sie alleine.

Rebekah hat ein Mädchen bekommen. Sie nennt es Mary Sarah, doch das Kind wird nicht hier getauft werden.

Wir gehen fort, sobald es nur geht. Jetzt, nachdem die Gerüchte angefangen haben, werden sie nicht so schnell verstummen. Um ein Opfer gebracht, werden die Leute sich ein anderes suchen. Wahrscheinlich gehen sie auf mich und Jonah los. Ich glaube nicht, dass wir gute Aussichten haben, wo er ein Fremder ist und ich eine Heilerin, und Jonah stimmt mir zu. Sie werden vielleicht John und Sarah in Ruhe lassen, zumindest für eine Weile, weil sie recht angesehen sind, aber man kann nie wissen. Gar manche wohlhabende und einflussreiche Frau baumelte am Galgenbaum. Jonah packt schon den Wagen und wir werden gehen, sobald er fertig ist.

Sarah und John werden mit Rebekah und Tobias nachkommen, sobald Rebekah sich genug erholt hat, um zu reisen. Ich rate zu keinem Verzug.

Ich werde Marys Truhe mitnehmen und diesen Quilt hineinlegen. Mary vertraute mir vor ihrem Fortgehen noch das Versteck ihres Tagebuchs an. Eines Tages vielleicht wird sie uns finden und dann kann sie ihre Geschichte zurückbekommen. Bis dieser Tag kommt, werde ich sie sicher aufbewahren. Ich schreibe dies und nähe es zu dem Rest ein. So weiß sie, dass ich ihr die Treue halte.

Wir gehen fort in Richtung Salem, niemand hält uns auf, aber vielleicht gehen wir dann auch noch weiter nach Süden. Jonah hat von Orten gehört, wo die Menschen mehr Freiheit haben, ihrem eigenen Gewissen zu folgen. Und das war einer der Gründe, weshalb wir überhaupt das Meer überquert haben. Wir werden für Mary Nachrichten hinterlassen, wohin wir auch gehen.

Nachwort

Seit der Entdeckung dieser Papiere wurde versucht mehr über das Schicksal von Mary Newbury und der anderen Menschen in dem Tagebuch herauszufinden.
Falls Sie irgendwelche Informationen haben hinsichtlich einer der Personen und Familien, die hier vorkommen, kontaktieren Sie bitte unsere Website oder melden Sie sich bei Alison Ellman unter:

alison_ellman@witchchild.com

Celia Rees

Hexen-schwestern

Agnes fiel nach vorn und stieß sich den Kopf heftig am Glas. Der Bildschirmschoner erzitterte, nur für eine Sekunde, dann wurde der Bildschirm dunkel und sie blickte auf ihr eigenes Gesicht, das zurückstarrte – die Augen weit aufgerissen von mehr als dem Schmerz an ihrer Stirn. Was war das gewesen? Es war die Vision von Mary Newbury, wie sie einsam im verschneiten Wald ums Überleben kämpft. Die Vision von einer jungen Frau, die im 17. Jahrhundert gelebt hat und mit puritanischen Auswandern nach Amerika kam, um dort ein besseres, freiheitlicheres Leben zu finden. Vergeblich, denn die Vorurteile der alten Welt holten Mary auch in der neuen wieder ein. Ihre spirituellen Begabungen wurden ihr zum Verhängnis. Als Hexe angeklagt, blieb ihr nur noch die Flucht in die Winterwälder. Agnes ist verwirrt, denn es ist als versuche Mary immer wieder mit ihr Kontakt aufzunehmen. Entschlossen macht sich Agnes auf Spurensuche...

320 Seiten. Gebunden. Ab 12 Jahren.
ISBN 3-401-05222-5

Arena

www.arena-verlag.de

Rainer M. Schröder

Die Lagune der Galeeren

Italien im Jahr 1570. Mit knapper Not kann der junge Matteo Lombardi der Pest entkommen, aber nun ist er völlig mittellos. Da ist es ein Glück, dass sein Onkel Tommaso Rovelli in Venedig ihn aufnimmt – und dass er ihm zudem Anstellung im »Arsenal« verschafft, in der berühmten Schiffswerft der Löwenrepublik. Ein Glück? Matteo kommen bald schon Zweifel, denn Geheimnisse und Verbrechen überschatten die »Lagune der Galeeren« ...

Arena

464 Seiten. Gebunden. Ab 12

ISBN 3-401-0**5324**-8

www.arena-verlag.de

Rainer M. Schröder

Das Geheimnis des Kartenmachers

Es ist das Zeitalter der großen Entdeckungen, der Expeditionen Heinrichs des Seefahrers und der Kap-Umseglungen des Bartolomeu Diaz. In dieser Zeit lebt in Augsburg der 16-jährige Caspar Sebald. Nachdem er sich den Zorn des Domherrn zugezogen hat, findet er Anstellung bei dem Kupferstecher Bartholomäus Wolkenstein vor den Toren der Stadt. Doch schon bald kommt Caspar dort einiges rätselhaft vor. Sein neuer Meister lebt und arbeitet im Verborgenen, aber seine Werkstatt birgt ein großes, ein gefährliches Geheimnis...

400 Seiten. Gebunden. Ab 12
ISBN 3-401-0**5151**-2

Arena

www.arena-verlag.de